살해하는
운명카드

살해하는 운명 카드
ⓒ 윤현승 2011

초판1쇄 2011년 9월 15일
초판6쇄 2020년 12월 8일

지은이 윤현승

펴낸이 박대일
편집 이문영, 임수진, 박지해, 임유리, 신지연, 이지영, 박현주
교정 서경희, 박준용
마케팅 임유미, 손태석
디자인 BYCHAI(표지), 류미라(본문)

펴낸곳 새파란상상(파란미디어)
출판등록 2004년 9월 14일 제313-2004-00214호

주소 03992 서울시 마포구 동교로23길 14 국제빌딩 6층
전화 02. 3141. 5589(영업부) 070.4616.2012(편집부)
팩스 02. 3141. 5590
전자우편 paranbook@gmail.com
카페 http://cafe.naver.com/paranmedia
인스타그램 @paranmedia

ISBN 978-89-6371-027-3(03810)

*이 책의 판권은 지은이와 새파란상상에 있습니다.
*이 책 내용의 전부 또는 일부를 재사용하려면 반드시 양측의 서면 동의를 받아야 합니다.

*잘못된 책은 구입하신 서점에서 바꾸어 드립니다.

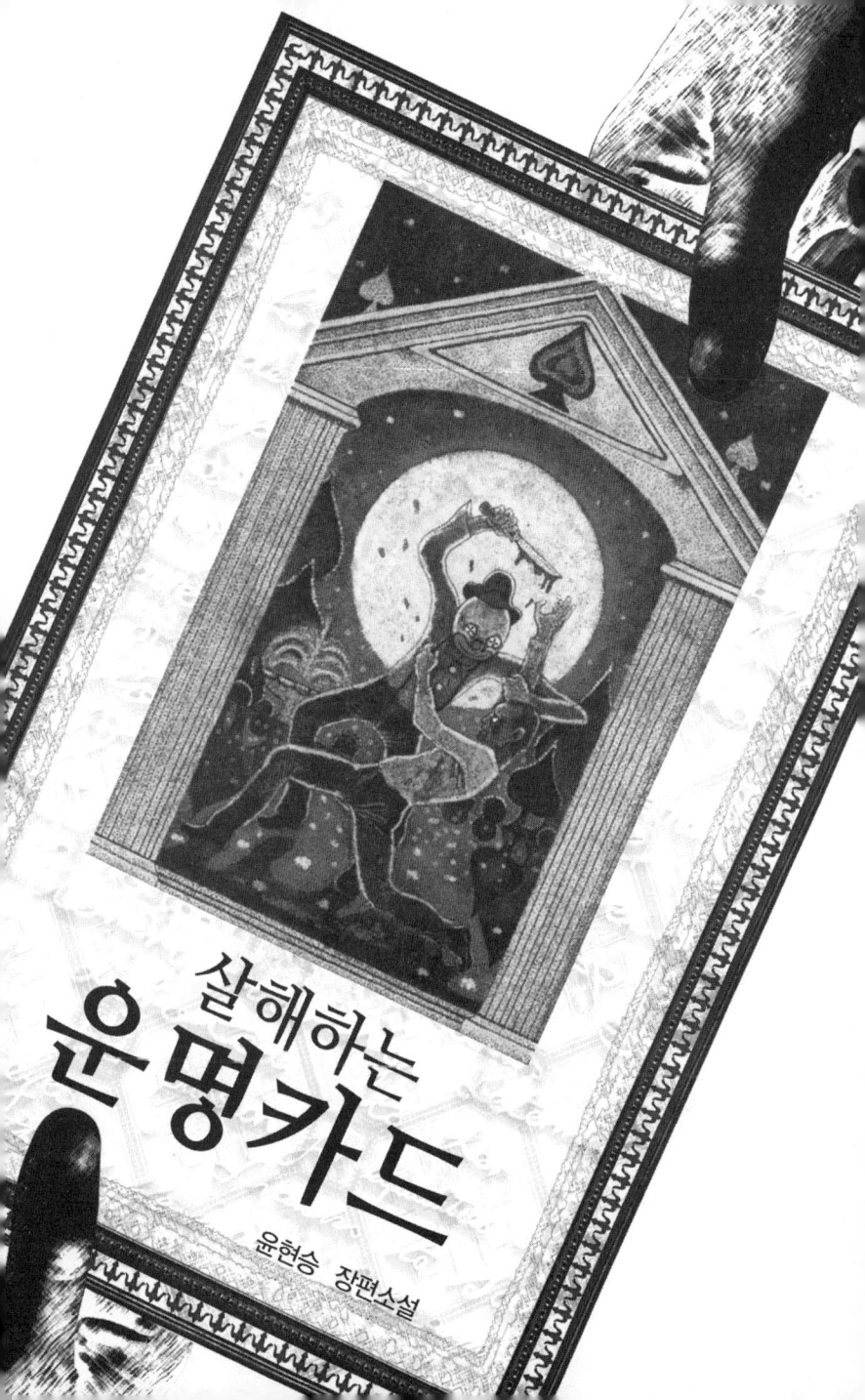

여러분들이 모두 안 좋은 처지에 놓여 있다는 걸 알아요.
그게 과연 여러분의 선택 때문일까요,
아니면 운명 때문일까요?
일주일 동안 여러분은 그게 어떤 식으로
당신들의 인생에 끼어들었는지를 알게 될 거예요.
다들 준비되셨나요?

1

종민은 그 순간 달아나지 않은 것을 후회했다. 그 정장을 입은 남자는 사실 종민이 미니 쿠퍼에 기름을 넣다가 스크래치를 냈다고 우기는 차주에게 욕을 바가지로 퍼먹을 때부터 지켜보고 있었다. 종민은 혹시나 싶은 마음에 가슴을 졸이고 주유소 안으로 들어오길 기다렸으나, 그 남자는 가고 없었다.

오후 교대 시간이 다가오는 동안 종민은 내내 그자의 정체를 불안해 하며 대기실에서 기다렸다. 몇몇 나이 어린 동료들이 건성으로 인사하고 밖으로 나갔다. 불편한 자리였다. 종민이 주유소에서 일하는 모습을 보고 스무 살짜리 어린 녀석들은 공공연히 스물다섯 넘어서까지 이런 일을 하고 싶지는 않다고 떠들어 대곤 했다. 서른두 살의 종민은 그런 말이 귀에 들리지 않도록 피해 다녔고 언제나 일이 끝나면 바로 퇴근해서 충돌을 피했다. 하지만 오늘은 조금 더 기다렸다. 아직 정장 입은 남자가 갔다고 확신할 수가 없었다.

한 녀석이 욕설 섞인 말투로 친구와 신나게 떠들면서 대기실로 들어왔다가 종민을 발견하고 즉시 입을 다물었다. 그리고 노골적으로 혐오스러운 표정을 지으며 모자를 벗어 내려놓았다. 종민은 이름도 잘 외워지지 않는 그 녀석과 한바탕 붙고 싶었지만 그럴 배짱은 없었다.

"종민이 퇴근 안 해?"

이른 저녁 식사를 하고 들어온 사장이 물었다. 전에는 종종 저녁을 챙겨 주곤 했지만 지금은 바쁜 척, 우연인 척 먼저 밥을 먹고 들어왔다. 종민은 마치 방금 일어나려고 했다는 듯 얼른 자리에서 일어났다.

"아, 지금 하려고요. 다리가 조금 아파서 앉아 있었어요."

"감기 기운 있나? 표정이 안 좋아 보이네."

"아닙니다."

종민은 여전히 정장 입은 남자가 걱정이었으나, 대기실에서 더 버티고 있을 자신이 없었다.

하루하루가 고역이었다. 솔직히 집에 가고 싶은 마음도 들지 않았다. 주유소에 감시하듯 서서 기다리던 남자를 본 것만으로 이렇게 가슴을 졸이고 겁을 먹고 속이 메슥거리는데, 집에 간들 편할까? 술이라도 한잔하고 싶었지만 돈이 없었다.

주유소를 나와 골목을 꺾어 집으로 가는 방향에 갑자기 그 남자가 나타났다. 검은 양복 재킷에 바지, 근사한 검은 구두,

방금 세탁하고 다림질한 것 같은 화이트 셔츠를 입고 꼼꼼하게 넥타이도 매고 있었다. 남자는 종민을 발견하고 먼저 손목시계부터 확인하더니 차분하게 옷매무새를 가다듬었다. 그쪽에서 다가오지도 않았고 특별히 위협하는 자세도 취하지 않았다. 그저 옷깃을 다듬은 손을 자연스럽게 늘어뜨릴 따름이었다. 마흔 살쯤 되어 보였고 꼭 인생 달관한 노인처럼 편한 표정이었다.

"신종민 씨."

신종민이 맞느냐고 묻지도 않고 대뜸 신종민 씨라고 단언했다.

"무슨 일이시죠?"

종민은 그 순간 달아나야 한다고 생각했다. 그러나 동시에 달아나는 게 무슨 의미가 있겠는가 하는 생각도 들었다. 그 남자는 이미 종민이 갈 방향을 알고 있었던 게 분명했고 골목 두 개만 지나면 나오는 집의 위치도 왠지 알고 있을 것 같았다. 여기서 달아나 봐야 상황만 더 복잡해질 것이다.

언제나 그랬지만 이런 부류는 집 주소부터 알아내고 오는 법이었다. 이렇게 골목에서 기다리고 있는 편이 종민에게는 차라리 나을지도 몰랐다. 덩치 큰 가죽점퍼 사나이들이 집 앞에서 기다리고 있는 것보다는 힘없어 보이는 중년 남성 하나를 훤한 대낮에 길거리에서 만나는 쪽이 심장에 무리가 덜 가니까.

"좋은 얘기가 하나 있어 왔습니다."

남자가 말했다.

"정수기라면 필요 없는데요."

종민은 비꼬듯 말했고 남자는 꽤 근사한 농담이라고 여겼는지 빙그레 웃어 보였다.

"긴 얘기라 그러는데 어디 앉아서 얘기할까요?"

"싫습니다."

"혹 불안하면 종민 씨가 원하는 장소로 가도 좋습니다. 탁 트인 자리에서 할 수 있는 얘기는 아니지만요."

종민은 불쑥 파리바게트에 좁은 자리가 하나 있다는 걸 떠올렸다. 예전 동네 평범한 제과점이었다가 리뉴얼 공사를 해서 파리바게트로 바뀌면서 앉아서 먹을 수 있는 자리가 생겼다. 꽤 구석진 자리에 사람도 거의 오지 않는 곳이라 은밀한 대화도 할 수 있겠다는 생각을 한 적이 있었다. 만약 그 장소가 떠오르지 않았다면 그냥 보내 버리고 모른 척했을 텐데 하필 기억이 난 게 오히려 실수였다.

"무슨 얘기를 할 건데요?"

"종민 씨의 빚 얘기를 하고 싶습니다. 10분이면 됩니다."

종민은 숨부터 크게 내쉬었다. 종민이 그 남자에게 함부로 대하지 못하고 계속 소심하게 나갈 수밖에 없는 건 그것 때문이었다.

빚.

만약 이 남자가 빚을 받으러 온 사람이라면 아무리 서글서글한 사람이든, 노인이든, 어린이든 종민은 함부로 대할 수 없었다. 어떤 허세도 부릴 수 없었다. 어딘가에서 기다리고 있는 덩치 큰 남자들이 자연스럽게 떠올랐다.

"빵집이…… 하나 있는데요."

종민이 말했다.

"그렇습니까? 안내해 주시죠."

남자는 부드럽게 손을 내밀었다.

종민은 빵집에 도착할 때까지 이대로 제치고 달아나 버릴까 고민했고 차라리 매일 한적했던 빵집의 그 자리에 사람이 앉아 있기를 소심하게 기대했다. 하지만 종민은 달아날 기회도 잡지 못했고 그 자리는 여느 때처럼 비어 있었다. 남자는 커피를 두 잔 시키고 앉았다.

"좀 좁군요. 하지만 좋습니다."

종민은 자리에 앉으며 옆에 있는 벽이 유리로 되어 있는 것을 다행으로 여겼다. 무관심한 얼굴로 길을 지나는 사람들이 간간이 보였다. 게다가 빵집은 지하철역에서 1분 거리에 있고 입구 쪽에는 사람들도 많았다. 위험한 일은 벌어지지 않을 것이다. 불안할 필요가 없었다.

"불안해 하시는군요."

남자는 종민이 탁자에 올린 손가락에 시선을 주며 말했다. 종민은 자기도 모르게 탁자를 두들기고 있던 손을 밑으로 내렸다. 남자는 면접을 하러 온 사람을 편안하게 해 주는 척하는 면접관처럼 부드럽게 말했다.

"그러시겠지요. 당신은 언제나 주유소에서 집으로 돌아가는 길에 검은 옷 입은 남자들이 기다리고 있는 건 아닐까, 복잡한 문장에 붉은 도장이 큼지막하게 찍혀 있는 문서를 들이미는 경찰관이 집 앞에 서 있지 않을까, 하는 것만 걱정하는 인생을 살고 있으니까요. 언제나 문을 잠그고 보조키에 걸쇠까지 걸지 않으면 안심이 안 되지 않습니까?"

종민은 자리에서 벌떡 일어났다. 남자는 그런 반응을 기대했다는 듯 고개를 까닥이며 말했다.

"커피가 나왔나 봅니다."

종민이 남자를 노려보고만 있자, 남자는 어깨를 으쓱하더니 직접 커피를 가져왔다.

"앉으십시오. 전 정해진 대사만 전달하는 역할을 맡고 있습니다. 종민 씨가 보기에 제가 굉장히 말을 잘하는 거라고 착각할 수도 있을 것 같아 미리 말씀드리자면, 이 얘긴 모두 철저한 연습 끝에 하는 연기에 불과합니다. 전 당신에게 짧은 시간 안에 정확히, 오해 없이 얘기를 전할 임무만 가졌을 뿐입니다. 위험할 일은 없습니다. 앉으십시오."

그래도 종민이 앉지 않자 남자는 말을 이었다.

"지금 이 자리에 앉은 순간부터 강압적으로 벌어지는 일은 없을 겁니다. 그래서 이런 탁 트인 공간이어도 상관없었습니다. 절 만난 순간 달아날 수도 있었으나 전 잡지 않았을 겁니다. 지금 이 순간 저 빵집 문을 나가는 것도 자유입니다."

"목적이 뭐죠?"

"단도직입적으로 말해 절 보낸 분은 당신이 현재 가진 모든 문제를 해결해 드리려고 합니다. 당신은 사소한 돈 문제를 가지고 있을 것입니다. 아마도 지금 그 돈 문제로 인생의 모든 즐거움과 행복을 포기하고 인생 그 자체를 낭비하고 있을 테지요. 그렇습니다. 저는 당신이 자살까지 생각하는 그 돈 문제를 사소하다고 말했습니다. 그만큼 쉽게 해결할 수 있는 문제니까요."

종민이 할 말까지 낚아채 가며 그는 말을 빨리했다. 종민은 겨우 앉아서 커피 잔을 들었다. 겁먹지 않은 척 연기를 하는 중이었는데, 그나마 잘 되지 않았다. 그 남자의 계속 이어지는 말을 듣자니 종민은 차마 커피를 마실 수가 없었다.

"당신에게는 정확히 당신 아버지가 물려준 빚 2억4천만 원과 그로 인해 파생된 이자까지 합쳐 3억1천만 원의 빚이 있을 것입니다. 그리고 그 빚을 해결하기 위해 대출 받은 은행 빚이 대략 9천만 원, 그 9천만 원을 해결하기 위해 저지른 도박 빚이 1억 가까이 있습니다. 그 1억에 얼마의 이자가 붙었는지는 계산할 수 없군요. 그리고 당신의 소중한 친구들이 순수하게 우정으로 빌려 준 돈이 3천만 원 이상이 있습니다. 친구에게 빌린 돈은 당신조차 기억하지 못하는 부분이 많을 테니 이 부분의 금액은 정확하지 않을 것입니다. 여기까지 맞습니까?"

"뒤, 뒷조사를 하셨나요?"

"뒷조사라……. 보통 돈 문제를 해결하려면 돈 문제를 일으킨 당사자가 금전적인 문제를 정확히 인지하셔야 합니다. 전 그걸 대신 말씀드리는 것뿐입니다. 괴로우실 테지만 끝까지 들어주십시오."

종민은 더 강하게 나가려고 했으나 이 역시 다음 말에 그만 선수를 빼앗겼다.

"당신은 모르고 있을 테지만 당신 어머니에게도 7천만 원 정도의 빚이 있습니다."

"그럴 리가요!"

"화곡동의 작은 아파트가 아직 어머니의 명의로 되어 있다고 생각하시겠지만 당신 어머니는 거짓말을 하고 있습니다."

종민은 입만 작게 벌렸고 남자는 멈추지 않았다.

"여동생은, 이름이 세영이죠? 당신에게 아직 대학을 다니고 있으며 해외여행을 가고 싶어 휴학을 한 거라고 말했을 테지만 실은 학자금을 벌기 위해 두 군데에서 파트타임으로 일을 하고 있습니다. 혹시나 해서 말씀드리지만 당신이 안 좋게 생각하는 험한 일자리는 아닙니다."

종민은 커피 잔을 잡고 있는 손을 뗐다. 이대로 잔을 쥐고 있거나 괜히 여유 있는 척 마셨다가는 바지와 셔츠를 다 적실 거라고 마지막 남은 이성이 경고한 덕이었다. 얘기를 듣는 동안 점점 어깨를 움츠리게 되었고 두 손은 다리 사이로 빨려들어 갔다.

"당황하지 마십시오. 전 협박을 하는 게 아니라 설득을 하기 위해 미리 이런 사실들을 언급한 것입니다. 당신에게는 미래가 있습니다. 이대로 인생을 포기하지 않도록 기회를 드리려고 하는 겁니다."

"안 속아요."

종민은 그다음 그가 말할 게 뭔지 듣지도 않고 일단 선언했다. 뭔지 모르지만 속임수가 있을 것이다. 모든 속임수는 이런 식이니까.

"속이는 게 아니며 강요도 아닙니다. 전 운전수입니다. 그리고 제 역할은 종민 씨에게 모든 것을 설명한 다음 종민 씨가 허락을 내리면 어떤 장소로 차를 태워 주는 것이 전부입니다. 전 얘기만 끝내고 나갈 겁니다. 빵집 밖에는 당신을 끌고 갈 사람도 없고 지금 당신 집 앞에도 아무도 없습니다. 물론 제가 책임지는 시간까지 그렇다는 것입니다. 이 시간이 지나면, 또 당신에게는 원래 당신이 가지고 있는 문제가 닥쳐올 것이고 그때 찾아오는 사람은 제 책임이 아닙니다."

종민은 순간 그가 무슨 얘기를 하는지 반도 알아듣지 못했다. 어쨌든 그의 말재간에 놀아나고 있다는 불쾌한 감각만 남아 있었다.

"제가 뭔가 선택하게 되는 건가요?"

종민이 물었다.

"전 당신을 어딘가로 태워 갈 겁니다. 그때 당신은……."

종민은 성급하게 그의 말을 끊고 물었다.

"거기가 어딘데요?"

"말씀드릴 수 없습니다."

종민은 그럴 줄 알았다는 듯 팔짱을 끼고 의자에 등을 기댔다. 남자는 개의치 않고 설명했다.

"그곳에서 당신은 일주일 정도 간단한 게임을 즐기게 되고 그 게임이 끝나면 당신의 모든 문제는 해결되어 있을 것입니다."

"무슨 문제요?"

"돈 문제죠, 물론. 아까부터 전 계속 그 얘기만 하고 있는 중입니다."

"거짓말 마세요. 그 문제가 해결될 수 없다는 건 제 빚을 줄줄이 읊은 당신이 더 잘 알 텐데요."

"앞서 언급했듯이 전 설명하는 역할이 전부입니다. 종민 씨는 절 사기꾼이라고 생각할 수도 있고 아니면 고약한 심술쟁이가 보낸 심부름꾼이라고 볼 수도 있겠지요. 그에 대해 제가 할 수 있는 말은 이게 전부입니다."

남자는 커피를 한 모금 했다. 짧지만 기묘한 침묵이 흘렀다.

"이것은 행운입니다. 당신은 수없이 많은 사람들 중에 고르고 골라 선택된 사람입니다. 절 보낸 분은 절 가볍게 사기꾼으로 치부해서 내던질 사람을 선택하지 않았습니다. 이 빵집에서 파트타임으로 일하는 저 여학생에게 제가 같은 얘기를 했다면 어떻게 될까요? 경찰 안 부르면 다행이죠. 하지만 당신은 경찰을 부르지도 않을 것이고 이 얘기를 농담이라고 가볍게 쳐내지도 않을 것입니다."

"장담하지 마시죠! 그리고 대체 누가 보냈다는 거죠?"

"절 따라오시면 그분과 만날 것입니다. 그리고 그 자리에 가서 얻게 되는 행운은 당신의 빚을 해결하는 9억 정도로 끝나지 않을 것입니다."

빵집 문이 딸그랑하고 울렸다. 종민은 흠칫 놀라며 뒤를 돌아보았다. 평범한 어린아이 손님이었다. 그러나 종민은 마치 그 애를 운전수가 데려온 위험한 경호원쯤이라 여기고 한참을 쳐다보았다. 하지만 아이는 천 원짜리 한 장으로 슈크림과 단팥빵 중에서 뭘 선택할지 심각하게 고민하기만 했다. 남자는 종민이 다시 시선을 돌린 다음에야 입을 열었다.

"강조하지만 당신은 언제든 돌아갈 수 있습니다. 그 장소에 도착해서 뭔가 불안하면 그때도 돌아갈 수 있습니다. 그곳에서 게임이 시작되어도 당신은 언제든 지금 이 빵집으로 돌아올 수 있습니다. 당신은 지금까지 살던 그대로의 모습으로 절 만나지 않은 것처럼 살아갈 것입니다. 후회와 절망 속에서 말이지요."

"그 뒷말도 전달 사항에 포함되어 있나요?"

"이건 제가 그냥 덧붙인 겁니다."

남자는 손목시계를 보았다.

"지금이 5시 20분이군요. 5시 40분까지 지하철 신정역 1번 출구로 나오십시오. 그 자리에 당신이 서 있으면 전 당신을 태우고 떠나겠습니다. 하지만 아무도 없으면 전 그냥 떠나겠습니다. 그게 전부입니다. 탈 건지, 안 탈 건지, 지금은 그것만 선택하시면 됩니다."

"거기 가서 뭘 하는지 말해 주지 않으면 가지 않을 겁니다."

"뭘 할지 말하는 건 제 역할이 아닙니다. 저도 모른다고 하는 편이 낫겠군요."

남자가 먼저 자리에서 일어나며 한 번 더 강조했다.

"40분까지입니다."

남자는 거기까지만 말하고 나가 버렸다. 종민은 한참이나 그곳에 앉아서 사기꾼을 비웃어 주었다. 말도 안 돼. 빚을 없애 줘? 지금 시급으로는 일평생 안 쓰고 모아도 없애지 못할 그 빚을?

미쳤지. 무시하고 돌아가자. 가서 수면제나 한 통 먹고 잠들면 또 거지 같은 일상이 시작되거나, 병원 천장이 보이고 있거나 하겠지.

종민은 그렇게 하지 못했다. 그건 종민에게 언제든 달아날 수 있는 자유가 있다는 것 때문이었다. 일평생 한 번도 달아나도 좋다는 자유를 받아 본 적이 없는 그에게, 자유란 차라리 무거운 족쇄가 되었다.

시계를 보니 5시 35분이었다. 종민은 초조한 마음에 일어나 달렸고 1번 출구 앞에 도달했다. 그곳에는 사람들의 시선을 한 번에 사로잡는 차가 한 대 서 있었다. 설마 싶었는데 진짜 그 차였다. 종민은 비싼 외제 차에 대해 거의 몰랐지만 딱 세 종류는 회사 로고 없이 차의 옆면만 봐도 알았다. 엔초 페라리, 람보르기니의 슈퍼카들, 아우디 R8. 다나와 사이트에 들어가 이 차의 최저가를 검색해 보고 싶은 충동이 일었다. 종민은 그런 차를 한국에서 단 한 번이라도 볼 수 있을 거라고 기대하지 못했다.

종민은 빵집에서 나와 여기 오는 2분 동안 운전수에게 실컷 욕을 하거나 경찰을 불러 사기꾼이 아니냐고 따져 보거나 자기가 만들어 낸 가상의 조폭 친구들을 불러 두들겨 깨 주는 상상을 했다. 운전수가 말한 사소한 논리적 오류를 공격할 준비도 되어 있었다. 그러나 R8을 앞에 두는 순간 같잖은 상상력이 부서지고 원래부터 있지도 않았던 자존심이 구겨졌다. 아우디의 헤드라이트가 '너 같은 거' 하고 비웃는 눈동자로 보였다.

종민이 나타나자 운전석에서 그 남자가 나와 말했다.

"타시죠."

종민은 뭐에 홀린 것처럼 조수석에 탔다. 이런 차를 가지고 사기를 칠 수는 없을 거야, 라고 방심한 것이기도 했다. 차에 앉자마자 혹시 이자들이 자신의 재정 상태는 물론이고 좋아하는 차의 성향까지 조사해서 정확히 그것을 가져온 걸지도 모른다는 의심이 들었다. 차로 기를 죽일 생각이었다면, 다른 슈퍼카도 많은데 굳이 이 차일 필요는 없지 않은가.

남자는 종민이 앉는 모습을 확인한 다음 시동을 걸지 않고 빵집에서 말할 때와 똑같은 어조로 입을 열었다.

"언제든 멈추라면 멈출 것이고 되돌아가라면 저는 바로 이 자리로 모셔 올 것입니다."

"알겠습니다."

기죽지 않은 모습을 보이려고 해도 자꾸 주눅이 드는 건 어쩔 수 없었다. 남자는 투명한 지퍼 백 한 장을 내밀었다.

"거기에 종민 씨의 핸드폰과 지갑을 넣어 주십시오."

"왜요?"

"일종의 절차입니다. 그리고 글로브 박스를 열어 보십시오. 안에 눈가리개가 있습니다."

아우디의 마법에서 아직 풀려나지 못한 종민은 한순간 방심하고 순순히 눈가리개를 썼다. 그리고 마치 은행에서 대출 받을 때 내주는 서류마다 무턱대고 턱턱 찍고 나서 뒤늦게 불안감이 엄습하는 것처럼, 종민은 서둘러 눈가리개를 풀었다.

"왜…… 눈을 가려야 하죠?"

운전수는 종민의 핸드폰과 지갑을 지퍼 백에 담아 넣고 있었다. 운전을 위해 끼고 있는 하얀 장갑으로 지퍼 백을 채우는 손길이 증거 채취하는 수사원 같았다.

"제가 가는 곳의 위치를 알려 드릴 수 없기 때문입니다."

"위험한 곳이 아니라면 눈을 가릴 필요도 없지 않습니까?"

"그 반대예요. 당신이 우리에게 위험이 될 수 있기 때문입니다."

뭔가 설득력을 가진 말 같아서 당장은 아무 말 할 수 없었지만 눈가리개로 눈을 가릴 수도 없었다. 운전수는 만난 후 처음으로 강압적인 어투로 말했다.

"눈을 가리면 출발하겠습니다. 그리고 눈을 가리지 않을 거면 차에서 내려 주시면 됩니다."

종민은 망설이다가 다시 눈을 가렸다.

"불편한 데는 없습니까?"

운전수는 다시 친절하고도 다정한 목소리로 물었다.

종민은 불만스럽게 대꾸했다.

"없습니다."

"미리 말씀드리지만 중간에 눈가리개를 풀면 계약 위반으로 보고 차를 돌리겠습니다."

잘 만든 눈가리개였다. 손가락으로 들어 올리기 전까지는 약간의 틈도 허용하지 않았다.

"알겠습니다."

"그럼 출발하겠습니다."

차의 시동을 거는 소리가 들렸다. 꼭 한 번 들어 보고 싶은 R8의 엔진 음이었지만 지금은 위협하는 괴물의 울음소리 같았다.

모든 상황이 마음에 들지 않았지만 종민은 따질 용기가 없었다. 언제고 한번 친절한 여자의 손길에 이끌려 고급스러운 사무실을 찾아간 날이 기억났다. 값비싼 전자 제품을 반값에 구입할 수 있는 곳이었다. 심지어 그걸 다른 사람에게 팔면 수익의 반을 나눠 준다는 구조였다. 종민은 자신의 빚이 천만 원으로 불어나는 걸 보고 나서야 그 획기적인 경제 논리에서 벗어날 수 있었다.

이번에 가는 곳도 그런 곳일 거야. 이번에는 뭘 팔 거지? 옥돌매트? 홍삼 액 추출기? 종민은 속으로 툴툴거리며 산전수전 다 겪은 날 속이려면 멀어도 한참 멀었어, 라며 마음속으로만 자신감을 표출했다.

눈을 가리고 있으니 방향 감각도 알 수 없었다. 처음에 서울 시내를 달릴 때는 대충 어디를 달리고 있다고 알았지만 고가를 두어 번 올라가고 차가 몇 바퀴 도는 순간 방향 감각을 잃어버렸다. 이제는 고속도로를 달리고 있다는 것만 알 수 있었다. 어찌나 승차감이 좋은지 가속을 하지 않으면 차가 달리고 있는 것도 모를 지경이었다.

시커먼 터널을 지나 차에서 내리면 배를 가를 의사들이 기다리고 있는 건 아닐까 종민은 걱정했다. 엉뚱하게도 보름 전 빚을 받으러 왔던 업자의 말에서 종민은 위안을 얻었다. 너 같은 거 배 갈라 봐야 빚도 못 갚아!

"정말 언제든 돌아가도 되는 거죠?"

종민은 바보 같은 질문을 반복했다.

운전수는 눈을 가리긴 했지만 손발을 묶진 않았다. 살짝 손만 들면 언제든 눈가리개를 풀 수 있다는 점이 오히려 종민을 힘들게 했다.

"물론입니다. 곧 도착하니 조금만 참으십시오."

운전수는 사무적으로 말했다.

차가 속도를 줄이며 언덕길을 올라갔다. 비포장도로 특유의 덜컹거리는 소리가 이어졌다. 종민은 곧 도착한다는 말에 오히려 다급해졌다.

"어어, 만약 도착한 다음에도 제가 원하면 그때라도 가도 되는 겁니까?"

"저는 이 차를 마지막의 마지막 순간까지 세워 두고 기다리고 있을 예정입니다. 그리고 당신이 가겠다, 라고 하시면 저는 앞서 말씀드렸듯 처음 태웠던 그 자리까지 안전하게 모셔다 드릴 겁니다."

"그렇게까지 자유롭게 해 주실 거면 핸드폰은 왜 빼앗은 거죠?"

"눈가리개와 같은 이유입니다. 이 장소를 알려 드리고 싶지 않아서입니다. 요새 핸드폰은 좋은 기능이 많아서요."

"어, 음, 제가 가서 뭘 해야 하는 건가요?"

"뭔가 할 수도 있고, 아무것도 하지 않을 수도 있습니다. 제가 말씀드릴 수 있는 건 그게 답니다."

"이런 일이 자주 있나요?"

"몇 명 이곳으로 태워 온 사람들이 있습니다."

"다들 무사히 나갔나요?"

"대부분은 그랬지요."

"대부분이라는 건 아닌 사람도 있다는 건가요?"

"그렇습니다."

운전수가 솔직하게 말하니 종민도 조금은 솔직해지기로 했다.

"조금 무서워지는데요."

"압니다. 하지만 당신이 이 차에 타기 전의 상황도 딱히 좋은 건 아니었잖아요?"

종민은 말문이 막혔다.

서울에서 출발하고 처음으로 차가 멈췄고 주차를 위해 차가 앞뒤로 두어 번 움직였다. 곧 엔진이 멈추며 실내가 조용해졌다. 바깥에서는 거의 아무런 소리도 들리지 않았다. 방음이 좋아서겠지만, 적어도 도시는 아니었다.

"이제 눈가리개를 풀어도 됩니다."

눈가리개가 땀에 젖어 있었다. 배를 가를 준비가 되어 있는 녹슨 병원 건물이 기다리고 있는 건 아니었다.

차 앞에는 외국 영화에나 나올 법한 2층짜리 저택이 하나 있었고, 주홍빛 조명이 저택 앞을 장식한 작은 정원을 환하게 비추고 있었다. 학교 화단에서 봤던 평범한 향나무와 이름을 알 수 없는 꽃들이 같은 방향으로 질서정연하게 고개를 숙이고 있었다. 저택 뒤로는 높은 산이 병풍처럼 까맣게 가로막고 있었다. 빛이 닿지 않아 나무가 많은 산인지 바위산인지 구별되지 않았다. 단지 어두워서인지 아니면 집이 특이하게 생겨서인지 한국이 아닌 기분이 잠깐 들었다. 눈을 가리고 있는 사이에 시공간을 초월해 다른 나라로 온 게 아닐까 하는 망상을 해 보았다.

　도로의 차 소리가 아주 희미하게 들리는 걸 보니 고속도로에서 꽤 떨어진 거리에 위치한 곳이었다. 동시에 그 먼 거리의 차 소리가 들리는 걸 보니 다른 소음이라고는 없는 깊은 산속이라는 것도 알았다. 근처에서 들리는 건 작은 벌레 울음소리 정도였다.

　운전수가 먼저 내렸다. 종민은 얼이 빠져 베르사이유의 궁전을 축소해 놓은 것 같은 근사한 저택을 집중해서 보고 있다가, 운전수가 문을 열어 주는 바람에 화들짝 놀랐다.

　"내리시죠."

　운전수는 문을 열고 옆으로 살짝 물러났다. 왠지 근사한 대우를 받는 것 같아 으쓱해졌지만 스스로 얻어 낸 대우가 아니라는 사실을 깨닫고 보니 다시 한 번 주눅이 들어 어깨를 움츠리게 되었다. 종민은 머릿속으로 계속 미쳤지, 미쳤어, 어서 돌아가야 해, 라는 말만 반복했다. 그러나 한편으로는 여기서 무슨 일이 벌어지기에 빚을 없앨 수 있는지 알아야겠다는 호기심, 복권을 살 때 갖게 되는 혹시나 하는 기대감 때문에 되돌아갈 수가 없었다.

"이제 저 저택을 봐 버렸으니 되돌릴 수 없는 거다, 그렇게 되는 건가요?"

종민이 물었다.

"몇 번이나 말씀드렸지만 언제든 돌아갈 수 있습니다."

운전수는 어깨를 으쓱하며 말했다. 그리고 아예 이 대화는 이것으로 끝이라는 듯 한 번 더 강조했다.

"제가 말하는 언제든, 이라는 건 그야말로 언제든입니다. 당신이 저 저택에서 의기양양하게 제게 명령을 내리면서 가자고 할 수도 있습니다. 비명을 지르며 달려와도 마찬가지입니다. 당신이 저기에서 혼자 나오든, 다른 사람과 여럿이 나오든 상관없습니다. 전 밥 먹고 화장실 가는 시간을 빼놓고는 늘 대기하고 있을 것이고 언제든 당신이 조수석에 오르면 전 운전석에 오를 겁니다. 그게 답니다."

그럼에도 종민은 그에게 정말 정말 정말 괜찮냐고 또 되묻고 싶었다. 그래 봐야 같은 대답이 돌아올 걸 알면서도 그러고 싶었다. 처음부터 이게 사기라면 물어보는 것 자체가 의미가 없다는 걸 알면서도 그러고 싶었다.

운전수는 정원을 가로질러 저택으로 종민을 안내했다. 종민은 불안한 마음에 주차장을 돌아보았다. 도대체 뭐가 불안하단 말인가? R8은 그 자리에 있었다. 하늘로 꺼지지도, 변신 로봇이 되어 달아나지도 않았다. 그냥 그 자리에 있었다.

가만 보니 다른 차도 있었다. 차에 대해 그리 많이 아는 건 아니지만 그곳에 평범한 국산 차는 보이지 않았다. 모두 네 대였고 그중 하나는 페라리였다. 저런 차는 평생 가까이서 구경도 못 할 거야, 라고 생각했던 그런 차들이었다.

저택 문은 괜한 위압감을 주는 커다란 문이었다. 두꺼운 나무 문에는 사자 모양 장식이 있었고 문고리도 굵직했다. 중세 배경의 영화에서 보면 손으로 잡고 쿵쿵 울리는 그런 쇳덩어리였다. 하지만 운전수는 옆에 있는 하얀 구식 초인종 버튼을 눌렀다. 초인종 옆에 달린 스피커에서 굵은 남자 목소리가 흘러나왔다.

"들어오세요."

운전수는 옆으로 물러나 손으로 안을 가리켰다.

"저는 여기까지입니다. 들어가십시오."

종민은 겁먹은 생쥐처럼 잔뜩 움츠리고서 또 한 번 물으려다 말았다. 운전수가 먼저 '네, 네' 하고 고개를 끄덕였기 때문이었다.

차가운 문손잡이를 밀고 저택 안으로 들어갔다. 운전수는 지루한 표정으로 종민이 천천히 들어서는 모습을 지켜보고 있었다. 당장 보이는 안쪽의 모습은 딱히 으리으리한 인테리어로 치장된 건 아니었다. 하지만 확실히 한국식 별장도 아니었다. 딱히 별장을 가져 보거나 별장을 가진 부자 친구도 없었지만 적어도 어떤 한국 드라마에서도 이런 별장은 보여 주지 않았다. 미국 영화에서나 한두 번 봤을까.

현관에는 네 켤레의 신발이 놓여 있었다. 하나는 남자 구두, 하나는 여자 구두, 다른 둘은 운동화였는데 크기 차이가 많이 났다. 종민이 벗은 운동화는 그 두 켤레 운동화의 딱 중간 사이즈 정도였다.

바닥은 두툼한 양탄자가 깔려 있었고 천장은 높았다. 샹들리에 같은 것이 매달려 있었지만 그냥 장식이라 불이 밝혀져 있지는 않았다. 거실 모서리에 서 있는 주홍빛 조명등과 벽난로 정도만 거실을 밝혀 주고 있었다. 자세히 보니 진짜 벽난로에 장작을 때고 있는 게 아니라 숯 모양의 디스플레이에 할로겐램프가 들어오는 것이었다.

종민이 현관 안으로 들어서자 등 뒤에서 거의 아무런 소리도 없이 문이 닫혔다. 이제 더 이상 운전수는 동행하지 않았다.

거실 중앙에는 여덟 명쯤 앉을 수 있는 커다란 테이블이 놓여 있었고 네 명이 앉아 있었다. 두 명은 여자였고 두 명은 남자였다. 모두 약간은 겁먹은 눈으로, 하지만 겁먹은 모습을 보이지 않으려는 오기로 눈에 힘을 주고 종민을 바라보고 있었다. 그 모습을 보자 종민은 약간 용기가 생겼다.

테이블 옆에는 검정색 양복을 입은 30대 후반의 짧은 머리를 한 남자가 서서 종민을 안내했다.

"이쪽입니다."

초인종을 눌렀을 때 들렸던 목소리였다. 검은 선글라스를 쓰면 어디 정보기관의 요원 소리를 들을 수 있을 정도로 몸도 다부졌고 인상도 강렬했다. 이런 커다란 저택에서 저런 복장으로 있다면 집사쯤 되는 사람일까?

그는 종민에게 다가와 테이블로 안내했다. 네 명은 각자 한 자리씩 떨어져 앉아 있었는데 종민 역시 좌우에 앉은 사람들과 의자 하나 떨어진 자리에 앉았다.

집사는 시계를 한 번 보더니 고개를 끄덕였다.

"마지막 분이 오셨으니 곧 회장님께서 나오실 겁니다. 여러분 모두 여기 오는 동안 많은 의문을 가지셨을 줄로 압니다. 곧 그 의문을 모두 해결할 수 있을 것입니다. 여러분을 태우고 온 운전수들이 언급했던 게임이란 것도 회장님께서 직접 설명을 하실 겁니다."

좀 전에 운전수가 게임이라는 단어를 언급했을 때도 귀에 거슬렸지만 지금은 더 거슬렸다. 사무적인 그의 말투가 아니었다면 당장 일어나 나가 버리고 싶은 기분 나쁜 농담 같았다.

"그때까지 여러분들은 개인적인 대화를 할 수 없으니 잠시만 참아 주십시오."

새로운 사람이 올 때마다 같은 얘기가 오고 간 모양인지 다들 말없이 듣고만 있었다. 종민도 그들처럼 같은 얘기 여러 번 들은 것처럼 고개만 끄덕거렸다.

꽃무늬 앞치마를 입은 젊은 여자 한 명이 다가와 종민에게 물었다.

"마실 건 뭘로 하시겠습니까? 녹차 아니면 주스, 위스키나

와인 같은 술도 준비되어 있습니다."

이 집에서 일하는 고용인인 모양이었다. 하녀라고 해야 하나? 메이드?

"어어, 그냥 물로."

종민은 엉겁결에 대꾸했다. 그는 보통 식당에 가도 여종업원에게 말을 잘 못하는 성격이었다.

"네."

그 여자는 잠깐 거실 밖으로 나갔다 오더니 금방 물을 한 잔 옆에 내려놓았다. 깨끗하고 고급스러워 보이는 컵이었다. 그녀는 종민의 오른쪽에 있는 남자의 빈 잔에도 물을 채워 주었다. 가만 보니 종민의 앞에 앉은 여자 빼고는 모두 물이었다. 그들의 심리를 알 것 같았다. 같은 말을 듣고 온 거라면 다들 입술이 마르겠지. 그리고 정신도 말짱하게 하고 싶었을 거야.

"위스키 말고 다른 술도 있다고 했죠?"

여자가 말했다. 주홍빛 조명에 드러난 그녀의 얼굴은 꽤 젊어 보였는데 목소리를 들으니 그다지 젊은 느낌은 아니었다. 눈매가 날카롭고 속눈썹이 꽤 길어 보였으며 무엇보다 입술이 선명했다. 종민은 막연히 그 여자의 화장이 굉장히 짙다고 느꼈다.

"네, 다른 술을 원하시면······."

"코냑은요?"

하녀의 말을 끊으며 그녀가 물었다.

"브랜디 종류는 레미 마틴과 헤네시밖에 구비가 안 되어 있습니다만."

"XO?"

"네. 둘 다."

"그럼 레미 마틴으로 줘요. 마실 물도 같이."

"네."

하녀가 분주하게 왔다 갔다 하며 그 여자의 잔을 바꿔 주는 동안 다른 사람들의 시선이 따라다녔지만 그녀는 그다지 신경 쓰는 눈치가 아니었다. 그녀는 우아하게 동그란 잔을 매니큐어 짙은 손으로 잡고 천천히 마셨다. 잠깐 눈이 마주쳤는데 종민은 얼른 시선을 다른 곳으로 돌렸다.

그녀가 술을 반쯤 비웠을 때 집사가 모두에게 물었다.

"식사를 올려도 되겠습니까?"

아무도 대답하지 않았다. 종민은 당연히 자기한테 물은 게 아니라고 생각했다. 종민에게는 그런 결정을 내릴 질문이 온 경험도 별로 없었다. 다들 그런 것 같았고 집사 역시 그렇게 생각했는지 대답을 기다리지 않고 다른 두 명의 하녀들과 함께 식탁 세팅을 시작했다. 금방 식탁에 냅킨과 개인 접시, 포크와 스푼이 놓이고, 수프와 빵도 놓였다. 그리 서두르는 것 같지 않은데도 속도는 빨랐고 조용했다. 척 봐도 고급스러운 요리였다. 하도 고급이라 요리 이름도, 요리 재료도 알 수 없는 그런 것이었다. 세팅할 때는 침묵으로 압도당하는 기분이었는데 그 다음에는 요리의 질로 위협당하는 기분이었다.

종민은 수프와 빵만 먹었다. 수프라는 건 오뚜기 3분요리밖에 먹어 본 적 없는 종민에게 이게 같은 요리인가 싶을 정도로 맛있었다. 뭔지 모를 고급스러운 느낌에 오히려 얼떨떨했다. 잘 구운 스테이크 요리는 아예 먹을 엄두가 나지 않았다. 호화로운 요리를 맛도 제대로 느끼지 못하고 삼키고 있었다. 생애 두 번째 마시는 와인은, 와인이란 시고 떫은 맛없는 술이라는 편견을 단번에 뒤집어 버릴 정도로 맛있었다. 더 마시고 싶었지만 취할 게 무서워 더 마시지도 못했다.

다른 사람들도 종민과 별로 다르지 않았다. 종민의 앞자리에 있는 여자만 요리를 다 먹고 와인도 두 잔 더 마셨다.

치우는 건 차리는 것보다 더 빨랐다. 거의 1분도 되지 않아 테이블의 접시가 깨끗이 치워지고 약간의 스테이크 소스와 와인이 몇 방울 떨어져 있는 하얀 식탁보 대신 두꺼운 진홍색 식탁보가 깔렸다.

"회장님 나오십니다."

집사가 말했다. 종민은 얼결에 일어날 뻔했다. 하지만 친절하게도 집사가 먼저 말을 했다.

"일어날 필요는 없습니다."

2층으로 가는 계단 쪽에서 한 노인이 타박타박 내려왔다. 노인은 나이 든 느낌이 전혀 나지 않는 힘찬 걸음으로 자리에 앉더니 빙그레 웃으며 모두를 돌아보았다.

"다들 와 주었군요. 잘됐어요. 얼마 만에 제대로 모인 건지 모르겠어요."

편안한 얼굴에, 말쑥한 정장 차림으로 보이지만 사실은 정장처럼 보이는 운동복에 가까웠다. 바지는 검은 트레이닝복이었고 넥타이 없이 화이트 셔츠를 얇은 갈색 코트 안에 걸치고 있었다. 대충 걸치고 있다는 게 눈에 보였다. 얼마 안 남은 머리숱은 하얗게 셌고 주름이 가득한 얼굴이었다. 자신감 넘치는 표정만 빼고는 자다 급히 나온 모습 같았다.

그는 마치 손자들을 갑자기 맞이해서 무슨 말을 할지 모르는 할아버지처럼 모두를 한 번 더 훑어보더니 말했다.

"자, 질문은?"

칠판에 무지막지 어려운 수학 문제를 써 놓고 다들 풀 수 있을 텐데 누가 풀어 볼까 하고 다정하게 웃는 고등학교 수학 선생님 얼굴이 떠올랐다. 종민의 앞에 앉아 있는 남자, 그러니까 화장 짙은 여자의 오른쪽에 앉은 남자가 제법 용기를 내어 말했다.

"운전수에게 들은 내용이 모두 사실입니까?"

그는 검은색 점퍼에 기름때가 빠지지 않은 청바지를 입고 있었다. 근육질의 다부진 몸매에 팔뚝 굵기가 종민의 두 배는 되어 보였다. 아직도 기름 냄새가 희미하게 났다. 자동차 정비소에서 일하다가 끌려 나온 사람 같았다. 종민도 퇴근 전에 옷을 갈아입긴 했지만 몸에서 기름 냄새가 날 게 뻔하니 그게 조금 걱정되었다.

"사실이에요."

노인은 부드럽게 웃으며 다음 질문을 기다렸다. 하지만 다들 그 이상의 대답을 원하는 눈빛이었다. 종민은 그들의 반응을 보고 적어도 한 가지를 확신했다.

여기 온 사람들은 각각 다른 운전수들을 만났고 다들 운전수가 외운 대로 떠든 대사를 믿고 찾아온 바보들이다.

"여긴 대체 어디요?"

종민의 오른쪽에 앉은 남자가 물었다. 소매가 짧아 보이는 검은색 재킷에 노란빛 감도는 셔츠를 입고 있었고, 갈색으로 염색한 머리카락에 피어싱도 하나 하고 있는 게 잘 꾸민 것처럼 보이지만 어딘지 모르게 촌스러운 패션 같기도 했다. 어디 클럽을 가려고 옷 갈아입다가 끌려온 것 같았다. 그러나 종민은 티셔츠에 청바지를 입고 있는 자신의 모습이 떠올라 얼른 패션 생각을 지워 버렸다.

"여기가 어디냐는 건 중요하지도 않고 알 필요도 없는 일이에요."

노인이 말했다.

"당신은 누구죠?"

근육질 남자가 또 물었다. 한번 질문이 터지기 시작하자 여기저기서 질문이 터졌다.

"그것 역시 마찬가지지요. 단, 운전수를 보낸 사람은 저라고 말씀드릴 수는 있겠군요."

"내 뒷조사를 했나요?"

화장 짙은 여자가 물었다.

"했어요. 하지만 그 얘기는 하지 않는 게 좋겠어요. 당신 애기를 다른 사람에게 다 떠들고 싶지는 않을 테니까요."

노인이 말했고 종민의 앞에 있는 여자는 입을 다물었다. 잔뜩 화가 난 얼굴이었다. 종민의 왼쪽, 테이블의 긴 쪽 모서리에 앉은 여자가 처음으로 입을 열었다.

"우린 여기서 뭘 하는 거죠?"

그 여자는 존재감도 거의 없어서 종민은 왼쪽 방향에서 목소리가 들려온 것에 살짝 놀랐다. 종민의 앞에 있는 여자에 비하면 상대적으로 화장도 하지 않은 얼굴인 데다 옷차림도 수수했다. 갸름한 얼굴에 셔츠 소매 밖으로 살짝 드러낸 손목도 꽉 쥐면 부러질 정도로 가늘었고 금방이라도 기침을 토하며 쓰러질 것처럼 연약해 보였다.

"이런 질문을 기다렸어요. 가장 중요한 건 바로 그거죠."

노인은 함박웃음을 지으며 옆에 선 집사에게 손짓을 했다. 집사는 빨간 천이 깔린 쟁반을 앞으로 내밀었다. 천 위에는 포커 카드가 다섯 장 놓여 있었다. 노인은 능숙한 솜씨로 다섯 장의 카드를 섞어 테이블의 중앙에 하나씩 던졌다. 모두가 손을 뻗으면 닿는 자리에 다섯 장의 카드가 한데 모여 멈췄다.

전부 스페이드 카드였다. 불길했다. 종민은 스페이드 에이스 한 장 때문에 도박에서 엄청난 돈을 날렸던 기억이 있었다. 다른 이들도 좋은 표정은 아니었다. 카드의 등장 자체가 분위기를 험악하게 만들었다.

스페이드 잭, 스페이드 퀸, 스페이드 킹, 스페이드 에이스, 그리고 하나는 조커 카드였다. 노인은 두 손을 깍지 끼고 말했다.

"지금부터 이 저택 내에서 지켜야 할 룰을 간단히 말하겠어요. 아주 간단하니 굳이 적을 필요 없어요. 첫째, 이 자리에 있는 다섯 명은 서로의 이름을 말해선 안 돼요. 상대의 신상 정보를 알려고 하지 마세요. 지금 어디서 사는지, 여긴 어떤 사정으로 왔는지, 어느 학교를 나와 어느 직장을 다녔는지 알려고 하지 마요. 물론 여기 있는 다섯 명 중에서 자기 과거를 떠들고 싶은 사람은 없을 테지만요."

과거라는 말에 종민은 괜히 아랫배에 힘이 들어갔다. 수많은 실패와 빚 덩어리들……. 비슷한 사정으로 비슷한 제안을 받고 여기를 온 사람들이라면 종민처럼 그들 역시 과거 얘기는 하고 싶지 않을 것이다.

"그래서 대신 우리에게는 서로를 불러야 할 가명이 필요할 거예요. 다들 카드가 익숙할 테니 그 카드 중 하나를 집도록 해요. 조커를 드는 사람은 지금부터 조커라고 부를 것이고 에이스는 에이스, 킹, 퀸, 잭. 간단하죠? 딱히 여자라고 퀸을 잡을 필요도, 남자라서 킹을 잡을 필요도 없어요."

가위바위보를 하는 것도 아니고 먼저 손을 내미는 사람은 없었다. 노인은 참을성 있게 기다려 주었다. 어쩌면 우리가 망설이는 모습을 보고 즐거워하는 건지도 모르겠다, 하는 생각이 드는 순간 종민은 불쑥 손을 내밀어 잭을 집었다. 거의 동시에 종민의 오른쪽에 있는 남자가 조커, 앞에 있는 여자가 에이스, 대각선 오른쪽은 킹을 잡았다. 화장기 없는 얼굴의 여자는 남아 있는 퀸을 가져갔다. 노인은 그제야 입을 열었다.

"잘했어요. 전 스페이드라고 부르면 좋겠습니다."

"이런 꼴사나운 짓을 하는 이유는 또 뭐죠?"

에이스를 가져간 여자는 더러운 걸레를 집은 것처럼 자기 카드를 검지와 엄지로만 집은 채로 말했다.

"이 집을 나간 다음에 서로가 상대방의 이름을 추적해서 찾아가면 곤란할 테니까요. 말했다시피 여러분들은 서로에게 본명을 가르쳐 주기도, 과거를 알리고 싶지도 않은 사람들이에요. 저도 그렇고, 여러분도 그렇고. 하지만 불러야 할 이름은 있어야 하지요. 그렇게 생각하지 않아요, 에이스?"

노인이 자연스럽게 이름을 불렀다. 하지만 에이스를 집은 여자는 혐오스러워 하는 표정이 가득했다. 종민은 잭이 제일 평범하다고 생각해서 집었는데 당장 후회했다. 불길한 에이스를 다른 사람이 쥐게 하는 것보다는 자기가 쥐고 있는 편이 낫지 않았을까?

"그런 의미로 다들 자기 카드는 옆에 내려놓는 게 좋아요. 다른 사람들이 이름을 외울 수 있도록 말이에요."

옆에 대기하고 있던 집사는 딱히 노인의 명령을 듣지 않고도 포커 칩이 담긴 상자를 모두의 앞에 하나씩 내려놓았다. 폭탄 든 상자를 받아 들어도 이렇게 불길하지는 않을 것이다.

"아주 간단한 연습 게임을 하겠습니다. 다들 포커는 할 줄 알 거예요."

"잠깐만요."

에이스는 붉은 입술을 혀로 살짝 핥더니 노인, 그러니까 스페이드를 한껏 노려보았다. 침을 묻힌 붉은 입술이 빛을 반사해 반짝거렸다.

"지금 우리 다섯이서 포커 치란 소리예요?"

"그래요. 이긴 사람이 딜러가 되는 방식으로 게임을 하세요. 시간은 30분 정도로 하겠어요. 거는 금액은 무제한, 나눠 드린 칩의 액수는 모두 같아요. 다섯 장 포커를 하든, 일곱 장짜리 포커를 하든 그건 딜러의 마음이에요."

"해서 뭘 얻는 거죠?"

에이스가 또 불만스럽게 물었다.

"해 보면 알 거예요. 검은 칩이 백만 원, 노란색이 50만 원, 파란색이 10만 원, 붉은색이 5만 원, 흰색이 1만 원. 숫자가 적혀 있지요?"

칩의 개수가 각각 스무 개씩이니 3천3백20만 원어치의 칩인 셈이었다.

"그러니까 대체 이걸 해서 뭐가 어떻게 되는 거냐고요?"

에이스가 조금 더 언성을 높여 물었다.

스페이드는 웃는 표정을 전혀 일그러뜨리지 않고 대꾸했다.

"에이스, 당신의 인생에 대해 왈가왈부하지 않으려 했지만 딱 한마디만 하겠어요. 당신은 언제나 눈앞의 상황을 그런 식으로 분석하고, 냉소하고 화를 내는 것으로 현명한 선택을 한다고 생각하지요. 그러나 그런 식으로 했던 선택 중에서 제대로 된 선택이 있었다면 지금 이 자리에 당신은 앉아 있지 않았을 거예요. 당신은 지금 현명한 선택을 하기 위해 분석하고 있다고 생각하겠지요? 하지만 실은 나중에 실패했을 때의 변명을 만들기 위해 화부터 내고 있는 건 아닌지 생각해 봐요. '난 처음부터 이렇게 될 줄 알고 있었어!' 당신 인생에서 가장 많이 했던 말이 아닌가요? 선택도 하기 전에 변명할 거리를 미리 만들어 두지 마세요."

에이스는 화를 참느라 코에서 콧김을 푹 내뱉었다. 스페이드는 무시하고 말했다.

"다들 쓸모없는 질문을 하느라 시간 낭비할 생각이 없다면 게임을 시작하겠어요. 에이스, 당신이 딜러를 하세요."

스페이드는 'Dealer'라고 적힌 납작한 하얀 폿말을 붉은 천 위로 미끄러뜨렸다. 폿말은 에이스의 바로 앞에 멈췄다.

침묵 속에서 포커 게임이 시작되었다. 다들 카드를 나누는 솜씨라거나 칩을 내는 솜씨, 베팅을 하는 요령이 있었다. 종민 역시 포커 판에서 한 판에 천만 원을 따 보기도 하고 그다음 판에서 3천만 원을 잃어 보기도 한 만큼 카드 쥐는 손이 어색하지는 않았다.

단지 상황이 맞지 않았다. 도박이라면 자다가도 벌떡 일어나 판에 낄 수도 있는 종민이지만 지금은 뭔가 이상했다. 입에 맞지도 않는 식사와 와인에 이어 분위기도 달구어지지 않는 포커 판이라니. 실연당해 울고 싶은 마음을 감추려고 싸구려 코미디 영화를 틀어 놓고 멍청히 앉아 있는 것도 이보다는 어울릴 것 같았다.

반시간이 지나고 스페이드는 게임을 중지시켰다. 때마침 딜러를 할 차례였던 종민은 기꺼이 카드를 내려놓았다. 만약 시간제한이 없었다면 종민은 진작 포기했을 것이다. 한 게임 한 게임 할 때마다 메마른 빵을 억지로 입에 우겨 넣는 기분이었다. 역시나 다른 이들도 지루해 하거나, 너무 지루해서 불안해하는 얼굴들이었다. 척 봐도 포커를 많이 해 본 사람들인데 이런 가짜 돈을 놓고 흥이 날 리가 없었다. 에이스는 여전히 화가 나 있었다.

"다들 어느 정도 땄나요?"

스페이드는 킹부터 바라보았다. 킹은 간단하게 셈을 한 다음 말했다.

"천 정도 땄네요."

감흥은 없었다.

"천5백 정도 잃은 것 같군요."

에이스도 팔짱을 끼고 시큰둥하니 말했다.

"백만 원 정도 딴 것 같은데요."

퀸이 말한 다음 조커가 말했다.

"전 천, 아니 9백 정도 잃었습니다."

마지막으로 종민, 즉 잭이 말했다.

"전 거의 본전 같은데요. 좀 잃었나……? 정확해야 하나요?"

"아니요. 대충만 알면 됩니다."

스페이드는 부드럽게 웃으며 말했다.

"방금 그건 진짜 돈이었습니다. 이 칩은 모두 여러분의 것이지요."

에이스는 자리에서 벌떡 일어났다. 그리고 기다렸다는 듯이 소리를 질렀다.

"이럴 줄 알았어! 이건 사기야. 나한테 또 빚을 지우려고? 이런 식으로 말도 없이 돈을 빌리게 한 다음 갚게 할 속셈……?"

에이스는 말도 잘 잇지 못해 씩씩거렸다. 집사가 스윽 다가왔으나 스페이드는 손을 내저어 물리치고 나직이 말했다.

"말했죠, 에이스? 당신은 항상 상황을 그런 식으로 해석하고 그게 자기 잘못이 아니라는 듯이 변명하려고만 한다고. 내가 지금 3천만 원을 빌려 줬고 당신은 그 돈에서 천5백만 원을 잃었어요. 당신은 저한테 속은 거죠. 그런데 지금 와서 내게 소리를 지른다고 해결이 될 것 같은가요?"

에이스는 스페이드의 뒤에 서 있는 집사를 힐끗 노려보았다. 에이스는 딱 봐도 어지간해서는 기 싸움에서 밀리지 않을 것 같았지만, 검은 정장을 입은 젊은 집사를 상대로 물리적인 싸움을 하려면 최소한 총이라도 들어야 할 것 같았다. 그리고 이 큰 저택에 저런 집사가 한 명만 있을 거라고는 생각되지 않았다. 지금 성질을 내고 있는 사람이 종민보다 덩치가 큰 조커나 킹 같은 남자였어도 상황이 달라질 것 같지 않았다. 스페이드는 의자에 살짝 등을 기대고 말을 이었다.

"당신은 항상 그런 식으로 상황을 회피하려고 했어요. 빚이 생겨도, 문제가 생겨도 항상 그게 자기 잘못이 아니고 자기는 일이 이렇게 될 줄 다 알고 있었다고, 다 알고 있었는데 다른 사람 잘못으로 이렇게 된 거라고 말을 하죠. 그래서 달라지는 게 뭐가 있죠? 처음부터 이렇게 될 줄 알고 있었다면서 왜 내 말에 설득당해서 지금까지 카드를 하고 있었죠? 왜 당장 저 밖으로 나가지 않았나요? 당신을 태워 여기로 온 운전수는 여전히 당신이 나오길 기다리고 있는데. 애초에 왜 페라리에 몸을 실었죠? 그때도 이렇게 될 걸 다 알고 있었다고 말했나요?"

스페이드는 고개를 끄덕이며 손짓했다.

"앉아요, 에이스. 당신이 '그럴 줄 알고 있었다'는 그런 일은 일어나지 않았어요."

스페이드는 에이스가 앉든지 말든지 얘기를 이어 갔고 에이스는 말없이 앉았다. 하지만 아직 굴복하지 않은 표정이었다. 평소라면 어떻게 보일지 모르겠다. 그러나 스페이드의 설명에 이은 행동인 터라, 엄마의 말을 따르겠지만 순순히 복종하지 않겠다는 일곱 살짜리 어린애의 값싼 자존심으로밖에 보이지 않았다.

"지금 드린 돈은 제 선물입니다. 하지만 여러분들은 인생의 쓰디쓴 경험을 통해 세상에 공짜란 게 없다는 걸 배웠을 거예요. 그런 공짜 선물을 받으면 제일 먼저 떠오르는 생각은 바로 이거 다음에 뭐가 있을까, 그거겠죠. 틀렸어요. 그 반대죠. 당신들은 날 믿고, 정확히는 내가 보낸 운전수를 믿고 여길 와 줬고 이건 그 대가예요. 공짜가 아니라 믿음의 대가라는 표현이 좋겠군요. 아무 말 없이 칩을 내어 준 것도 그 때문이에요. 당신들은 그 단순한 믿음의 대가로 3천만 원이나 되는 돈을 받을 이유가 없다고 생각할 게 뻔할 테니까요. 그리고 돈을 주자마자 포커를 시킨 이유는 간단합니다. 여러분들은 앞으로도 포커를 해야 하거든요. 이게 진짜 돈이 아니니까 제대로 실력 발휘를 못 했다고 말하지는 마요. 그거야말로 변명이죠."

"앞으로도요?"

종민은 자기도 모르게 물었다. 스페이드는 고개를 끄덕이며 말했다.

"대충 일주일 동안. 지금이 월요일 저녁 8시니까 정확히 다음 주 월요일 아침 8시까지라고 못 박아 두죠."

입맛이 썼다. 알면서도 덫으로 빠져드는 기분이었다. 하지만 그 덫이 너무도 독특하게 생겨서 덫인지, 아니면 다른 것인지 구분이 안 될 뿐이었다.

"아직도 의심을 하고 있을 테니 또 한 번 상기시켜 드리겠어요. 월요일 아침 8시가 되기 전에 당신들은 언제든 이곳을 나갈 수 있어요. 그것도 지금 테이블 위에 놓여 있는 칩을 그대로 현금으로 바꿔 갈 수 있지요. 물론 게임이 끝난 다음에도 마찬가지고."

가장 돈을 많이 딴 킹이 놀라 물었다.

"이 돈을 그냥 주시겠다고요?"

근육질 몸에 비해 목소리는 가늘었다. 아니면 너무 놀라서 가늘어진 걸 수도 있었다. 하긴 공돈이 그렇게 많이 생긴다면 목소리가 바뀔 법도 했다.

"맞아요."

"지금 당장 일어나도?"

"맞아요."

"그럼 전 가겠어요."

스페이드는 노골적으로 실망스러운 표정을 짓더니 이내 물었다.

"내일 출근 걱정이라도 하시나요?"

"그것도 있고요. 회사에 아무 말도 안 하고 왔으니……."

"그럼 그러세요."

"안 막을 건가요?"

킹이 시험하듯 물었다.

"아쉽지만 그래요."

계속 길게 늘여 말했던 스페이드는 간다는 사람에게는 길게 말하지 않았다.

"저분 칩을 현금으로 바꿔 드려요. 수표가 편하겠지만 아마 저분은 믿지 않을 테니까."

집사는 칩을 가져가더니 1분도 안 되어 검은 서류 가방을 들고 왔다. 그리고 킹의 앞에서 가방을 열어 보였다. 가방 안은 킹에게만 보였지만 킹의 표정으로 미루어 보아 그 안에 진짜로 4천만 원 넘는 돈다발이 들어 있는 게 분명했다. 5만 원권이라면 아홉 다발이면 충분하니 커다란 수트케이스일 필요는 없을 것이다. 그 모습을 보자 당장 종민도 가고 싶다고 말하고 싶었다. 하지만 아까 판이 아쉬웠다. 2천 정도 딴 순간이 있었는데 그때 게임이 끝났다면, 그때 좀 더 칩 관리를 잘했다면 어땠을까 하는 후회가 일었다.

킹은 스페이드의 눈치를 보며 자리에서 일어났다. 스페이드는 말없이 깍지를 낀 채 바라보기만 했다.

"정말 갑니다?"

킹은 망설였다. 스페이드는 그 망설임에 일말의 경고도 하지 않았다. 그저 말없이 고개만 끄덕였다.

킹은 쫓기듯 거실을 가로질러 현관으로 걸어갔다. 덩치 큰 사람이 한 명 빠지고 나니 갑자기 테이블이 휑하니 빈 느낌이 들었다.

킹은 허둥지둥 신발을 신나 싶더니 고개를 갸웃거리며 돌아섰다. 그리고 잰걸음으로 돌아와 물었다.

"제가 안 가면 무슨 일이 일어나는 거죠?"

"간다는 사람이 들을 필요가 있나요?"

"제가 그냥 가면 어떤 불이익이 있는 거죠?"

"불이익? 공짜로 4천만 원 넘는 돈이 생겼는데 뭐가 불이익이라는 거죠?"

"그게 아니라 남아 있는 사람과의……."

"차이?"

"예. 차이."

스페이드는 난처한 미소를 지으며 말했다.

"가실 거면 그만 가 주시겠어요? 전 계속 다음 얘기를 진행

해야 하는데."

킹은 고민하더니 물었다.

"들은 다음에 가도 되는 건가요?"

"그래요."

"그럼 듣겠어요."

스페이드는 짜증 섞인 한숨을 내쉬며 말했다.

"여긴 물건을 갖다 달라면 갖다 주고 갖다 놓으라면 갖다 놓는 마트가 아니에요. 그 칩을 열심히 세서 바꿔 가지고 온 집사는 무슨 헛고생을 하고 있는 거죠? 가방을 든 채로 맹수가 나타나면 달아날 태세를 한 사람한테 제가 어떻게 정성스럽게 얘기할 마음이 들겠어요? 록을 기대하는 사람에게 클래식을 들려줄 수는 없는 노릇이고 코미디를 기대하는 사람에게 물리학 강의를 할 수는 없으며 돈 가방을 들고 달아나려는 사람에게 돈 얘기를 할 수는 없는 법이죠."

"어, 언제든 자유를 준다고 하셨잖아요."

"했죠. 하지만 남발하라는 소리는 아니었어요. 앞으로 돈 가방을 들고 저 문을 나설 때는 신중하세요. 다른 분들도 마찬가지, 저 문을 나서는 순간 그걸로 끝이에요. 저는 여기 오는 것을 행운이라고 표현했지만 그 행운을 걷어차는 사람에게 또 같은 행운을 안겨 줄 정도로 한가하지도, 관대하지도 않아요. 세상에는 같은 행운을 평생 동안 바라면서 기다리는 사람이 수만 명은 있고 저는 그 수만 명 중 다섯 명만 골라서 여러분이 만났던 운전수를 보내면 그만이에요."

킹은 돈 가방을 내려놓고 얌전히 자리에 앉았다. 그리고 두 손을 탁자에 내려놓고 말했다.

"듣겠어요."

스페이드는 고개를 끄덕이더니 집사에게 고갯짓을 했다. 집사는 킹의 돈 가방을 가져가더니 원래 포커 칩을 도로 그의 앞에 내려놓았다. 그리고 처음 다섯 장의 플레잉 카드를 가져올 때처럼 열 개쯤 되는 하얀 봉투를 쟁반에 담아 가지고 스페이드의 앞에 내려놓았다.

"여러분들이 일주일 동안 해야 할 게임을 가르쳐 드리겠어요. 게임 방법은 아주아주 간단합니다. 저는 이 게임을 운명 게임이라고 이름 지었어요. 그 전에 한 번만 더 최초의 규칙을 강조하도록 하죠. 여러분들은 결코 상대방의 과거나 본명을 물어선 안 돼요. 이 게임이 끝난 후 여러분들이 무사히 집에 도착하면 여러분들이 가지고 있는 모든 금전적인 어려움을 해결할 금액을 받아 가실 수 있을 것입니다. 그걸로 끝이에요. 여러분들은 일주일 동안 벌어진 일에 대해 결코 다른 사람에게 말해선 안 됩니다. 말할 필요도 없겠지요. 로또라도 당첨된 것처럼 행동하면 돼요. 물론 로또와는 비교도 안 될 정도의 금액을 받게 되겠지만요. 이미 운전수에게서 들었겠죠? 당신들이 가진 빚은 사소한 금액이 될 것입니다."

종민은 침을 꿀꺽 삼켰다. 다른 모두가 그럴 것이기에 굳이 다른 사람의 표정을 살필 것도 없었다. 종민은 오직 스페이드의 얼굴과 입술만 노려보았다. 단 한마디도 놓치고 싶지 않았다.

"게임을 시작하려는데 혹시 나갈 분 계신가요?"

스페이드가 물었다. 아무도 움직이지 않았다. 킹 역시 미동도 않고 스페이드를 바라보았다. 종민은 그의 마음속에서 좀 전에 본 현금 다발이 지워져 버렸다는 걸 짐작할 수 있었다.

"그럼 운명 게임의 규칙을 설명하도록 하겠어요."

스페이드는 쟁반 위에 얌전히 놓인 열 개 정도 되는 봉투를 가져다 자기 앞에 늘어놓았다. 봉투 종이가 두꺼워 안에 뭐가 들어 있는지는 전혀 보이지 않았다. 스페이드가 설명을 시작했다.

"여기 여러 개의 '운명'이 있어요. 여러분들은 이 중 하나를 선택하게 됩니다. 그게 여러분의 운명이 되지요. 여러분은 카드에 적혀 있는 운명대로 하게 될 족쇄에 얽매이게 되지요. 게임에서 승리하는 방법은 간단합니다. 그 운명에 거스르세요."

쉬운 규칙이라더니 전혀 알아들을 수 없었다. 종민은 당장 손을 들어 묻고 싶었지만 스페이드가 한 손을 내밀어 질문을 막았다.

"아직 설명이 끝나지 않았어요. 여기에는 규칙이 하나 더 있어요. 서로의 신상 명세를 묻지 말라는 규칙과 일맥상통하는 것이니 어려워 마요. 각자 이 카드 중 하나를 받게 되면 절대 그 카드를 공개해선 안 됩니다. 꼭꼭 숨겨 두세요. 항상 몸에 지니고 있는 걸 추천합니다. 같은 맥락에서 다른 사람의 운명 카드를 억지로 보는 것도 규칙 위반이죠. 규칙 위반에 대한 벌칙은 간단합니다. 게임에서 승리하면 받게 될 대가를 받을 수 없습니다. 상대방의 운명 카드를 볼 수 있는 건 오직 상대방이 기권을 하거나 스스로 내보이거나 아니면 여러 가지 상식적인 선 안에서 게임을 더 이상 이어 나갈 수 없게 되거나, 그럴 때 뿐이에요."

스페이드는 처음 스페이드 카드를 내밀 때처럼 봉투를 하나씩 테이블의 중앙으로 밀어놓았다. 마치 '운명'처럼 종민의 앞으로 봉투 하나가 다른 것들보다 더 가까운 자리에 와서 멈췄다. 하지만 그는 그걸 집지 않았다. 함부로 손을 뻗는 사람은 없었다. 스페이드는 만족스러워 하며 말을 이었다.

"다시 설명드리죠. 운명대로 하지 않으면 됩니다. 예를 들면 당신의 카드에 물구나무를 서게 될 운명이라고 적혀 있다면 어쩌시겠어요, 잭?"

갑작스러운 질문에 종민은 순간 대답을 못 했다. 에이스가 대신 대꾸했다.

"물구나무를 서지 않으면 된다?"

"바로 그렇습니다. 쉽죠?"

스페이드의 말에 에이스는 입맛을 다시며 물었다.

"아직도 의심이 많다고 하실지 모르겠지만 난 못 믿겠네요. 예를 들어 저 카드에 양파를 먹을 운명이라고 적혀 있는데 나도 모르게 식사에 섞인 양파를 먹으면 어떻게 되는 거죠?"

"질문을 하라고 허락하진 않았지만, 뭐 적절한 시점의 좋은 질문이에요. 하지만 저 봉투 안에 적힌 운명은 결코 여러분이 자기도 모르게 저지르게 되는 그런 우연적인 요소는 적혀 있지 않아요. 반드시 선택하고 그 운명이 벌어지는 순간을 인지하게 되는 바로 그런 운명이지요. 얘기 나온 김에 양파 얘기로 설명해 볼까요? 카드에 양파를 먹을 운명이다, 라고 적혀 있는 경우 당신은 생양파 한 개를 통째로 베어 물게 될 운명이라는 뜻이에요. 양파 함유량 2퍼센트짜리 햄버그 소스를 조금 먹는 걸 가지고 시비를 걸지 않아요."

스페이드는 또 깍지를 끼고 말을 이었다.

"여러분들은 모두 지금 안 좋은 처지에 놓여 있다는 걸 알아요. 그게 과연 여러분의 선택 때문일까요, 아니면 운명 때문일까요? 이 일주일 동안 여러분들은 그게 어떤 식으로 당신들의 인생에 끼어들었는지를 알게 될 거예요. 다들 준비되셨나요?"

종민은 뻣뻣하게 고개를 끄덕거렸다. 다른 사람들의 시선은 보지 못했는데 스페이드가 부드러운 미소로 고개를 끄덕이는 걸 보니 다들 말없이 고개만 끄덕인 모양이었다.

"정리하겠어요. 첫 번째 규칙, 당신들은 게임을 포기하고 언제든 여기를 나갈 수 있어요. 그 칩과 함께. 대신 한번 나가면 다시는 들어올 수 없어요. 뭐, 당연하겠지만 덧붙여 말하자면, 지금 여러분이 보신 하녀 두 명 집사 한 명 외의 어느 누구도 이 집에 들어오지 않을 것이고 어느 누구도 게임을 중지시킬 수 없어요. 두 번째 규칙, 상대방에 대해 절대 묻지 마요. 여러분들의 이름은 조커, 에이스, 킹, 퀸, 잭이에요. 그게 전부입니다. 세 번째 규칙, 당신들의 운명 카드를 다른 사람에게 보여서도 안 되고, 강제로 다른 사람의 운명 카드를 봐서도 안 돼요. 실수로라도 떨어뜨리지 않는 게 좋을 거예요. 떨어진 걸 봤다고 다른 사람이 탈락하는 일은 없을 테니까. 세 가지 규칙은 이해됐겠지요?"

스페이드는 대답을 기다리지 않고 말을 이었다.

"규칙을 설명했으니 여러분들이 가장 궁금해 할 게임에 승리했을 경우 얻게 될 대가를 설명하겠어요. 여러분 모두에게 개인적인 불행이 있을 거예요. 이 운명 게임의 승자는 그런 불행한 운명을 모조리 지워 버릴 기회를 얻을 거예요. 예를 들자면, 누구라고 말하지는 않겠지만 이 중 한 명은 세 곳에서 빚을 지고 있고 빚이 이자를 불러 또 다른 빚을 불러오고 있죠. 금액은 대략 10억 정도."

종민은 심장이 철렁 내려앉았지만 내색하지 않으려고 애썼다. 순간 다른 네 명의 신상을 묻지 말라는 규칙이, 규칙이 아니라 배려가 아닐까 하는 생각이 들었다.

"그 사람은 게임의 승자가 되는 순간 그 10억은 없다고 생각하셔도 좋습니다. 다시는 새벽에 초인종을 누르는 사람도, 문을 두들기는 사람도, 법원에서 온 무서운 편지도 받지 않을 거예요. 돈 내놓으라는 협박 전화도 받지 않을 거예요. 당신의 빚덩이 운명은 그 순간 증발할 거예요. 어떻게 그런 일이 벌어지느냐고요?"

기다렸다는 듯이 집사가 여행용 가방을 하나 들고 왔다. 그리고 탁자 끝에 내려놓더니 다섯 명에게 모두 보이도록 뚜껑을 열었다. 그 안에는 5만 원권 지폐가 가득 차 있었다.

"10억이에요. 간단하죠?"

현실감 없는 숫자가 잠깐 지나갔다. 종민은 숨을 크게 들이마셨다. 뒤이어 스페이드는 현실감 없는 얘기를 한 번 더 이어 갔다.

"저런 가방이 열 개가 준비되어 있어요. 모두 여러분의 것입니다."

3천만 원어치의 포커 칩이 장난감으로 보였다. 사소하다는 단어가 이제야 실감이 나기 시작했다. 싸늘한 공기가 테이블을 가득 채웠다. 부엌 쪽에서 그릇을 치우는 작은 소리가 폭탄 떨어지는 소리처럼 크게 울려 퍼졌다.

집사는 다시 가방을 들고 돌아갔다. 모두의 시선이 가방을 따라갔고 스페이드는 살짝 헛기침을 했다.

"하지만 공평하게 나눠 갖는 걸 게임이라고 하지는 않지요. 이 운명 게임에는 아마도 승자가 있을 거예요. 승자는 다섯 명이 나올 수도 있고 한 명도 나오지 않을 수도 있어요. 다섯 명 모두 생양파가 너무 먹고 싶어서 와작와작 씹어 먹을 수도 있는 거니까요."

스페이드는 나직이 웃었다. 따라 웃는 사람은 없었다.

"다섯 명 모두 무사히 게임을 마치면 일인당 가방 두 개씩 가져가게 되겠지요. 만약 두 명이 승리하고 세 명이 패하면서 게임이 끝나면 승자 둘은 일인당 가방 다섯 개를 가져가게 됩니다. 혼자서 승리하면 열 개를 모두 가져갈 수 있어요. 무거운 건 걱정하지 않아도 돼요. 다섯 분 모두 좋은 차를 타고 왔고 그 차가 돈 가방 열 개도 못 싣지는 않을 겁니다. 현금으로 받는 게 불안하다면 계좌 이체를 해도 좋겠군요. 이런저런 명의에 분산해서 보내 드릴 수도 있고 다른 사람 명의로 보내 드릴 수도 있어요. 원한다면 우리 쪽에서 직접 빚을 탕감시켜 드리겠습니다. 매달 일정하게 분산해서 보내 드릴 수도 있지요. 이 경우에는 서로에게 신뢰가 필요하겠지만."

"그러니까……."

포커로 딴 액수를 말한 뒤로 퀸이 처음으로 입을 열었다.

"……다른 사람이 탈락하면 제가 받을 돈이 더 커지게 되는 건가요?"

"게임이란 그런 거니까요."

퀸은 고개를 푹 숙였다. 종민도 괜히 다른 사람과 눈을 마주치고 싶지 않았다.

"여러 가지 물을 게 많을 거예요. 하지만 자칫 이 자리에서 실수로라도 신상이 밝혀질 수도 있어요. 첫 번째 규칙은 절대적이에요. 자, 이제 다들 운명 카드를 집어요. 이 자리에서 펴 보는 건 좋지 않아요. 2층에 가면 자기 이름이 푯말에 적혀 있는 방이 있어요. 그 방으로 들어가 카드를 확인하세요."

그 말을 듣고 바로 일어나는 사람은 없었다. 스페이드는 마치 누군가 일어나 2층으로 달려 올라가길 기다렸다는 듯이 쉬었다가 말했다.

"사실 그 카드에 적힌 운명은 아주 직관적인 단어로 표기되어 있기 때문에 보면 바로 뭔지 알게 될 거예요. 금방 이해할 수 있어요. 하지만 늘 그렇듯 액수가 커지면 사람이 까다로워지기 마련이고 무서워지기 마련이에요. 카드를 받은 후 방에서 기다리고 계시면 여기 있는 집사가 노크를 할 거예요. 그때 방을 나와 제가 있는 방으로 오세요. 질문을 받겠어요. 게임의 승자가 되었을 경우 돈을 어떻게 받아 갈 것인지도 그때 정하면 됩니다. 즉, 봉투를 받는 순간부터 저와 얘기를 나누기 전까지는 입을 떼지 않는 게 좋아요. 단 한마디의 실수로 준비된 가방이 날아가는 일은 없도록 하세요."

스페이드는 주름진 손을 내밀고 말했다.

"봉투를 하나씩 집으세요."

이번에는 카드를 집는 것보다 훨씬 시간이 오래 걸렸다. 조커가 과감하게 자기 앞에 있는 봉투를 하나 집어 간 다음에도, 다른 사람들이 봉투를 집는 데는 꽤 오래 걸렸다. 에이스가 집고 종민이 집고 킹과 퀸이 카드를 하나씩 집었다. 설사 봉투 겉면에 숫자가 적혀 있었다 해도 누가 무슨 숫자를 가져갔는지 보이지 않을 정도로 빠르게 손이 오고 갔다. 남은 다섯 개의 봉투는 집사가 다시 쟁반에 담더니 물러섰다.

스페이드가 말했다.

"위층에 올라가세요. 조금 이따 뵐게요. 아마 그게 우리가 만나는 마지막이 될 겁니다."

집사는 모두에게 말했다.

"안내해 드리겠습니다. 모두 따라오시죠."

위층으로 올라가는 계단은 중간에 한 번 꺾어서 올라가는 2단 구조였고, 거실 천장이 높았던 만큼 경사가 급했다. 어두침침한 조명이 밝혀져 있는 2층 복도가 바닥부터 차례대로 보였다. 복도를 중심으로 양쪽에 방이 있는 방식이었다. 방문은 지그재그로 배치되어 있었다. 계단 바로 왼쪽에 방이 하나 있고 세 걸음쯤 복도를 가면 오른쪽 맞은편에 두 번째 방이 있고 다시 세 걸음을 가면 왼쪽에 방이 있었다. 그렇게 여섯 개의 방이 있었다.

계단 왼쪽 첫 번째 방은 조커의 것이었고, 건너편 두 번째 방은 킹의 것이었다. 그다음은 에이스, 잭, 퀸이었다. 종민은 네 번째 방에 들어가게 되었다.

주홍 불빛에 익숙해져 있다가 갑자기 형광등 흰빛에 닿으니 눈이 부셨다. 방에는 침대가 하나, 나무 책상과 의자가 있었고 낡은 책장에는 건드리기도 싫은 갈색 양장의 전집류와 백과사전 같은 책들이 꽂혀 있었다. 옷장도 하나 있었고 안에는 잠옷 하나, 그리고 아직 포장을 뜯지도 않은 티셔츠가 사이즈별로 여러 벌, 편해 보이는 바지도 몇 벌 준비되어 있었다. 각 방에 누가 오게 될지 몰랐음을 증명이라도 하듯 목욕 가운이 여성용 하나, 남성용 하나 있었다. 심지어 서랍장을 열어 보니 속옷도 남성용, 여성용이 함께 준비되어 있었다. 침실 바로 옆에 욕실이 있었다. 세면대와 좌변기, 광택이 나는 깨끗한 욕조 하나.

종민은 의자에 앉아 포커 칩이 담긴 통과 운명 카드가 담긴 봉투를 탁자에 내려놓았다. 감히 열어 볼 마음이 들지 않았다. 아래층에서 들은 얘기가 다 거짓말 같았다. 듣는 순간은 그야말로 행운이라고 생각했고 어떤 게임을 하든 승리를 할 수 있다고 봤는데, 홀로 남게 되는 순간 의욕이 식어 버렸다. 대신 처음 운전수를 만났을 때의 불안감이 피어올랐다.

금액이 터무니없이 컸다. 테이블에서 얘기를 들을 때는 침착했지만 뒤늦게 찾아온 흥분에 심장 박동이 주체가 되지 않았다. 이런 건 사기야. 사람을 미치게 만들려고 작정을 한 사기라고.

종민은 벽에 머리를 대고 주먹으로 벽을 치려다 멈췄다. 욕실 쪽에서, 아마도 킹의 방 쪽에서 쿵쿵하는 소리가 여기까지 들렸다. 그 덩치 크고 혼자서 열일곱 명이랑 싸워도 지지 않을 것 같은 얼굴을 하고 있던 남자가 막상 혼자 남게 되자 벽을 치고 있었다. 머리를 박는지 주먹으로 치는지는 모르겠지만.

침착해, 침착해. 종민은 속으로 몇 번이나 그런 말을 하면서 봉투에 손을 댔다. 1억의 판돈이 걸린 포커 판의 마지막 히든 카드를 여는 순간도 이렇게 흥분되지는 않을 것이다. 말도 안 되는 내용일까? 이를 테면 너는 숨을 쉴 운명, 화장실을 갈 운명, 잠을 잘 운명……. 그런 카드일까? 스페이드는 그런 멍청한 제안을 할 사람 같지 않았다.

그런 큰 금액을 게임 상금으로 거는 사람이 대체 누굴까?

아무리 세계적인 방송사가 주최한 게임이라도 이런 상금을 걸고 하지는 않는다. 몰래카메라 정도라야 가능할 것이다. 다 속인 다음 출연료로 10만 원 정도나 주겠지. 제세공과금 22퍼센트는 떼고 드리겠습니다, 고객님.

종민은 셔츠 앞주머니에 넣어 두었던 스페이드 잭 카드를 꺼내 괜히 한번 봉투 옆에 내려놔 보았다. 그리고 봉투에 들어 있는 운명 카드를 과감하게 꺼냈다. 공교롭게도 뒷면이었다. 크기는 딱 포커 카드 정도였고 복잡하면서도 정교한 문양이 타로 카드의 뒷면 같았다.

한 번 더 생각을 정리할 기회가 주어졌다. 종민은 눈을 감고 심호흡을 한 번 했다. 그리고 스페이드가 말한 규칙을 속으로 되새겼다. 여기에는 운명이 적혀 있고 그것대로만 하지 않으면 게임에서 승리한다.

운명을 거스르라는 얘기지? 좋아, 여기에 양파를 먹을 운명이라고 적혀 있다면 나는 아예 일주일을 굶어 버리겠어. 최소 상금이 20억이야. 잠을 잘 운명이라고? 그럼 안 자면 되지. 손가락을 하나씩 잘라서라도 자지 않으면 될 거야. 여기에 뭐가 있든 난 그걸 하지 않아. 그 어떤 괴상한 요구라도 다 들어주지 않겠어. 난 여기에 적혀 있는 무시무시한 말을 절대 듣지 않는 거야. 알았지? 일생일대의 기회야. 난 절대 운명에 따르지 않겠어!

종민은 결심에 결심을 더한 다음에야 천천히 카드를 뒤집었다. 카드의 앞면에는 달빛 비치는 아름다운 정원을 배경으로, 광대처럼 우스꽝스러운 분장을 한 남자가 겁에 질려 저항하는 남자의 가슴에 칼을 찌르는 그림이 있었다. 칼날을 따라 튀는 피를 보니 아직 찌르기를 멈춘 게 아니었다. 저항하는 남자의 처절한 표정에 대비된 살인자의 표정은 광대의 가면 아래 가려져 있었으나, 그의 손놀림은 이 짓이 즐거워 못 견디겠다는 듯 마치 춤이라도 추는 것처럼 보였다.

카드의 윗면에는 알아보기 어렵게 꼬여 있는 문구가 적혀 있었다. 처음에는 영어인 줄 알았지만 한글이었다.

'누군가를 살해할 운명.'

2

노크 소리가 천둥소리라도 되는 것처럼 종민은 놀랐다. 하마터면 비명을 지를 뻔했다.

종민이 나가 보니 집사가 옆으로 비켜서서 기다리고 있었다.

"회장님이 뵙고자 합니다."

"저를요?"

종민은 놀라 물었다.

"운명 카드에 대해 얘기하기로 되어 있었습니다. 질문을 포기하시겠습니까?"

집사는 이해력 딸리는 어린아이 가르치듯 차근차근 말했다.

종민은 한순간 얼떨떨해서 아무 말도 못 하다가 곧 허둥지둥 대꾸했다.

"아니요, 아니요. 있어요. 질문할 게 아주 많습니다."

"그럼 따라오시지요."

종민은 조심조심 집사의 뒤를 따라갔다. 여섯 개의 방 중에서 스페이드의 방은 복도 끝 창문 쪽에 있었다. 창문 밖은 시커먼 어둠 외에는 아무것도 보이지 않았다. 창문이 거울처럼 그의 모습을 비추고 있었다.

집사는 노크도 없이 문을 열고 안으로 종민을 안내했다. 욕실과 화장실 없이 정사각형에 가까운 방이었다.

스페이드는 커다란 원목 탁자를 앞에 두고 앉아 있었다. 낮에도 햇빛 한 줌 통과시키지 않을 두툼한 커튼을 배경으로 앉아 있는 모습이 아래층에서 봤던 털털한 모습과는 달리 진짜 회장님다워 보였다. 손으로는 카드를 한 장 계속 만지작거리고 있었다. 거기에 어떤 의미가 있는지 괜히 한번 생각해 보게 되었다. 집사는 도로 나가고 종민은 문 옆에 덩그러니 서 있었다.

"앉아요, 잭."

스페이드는 카드를 탁탁 소리 내어 튕기면서 말했다.

"그 이름 말고 제 이름을 알고 계시지 않나요?"

종민은 일인용 소파에 앉으며 말했다. 푹신하고 온몸이 빨려들어 가는 감촉이 오히려 불편했다.

"알죠. 하지만 우린 아래층에서 정해진 이름대로 부르기로 했지요. 그 약속은 저부터 지켜야 합니다."

"알겠습니다."

스페이드가 빙그레 웃으며 물었다.

"운명 카드를 보셨나요?"

"네."

"어떤가요? 운명을 거스를 수 있을 것 같은가요?"

"글쎄요……. 솔직히 조금……. 뭐랄까, 잘 이해가 안 돼요."

스페이드는 눈을 살짝 감고 고개를 저었다.

"그럴 리가요. 열 장의 운명 카드 중에서 이해가 안 되는 카드는 단 한 장도 없어요. 잭, 난 잭이 아주 똑똑한 사람이라는 걸 알아요. 가혹한 운명을 거스르기 위한 수많은 시도를 했고 때론 잘못된 선택을 하기도 했지만 글자를 잘못 읽어서 잘못을 저지른 적은 없죠. 그렇지 않나요, 잭?"

잭이라는 이름은 여전히 어색했다. 종민은 머리를 세게 흔들면서 과격한 제스처를 한 번 취했다가 손을 늘어뜨렸다. 스페이드는 재미있다는 듯 그 모습을 지켜보았고 종민은 괜히 창피해져 목소리를 크게 했다.

"그래요. 이해합니다. 그런 식이라면 이 운명을 거스르기는 너무……. 어어, 쉬워요."

"그런가요? 그럼 잭에게는 아주 좋은 일이잖아요."

"네. 기한이 일주일이라고 했지요? 전 이 카드에 적혀 있는 운명을 30년 넘는 세월 동안 단 한 번도 해 본 적이 없어요. 세상에, 솔직히 말해 전 동물 한 마리도……."

스페이드는 경고라도 하듯 손가락을 하나 들었다. 종민은 숨을 크게 들이마셨다가 도로 내뱉었다. 과거를 말할 뻔했다.

"규칙을 지키는 게 차라리 어렵겠군요."

종민이 말했다. 그 순간 뭔가 깨닫고 흠칫 놀랐다. 스페이드는 종민이 무엇에 놀랐는지 정확히 알고 있었다.

"조심해요. 운명 카드의 운명 거스르기보다는 규칙 위반으로 탈락하는 경우가 더 많으니까요. 우습지 않나요? 백억이라는 말도 안 되는 돈이 걸려 있는데 그 단순하기 짝이 없는 규칙 몇 개를 지키지 못해 탈락되다니."

백억이 말도 안 되는 돈이란 걸 알긴 아나 보지? 종민은 괜히 비꼬고 싶었지만 그 말을 내뱉으면 돈이 사라지기라도 할 것 같아 얼른 다른 말로 얼버무렸다.

"이런 게임을 여러 번 하시나 보죠?"

"자주는 아니지만 꽤 여러 차례 했지요."

"그럼 그중에 정말로 백억을 갖는 사람이 있었나요?"

"그럼요. 대부분 나눠 갖는 편이었지만요. 잭의 주위에는 갑자기 로또 당첨되었다고 해외로 나가는 사람 없었나요?"

스페이드는 또 농담인지 아닌지 모를 어투로 묻고는 카드를 내려놓았다. 플라스틱 재질의 카드가 제법 크게 딱 소리를 내며 탁자에 붙었다.

"자, 다시 본론으로 들어가죠, 잭. 게임에 승리했을 경우 상금은 어떻게 가져가시겠어요?"

"현금으로요."

종민은 망설임 없이 대답했다.

"정말로요? 그런 돈 가방을 부엌이랑 합쳐진 방 한 칸짜리 반지하로 들고 가겠다고? 나라면 그렇게 하지 않겠어요."

돈의 무게가 어깨를 누름과 동시에 그 무게감을 직접 느껴

보고 싶었다. 하지만 종민은 현금 다발의 무서움을 잘 알고 있었다. 사채업자들은 적은 액수를 빌려 줄 때 꼭 지폐로 빌려 주곤 했다. 그 돈을 받는 순간에는 엄청난 이자율을 생각하지 못하고 잠시나마 업자에게 고마움을 느끼기 때문이었다. 거꾸로 큰돈은 계좌 이체로 보내 준다. 그게 큰돈이라는 사실을 깨닫지 못하게 하기 위해서.

"그럼 반은 현금으로, 반은 통장으로."

"두 가지 통장을 가지고 계시죠? 국민은행으로, 아님 우리 은행으로?"

"어어, 국민은행으로요. 혹시 계좌 번호도 알고 계시나요?"

"물론이죠."

"저, 금융에 대해서는 잘 모르지만 갑작스러운 큰 금액은 추적을 당한다고 들었는데요."

"제가 그런 처리도 못 하는 주제에 그런 큰돈을 내주는 사람일까 봐서요?"

스페이드는 웃으며 만년필로 메모를 했다. 종민은 헛기침을 한 번 하고 물었다.

"이런 걸 물어도 규칙 위반인지 모르겠지만……, 상대방의 과거가 아니니까 괜찮겠죠?"

"지금 이 자리에선 뭐든 물어도 좋아요. 아까는 당신에게 규칙의 중요성을 알려 드리기 위해 경고한 거예요. 규칙이 어떤 식으로 적용되는지 여부를 확인하기 위해서라도 지금은 몇 번 어겨 보는 것도 좋아요. 앞으로 그러지 말라고 가르쳐 드리지요."

"다른 사람들은 상금 수령을 어떤 식으로 한다고 했는지 물어도 될까요?"

"어떤 사람은 현금으로 달라고 했고 어떤 사람은 가족 누군가의 통장으로 넣어 달라고 하더군요. 방금 그런 질문은 확실히 규칙 위반은 아니지만 가급적이면 하지 않는 게 좋겠어요. 이런 질문에 연결되어 나오는 대화는 대체로 규칙 위반이 되는 경우가 많아요."

"조심할게요."

"돈 얘기는 끝난 것 같군요. 몇 가지 중요한 규칙을 일러둘 시간이군요. 일단 게임이 끝날 때까지 전 여기에 없다는 걸 알아 두세요. 게임 끝날 때까지는 아무도 여길 들어올 수 없다는 점에 있어서는 저도 포함인 셈이지요."

"게임이 끝날 때까지 아무도 들어올 수 없다는 점이 그렇게 중요한가요?"

종민은 의아해 하며 물었다.

"중요할 수도, 중요하지 않을 수도 있지요. 거실에서도 말했지만 중간에 타인에 의해 게임이 멈추는 일이 없다는 걸 강조하고 싶었어요."

스페이드가 말했고 종민은 그냥 고개만 끄덕거렸다.

"필요한 물건이나 음식, 수건이나 옷 같은 건 모두 집사에게 부탁하면 돼요. 일주일 동안 잭이 할 일은 그 규칙을 모두 지키는 것, 그리고 카드에 적힌 운명을 거스를 것."

종민은 그 말을 하면서 스페이드가 살짝 웃고 있다는 걸 알았다. 마치 '네가 할 수 있을까?' 하는 비웃음처럼 보였다.

"……그리고 식사 시간은 반드시 지킬 것. 이건 강제 조항은 아니지만 다리가 부러지지 않는 한 하루 세 끼 식사를 거실 테이블에서 하지 않으면 그것도 규칙 위반으로 보겠어요."

"입맛 없어 굶는 것도 규칙 위반인가요?"

"딱히 그건 아니지만 가급적이면 식사를 즐기는 것이 본인에게도 좋겠지요. 긴장도 누그러뜨릴 수 있고."

"설마 세 끼 식사로 뱀이나 벌레가 나와도 참고 먹는 시험은 아니겠지요?"

"농담을 시작했다는 건 좋은 현상이에요. 잊지 마요. 이 게임에서 승자는 언제나 여유가 있는 사람이었다는 걸. 마지막으로 저녁 식사가 끝난 다음 반드시 한 시간은 포커 게임을 해야 해요. 오늘 밤에 했던 것처럼."

"그것도 하지 않으면 규칙 위반인가요?"

"맞아요. 실격이죠. 식사 시간 지키라는 게 권장 사항이라면 이건 강제 조항이에요."

"다리가 부러져도요?"

"집사가 들어서 앉혀 줄 거예요."

"하다가 칩을 다 잃으면요?"

"그럼 적어도 앉아서 구경이라도 하세요. 당연히 이 저택 밖으로 나가는 건 기권으로 간주하겠어요. 일주일 정도 바깥 공기 안 쐰다고 죽는 병에 걸린 건 아닐 테지요. 자, 대충 얘기가 끝났군요. 질문은?"

물어보고 싶은 게 아주 많았던 것 같은데 막상 물으라고 하니 아무것도 물을 수가 없었다. 스페이드는 꽤 긴 시간을 기다려 주었고 종민은 중요한 질문거리를 놓친 찝찝한 기분으로 침만 삼키고 있었다. 마침내 스페이드는 자리에서 일어나며 손을 내밀었다.

"질문 없으면 이제 돌아가도 좋아요. 좋은 밤 되고, 건투를 빌어요."

종민은 소파에서 일어나 악수를 하다가 불쑥 내뱉었다.

"지금은 규칙을 어기고 물어도 된다고 하셨죠?"

"카드에 적힌 문구에 대해 묻고 싶은 거죠?"

"네."

"물으세요."

"묻는다고 탈락인 건 아니죠?"

"방금 내가 물으라고 했죠? 그럼 물어도 돼요."

종민은 마른 입술을 한 번 적신 다음 물었다.

"누군가 절 죽이려고 하는데 정당방위로 죽이면 그것도 살해하는 게 되는 건가요?"

스페이드는 종민의 얼굴을 바라보며 미소를 일그러뜨렸다. 잡고 있는 손에 힘이 조금 들어갔다.

"정당방위는 정당방위라고 하지, 살인이라고 하지는 않지요."

"그건 누가 정하는 거죠?"

"상식선에서 정하겠죠."

"애매한 상황이면요?"

스페이드는 천천히 손에서 힘을 빼고 바지주머니에 찔러 넣었다.

"판단이 어려워지겠지요. 애매한 상황을 아예 만들지 마요. 제가 해 줄 수 있는 조언은 그게 전부인 것 같네요, 잭."

종민은 고개를 끄덕이며 뒷걸음질 쳤다. 스페이드는 작별 인사를 두 번 하지 않았다. 종민은 어색하게 인사를 하는 둥 마는 둥 하고 방을 나왔다. 밖에서 기다리고 있던 집사가 종민을 다시 잭의 푯말이 붙은 방으로 안내했다. 방으로 들어가기 전에 종민이 물었다.

"혹시 밤중에 1층 거실로 내려가면 안 된다는 규칙이 있나요?"

"그런 규칙은 없는 걸로 아는데 방금 회장님이 새로 만들었나요?"

집사가 되물었다.

"아니요."

"그럼 괜찮습니다. 밖으로 나가지만 않으면 자유롭게 돌아다니셔도 됩니다."

집사는 질문을 하지 않았으나 종민은 지레 찔려서 말했다.

"그냥 갈증이 나서요. 물이라도 마시려고……."

9시 뉴스 앵커만큼이나 또박또박 말하는 집사 앞에서 종민은 자신의 어물거리는 말투가 한없이 한심스러웠다.

"밑에 냉장고와 정수기가 비치되어 있고, 원하신다면 제가 가져다드릴 수 있습니다."

"아, 그, 그래 주시겠습니까?"

종민은 도로 방으로 들어갔다. 그러고 보니 위치상으로 종민의 옆방이 스페이드의 방이었다. 지금까지 아무 소리도 흘러나오지 않았고 지금도 마찬가지였다. 아마도 안 들려야 옳겠지만 종민은 괜히 신경을 옆방에 집중하게 되었다. 그래서 또 노크 소리에 놀라 제자리에서 벌떡 일어나게 되었다. 당연히 집사였고 깨끗한 컵과 500밀리리터짜리 생수병을 쟁반에 올려 들고 있었다. 종민은 컵과 병을 받아 들고 말했다.

"고맙습니다."

"편한 밤 되십시오."

집사가 돌아간 다음 종민은 페트병에 담긴 물을 컵에 따르지 않고 한 번에 들이켰다. 속이 좀 나아지나 싶었지만 잠시 후 종민은 화장실로 달려가 저녁에 먹은 걸 싹 게워 냈다. 와인에 섞인 음식물이 피가 섞인 듯 붉었다. 불쾌한 신맛이 입안을 가득 채웠다. 세수를 하는 동안에도 계속 토할 것 같은 느낌을 참아 내느라 혼났다.

종민은 옷도 갈아입지 않고 침대에 누웠다. 하지만 곧 무서운 생각이 들어 도로 일어나 방문을 잠갔다.

노크 소리에 종민은 또 화들짝 놀라 일어났다. 아주 짧은 시간 동안이나마 종민은 시간 개념을 잃고, 막 잠들자마자 일어난 것인지 시간이 흘러 아침이 된 것인지 분간하지 못했다. 바보같이, 이렇게 밝은데 아침이 된 게 당연하지. 창문에 쳐 있는 꽃무늬 커튼은 햇빛을 전혀 막아 주지 못하니 앞으로 일주일 동안 늦잠 자기는 그른 모양이다. 복도 반대편 방, 그러니까 조커, 에이스, 퀸의 방은 아예 아침 햇살에 직격 당하고 있을 테니 다행이라고 해야 하나? 어쨌든 종민은 곰팡내 나는 반지하 월세 집의 낡은 매트리스 위가 아닌 푹신하고 깨끗한 이불 속에 파묻혀 있었다.

한 번 더 노크가 있었다. 대답하려 했지만 목이 잠겨 잘 되지 않았다. 종민은 헛기침을 한 번 하고 대답했다. 그래도 목소리는 갈라졌다.

"네."

"식사 시간입니다."

집사의 목소리였다. 몇 시냐고 물어보려다 직접 벽에 걸린 시계를 확인했다. 7시 반이었다. 최근 이렇게 일찍 일어나 본 적이 거의 없었다.

"곧 갑니다."

"그럼 8시까지 오십시오."

"혹시 1분이라도 늦으면 규칙 위반인가요?"

종민은 침대 옆에 놓인 동그랗고 푹신한 러그에 발을 대며 물었다.

"아닙니다. 하지만 늦으면 다른 분들이 기다리시겠죠."

집사의 발소리가 멀어졌다. 괜찮다는 말을 들었어도 종민은 서둘렀다. 욕실에 있는 물품들은 모두 새것이었다. 치약, 칫솔, 비누, 빗, 화장품. 그것도 일회용품이 아니라 꽤 비싸 보이는 브랜드 제품이었다. 가격이 얼마인지조차 알지 못하는 것이었다. 수건도 종민이 어디 행사장 같은 곳에서 기념품으로 받아 온 거친 재질이 아니었다. 밤에는 제대로 보지 못했지만 세면대는 방금 소독한 듯 반짝거렸다. 하얀 욕조는 그가 일평생 한 번도 가져 본 적이 없는 물건이었다. 이런 곳에 따뜻한 물을 받아 놓고 느긋하게 맥주를 한 잔 마시는 건 그가 꿈꾸던 작은 소망이었다. 그런 깨끗한 공간에 어제 토한 흔적은 유독 눈에 띄었다.

말만 하면 이 집 일꾼들이 다 치워 줄 거야. 그렇게 생각했지만 종민은 두루마리 화장지를 풀어 열심히 변기 주변을 닦았다.

이미 다른 사람들은 식탁에 앉아 식사를 벌써 시작하고 있었다. 7시 55분이었다. 종민은 남은 자리에 앉았고 앉자마자 하녀가 다가와 물었다.

"햄과 베이컨 샌드위치가 있고 된장찌개와 밥이 있습니다. 어떤 걸로 드시겠습니까?"

"아, 어······. 샌드위치요."

종민은 더듬거리며 대답했다. 지금부터는 무슨 말이 나와도 더듬거릴 것 같았다.

"우리끼리 얘기하는 게 규칙 위반은 아니겠죠?"

앞자리에 앉은 여자가 입을 열었다. 딱히 어제 저녁 식탁이 사람 얼굴도 못 알아볼 정도로 어두웠던 건 아니었지만, 순간

적으로 누군지 기억이 나지 않았다. 대신 목소리는 선명하게 기억났다. 여자는 분명 두 명뿐이었고, 전날의 분노가 남아 있는 것처럼 쏘는 말투는 에이스가 분명했다. 아침인데도 화장이 진해서 왠지 사나워 보였다. 화장기 전혀 없는 푸석한 얼굴 그대로 내려온 퀸은 괜히 비교되어서 그런지 아예 아파 보일 지경이었다.

집사가 대꾸했다.

"아닙니다. 상대방의 운명 카드를 알려고 든다거나 자기 과거를 얘기하는 것만 아니라면……."

"그건 어제 지겹도록 들었어요."

에이스는 모두를 돌아보며 말했다.

"각자 소개라도 해요. 난 뭐 먹을 때 말을 안 하면 소화불량에 걸리는 사람이라. 난 에이스예요. 아직도 이 괴상한 이름이 마음에 안 들어 죽겠지만."

종민은 여자 나이를 잘 구별 못 하는 편이라 자신할 수 없지만 에이스는 40대 초반 정도로 보였다. 정말 그 정도로 보여서가 아니라 짙은 화장과, 고급스러운 목걸이나 귀걸이 같은 장신구, 말투나 이런저런 분위기로 짐작한 것이다. 얼굴로만 보자면 30대 후반이나 중반이라 해도 좋을 정도였다. 오히려 느낌상 종민보다 어린 게 분명한 퀸 쪽이 더 나이 들어 보였다.

"난 킹이오. 나도 이 이름이 좋은 건 아니고. 하지만 뭔가 내기 같은 게 걸릴 거라고 생각했고 난 기세 싸움을 해야 되니 제일 세 보이는 이름을 택했죠."

킹은 건성으로 말을 마쳤다.

킹은 종민과 나이는 비슷해 보였지만 목소리는 훨씬 연륜이 느껴졌다. 날렵한 눈매에 신경질적인 미소가 에이스 못지않게 무서워 보였다. 다부진 몸집도 젊었을 때 사람 둘쯤 죽이고 별 세 개 정도 달았다고 허세를 부려도 통할 정도였다. 그가 말하는 것만으로도 종민은 위축이 되었지만, 다른 사람은 별로 그런 모습이 없었다.

종민의 옆에 있는 갈색 머리의 조커는 제일 어려 보였지만 제일 사나워 보였다. 어제 입고 있던 패션은 포기하고 다른 사람들처럼 편한 운동복으로 갈아입고 있었지만 붉은색 피어싱은 포기하지 않았다. 베이컨을 찍는 포크를 쥔 손은 흉터가 많았다. 찢어졌다 꿰맨 자국 같았다.

"조커입다."

조커는 자기소개 하는 게 세상에서 제일 귀찮은 사람처럼 간단히 이름만 말하고 시선을 종민에게 넘겼다.

"잭입니다."

"퀸입니다."

퀸은 종민이 말하자마자 채 가듯 대꾸하고 주스를 마셨다. 퀸은 서른 살 정도 되는 얼굴에, 긴 머리는 아무렇게나 뒤에서 묶고 있었고 시선은 항상 탁자나 땅을 향하고 있었다. 꾸미면 예쁠 것 같지만, 병석에서 막 일어난 듯 핏기 없는 뺨을 보면 외모에 전혀 관심 없는 여자 같았다. 사실 이런 순간에도 화장에 신경 쓰는 에이스 쪽이 이상한 거지, 차라리 퀸이 정상이었다. 그녀는 식사도 하는 둥 마는 둥이고 커피와 우유만 번갈아 가며 조금씩 마시고 있었다.

종민도 그리 식욕이 나지 않았다. 애초에 빵에 우유를 먹는 아침 식사도 익숙하지 않았다. 사실 아침밥을 먹는 일 자체가 드물었다. 보통 11시에나 일어나 점심 식사로 하루를 시작하는 종민이었다.

"그런데 다들 뭘 할 거예요? 점심 식사 때까지 아무 할 일도 없을 텐데. 회장님은 안 나오시나?"

에이스는 빈 접시를 밀어놓으며 괜히 거들먹거렸다.

"회장님은 약속대로 월요일 아침에 오십니다."

집사가 대답했다.

"TV도 없는 거예요? 컴퓨터나. 그러고 보니 빼앗아 간 전화기도 일주일 후에 돌려주는 거고?"

"그렇습니다."

"들었어? 우린 일주일 동안 아무 할 일도 없는 거네요. 다 같이 뭔가 할 거리가 있었으면 하는데 어때?"

에이스는 슬그머니 반말을 섞어 가며 말했다.

"뭐, 난 아무것도 안 해도 상관없수다. 하려면 댁들끼리 하시든가."

조커가 머리를 쓸어 올리며 말했다.

"댁이라니? 어린놈의 새끼가."

에이스가 위협조로 말했지만 조커는 코웃음도 치지 않았다.

"먼저 반말하기에 같이 말 놓자는 건 줄 알았지."

"너 규칙 때문에 산 줄 알아."

"왜, 싸우지 말라는 규칙도 있었수? 아니면 댁의 운명 카드가 누군가랑 싸운다! 일려나?"

조커의 말에 에이스가 집사에게 말했다.

"이 자식 이거 규칙 위반 아니야?"

집사는 어깨를 으쓱하고 말았다. 조커는 피식 웃으며 베이컨을 입에 물더니 들릴락 말락 하는 목소리로 말했다.

"좀만 더 하면 고자질이라도 하러 가겠어?"

"너 방금 뭐라고 했어?"

에이스가 자리에서 벌떡 일어났다. 의자가 넘어지며 극적으로 큰 소리가 났다. 조커는 눈을 치켜뜨고 쳐다보기만 할 뿐, 아무 말도 하지 않았다. 종민은 집사의 눈치부터 살폈다. 집사는 냉정하게 상황을 주시만 하고 나서지 않았다.

종민은 선천적으로 싸움을 피하는 타입이라 이런 일이 벌어지면 먼저 뒤로 물러나고 보는 편이었다. 하지만 집사가 방관하는 모습을 보자 용기를 얻었다. 이런 싸움 역시 게임의 일부다. 주먹으로 몇 대 맞는다고 20억이 날아가지는 않는다. 그런 생각을 하니 두려움이 싹 가셨고 식욕이 돌았다. 종민은 샌드위치를 베어 물었다. 동네 제과점에서 파는 샌드위치와는 비교도 안 되게 맛이 좋았다. 아삭거리는 채소가 유난히 맛있어서 뭔지 확인해 보니 평범한 파프리카 조각이었다. 이게 이렇게 맛있는 거였던가? 종민은 괜히 샌드위치 재료나 분석하면서 위험해 보이는 상황을 무시하려고 애썼다.

살해하는 운명 카드

반면 퀸은 다툼이 일어나자, 그나마 먹던 우유에도 손을 대지 못했다. 그녀는 몹시 초조해 했고 당장 이 자리를 뜨고 싶어 안달이 나 있었다. 하지만 식사를 끝내야 한다는 걸 의식해서인지 함부로 일어나지는 않았다.

"내가 참는다, 진짜."

에이스는 의자를 다시 일으켜 앉았다. 그녀의 대화 시도는 허무하게 끝이 났고 그 뒤로는 누구도 구태여 대화를 만들려고 하지 않았다. 지금은 입을 잘못 놀려 규칙을 어기는 것보다는 아무 말도 하지 않는 편이 나았다.

식사가 끝나고 각자에게 자유 시간이 주어졌을 때 종민은 제일 먼저 일어나 자기 방으로 돌아가 버렸다. 아무 말도 하지 않고 아무것도 하지 않는 것으로 규칙을 지킬 수 있고, 아무도 죽이지 않으면 그걸로 운명 게임의 승자가 된다. 세상에서 가장 쉬운 내기다.

'사람을 죽일 운명? 내가 뭐하러?'

종민은 침대에 엎드려 모자란 아침잠을 청했다. 하지만 잠은 오지 않았다. 말년 병장 때 할 일 없어 엎드려 있던 일과 시간 이후로 이렇게 시간이 느리게 흘러가기는 처음이었다. 주유소 사장이 왜 출근 안 했냐고 화낼 것이 벌써부터 걱정되었다. 일주일이나 무단으로 결근하면 당연히 잘리겠지?

잘리라지!

점심 식사는 아침 식사보다 더 조용히 지나갔다. 이번엔 에이스도 굳이 대화를 시도하지 않았다. 조커에게 단단히 화가 나 있는 모습이었다. 조커는 아침 일을 아예 없던 일 취급하는 모습이었다. 퀸은 여전히 불안해 했고 킹은 식사로 나온 스파게티를 두 접시나 먹어 치웠다.

나랑은 상관없는 일이야, 종민은 생각했다. 다른 사람들이 무슨 운명을 가지고 있든, 무슨 생각을 하든, 서로 무슨 일을 벌이든.

하루해가 가고 다 같이 저녁 식사를 마칠 때까지도 종민은 같은 생각으로 일관했고, 예정되었던 대로 밤에 포커가 시작되었다. 시계를 슬쩍 보니 시작 시간이 9시 20분이었다. 그럼 끝나는 시간은 10시 20분이겠군. 친목을 도모할 사이도 아니고 20억이라는 돈 앞에서 3천만 원어치 포커 칩은 그리 큰 액수가 아니었다. 그야말로 심심풀이였다.

칩을 다 잃으면 멍청하게 앉아 있어야 하니, 잃지 않겠다는 정도의 의욕만으로 하던 종민의 칩은 어느 순간 3천에서 2천 정도로 줄었다. 하지만 에이스나 조커의 눈에는 생기가 돌았다. 종민은 그 순간에 아차 싶었다. 아무리 20억이라는 돈이 커도 이 자리에 있는 사람들의 돈을 모두 따면 1억5천만 원이었다. 결코 날려 버려도 좋을 금액은 아니었다. 판돈 자체가 공짜로 생긴 거라고 함부로 여길 수는 없었다.

'정신 차리자.'

물론 도박이라는 게 정신 차렸다고 바로 딸 수 있는 건 아니었다. 종민이 그런 마음을 가졌을 때 한 시간은 끝나 버렸다.

"오늘 포커 판은 이것으로 끝났습니다. 현재까지 탈락자는 아무도 없으며 내일 아침 식사 시간은 오늘과 마찬가지로 8시입니다. 좋은 밤 되십시오."

집사가 외워 놓은 대사처럼 줄줄 읊었다. 뭔지 모르게 신경에 거슬리는 말이었지만 다른 사람들은 아무렇지도 않게 받아들였다. 탈락자가 없다는 것을 없다고 알려 준 것뿐인데 왜 이런 느낌일까? 종민은 괜히 자기 혼자 예민하게 구는 것 같아 아무 말 하지 않았다.

제일 먼저 퀸이 자리에서 일어났다. 그리고 자기 칩만 챙겨 조용히 위층으로 사라졌다. 종민도 당연하다는 듯 칩을 챙겨 넣고 있는데 에이스가 말했다.

"꼭 그만해야 하나?"

에이스는 어제 첫 포커 했을 때와는 달리 굉장히 신중한 베팅을 했고 잃은 금액을 거의 회복한 상태였다. 판 자체가 어제와 달랐다. 어제는 이 칩을 가짜 돈이라 생각했지만 이게 진짜 돈이라 생각한 오늘은 큰 판이 벌어지지 않았다. 어지간하면 크게 붙는 일이 없었다. 심지어 풀하우스끼리 붙은 판에서도 마지막 베팅이 백만 원에 불과했다. 종민이 하트 플러시를 잡았을 때는 히든카드를 받기도 전에 다들 죽는 바람에 처음 베팅된 칩밖에 먹지 못했다.

"그럼 뭐 더 해요?"

킹이 물었다.

"어차피 난 자정 전까지는 잠도 잘 못 자. 좀 더 한다고 규칙 위반은 아닐 것 같은데, 어때?"

에이스가 집사에게 물었다.

"상관없습니다. 술을 한 잔 올릴까요?"

"좋아."

에이스는 이제 집사를 자기 집 하인처럼 부려 먹고 있었다. 낮에 방에 있을 때 복도에서 '여기 커피 좀 가져와' 하고 소리 지르기도 했다. 하지만 집사의 얼굴에서 거부감이라고는 찾아볼 수 없었다. 에이스가 갑자기 생각난 듯 물었다.

"아, 참. 오늘 저녁 식사에 나온 와인이 뭐였지?"

"티냐넬로였습니다. 빈티지도 확인해 보고 올까요?"

"아니, 그럴 필요는……. 어머, 정말 그거라고? 그럼 다른 이탈리아 와인 중에 좋은 것도 있겠네?"

"글쎄요, 비슷한 거라면 셀러에 있을 것 같습니다."

"그럼 골라서 줘."

에이스는 기대하는 얼굴로 말했다. 종민이 전혀 알아듣지 못하고 있을 때 조커가 말했다.

"그럼 나도 같은 걸로 한 잔 주쇼. 그리고 술은 여기 일하는 아가씨가 갖다 주면 좋겠는데?"

집사는 잠깐 멈칫하나 싶더니 고개를 저었다.

"퇴근했습니다."

"아까 있는 거 봤는데?"

조커가 말했다.

"저녁 식사가 끝난 뒤에 필요한 건 모두 제게 말씀하십시오."

집사가 대꾸하고 부엌 쪽으로 걸어가자 조커는 과장되게 어깨를 으쓱했다.

"저 친구 오해했나 보군. 카드나 돌립시다."

종민은 오래 앉아 있고 싶은 생각은 없었지만 따로 할 일도 없고 분위기에서도 밀린 나머지 그냥 앉았다. 와인 마시는 사람 둘에, 안 마시는 사람 둘의 포커가 한 시간쯤 더 이어졌다. 에이스는 계속 몬탈치노 어쩌고 투스칸이 어쩌고 와인에 대해서 중얼거리는 바람에 포커 치는 내내 신경을 거슬리게 했다. 종민은 괜히 5백만 원만 더 잃고 자리에서 일어났다.

"전 어제 잠을 잘 못 자서 지금 자야겠습니다."

종민의 말에 에이스도 손을 뗐다.

"뭐, 셋이서 하는 것도 그러니 나도 일어나지."

에이스는 먼저 계단을 올라가는 종민의 엉덩이를 툭툭 치더니 앞서 갔다.

"잘해 봐."

뭘 잘해 봐? 종민은 되묻고 싶었지만 그냥 입을 다물었다. 돈을 많이 따서 기분이 좋아진 모양이었다.

방에 돌아와 칩을 세어 보니 천5백 정도로 줄어 있었다. 종민은 한숨을 내쉬었다. 20억을 벌 건데 무슨 상관이람? 다 따면 1억5천, 적은 돈이 아니지만 다섯 명 포커 판에서 한 명이 다 따는 일은 쉽게 벌어지지 않는 법이었다. 잃으면 3천, 역시 적은 금액은 아니지만 신경 쓸 일도 아니었다. 괜히 흥분해서 규칙을 어기는 짓을 할 바에야 3천만 원 정도 날려 버리는 게 좋다.

'차라리 다 잃어버릴걸 그랬어.'

하루 한 시간씩의 포커 판이 괜히 신경 쓰이기 시작했다. 시간 딱 되자마자 뒤도 안 돌아보고 일어나서 가 버린 퀸이 오히려 존경스러웠다.

'그래. 내일 시작되면 제일 낮은 패를 잡고 있을 때 올인을 해 버리고 그다음부터는 얌전히 치즈 조각이나 씹으면서 아무 말 않고 앉아 있자. 그게 제일 나을 거야. 누가 말 시켜도 그냥 새침하게 입 다물고 있으면 그만 아니겠어?'

종민은 씻고 잠옷으로 갈아입은 다음 침대에 누웠다. 어제 옷을 입은 채로 잠들어 버린 탓에 오늘이 잠옷을 입는 첫날이었다. 까칠한 새 옷 느낌이 기분 좋았다.

막 잠들려고 하는데 불쑥 고등학교 때 몰래 학교 수업 째고 나가서 봤던 영화가 떠올랐다. 감히 수업 시간을 제끼고 영화를 봤다는 쾌감 때문에 그 어떤 명작 영화보다 더 선명하게 기억이 났다. 나중에 그 감흥을 다시 느껴 보려고 비디오로 봤지만 그때만큼 재미있지는 않았다.

영화는 오두막에 갇혀 있는 사람들의 일상생활로 시작된다. 그들은 생판 모르는 사람들이었고 어떤 방송 촬영을 위해 오두막에 한 달간 갇혀 지내는 것이었다. 알고 보니 그것은 살인자의 함정이었고 살인자는 느긋하게 한 명씩 죽이기 시작한다. 하지만 갇혀 있는 사람들은 상금을 받고 싶은 욕심에 오두막을 나갈 생각을 못 하고 끝내 살인자에게 모두 죽는 걸로 끝난다.

그 영화 줄거리가 떠오르자 잠이 확 달아났다. 종민은 침대에서 몸을 일으켜 벽에 등을 기대고 앉았다.

살인자가 게임을 제안하며 가혹한 테스트에서 살아남으라는 영화, 규칙만 지키면 살 수 있다는 살인자의 지시대로 따르다가 끝내 자기 아내까지 살해하는 추리소설도 떠올랐다.

그것은 다 허구고 지금은 현실이다. 하지만 그런 허구에 나오는 허무맹랑한 살인마조차 백억을 내던지지는 않는다. 할리우드 영화에서도 천만 달러라는 금액이 나오면 기관총 든 은행강도가 나오거나 전직 해병대원이 나오고, 건물이 폭발하고 수십 대의 자동차가 도심을 질주한다. 어색한 이름으로 서로를 부르며 포커나 하다가 사람만 안 죽이면 받는 그런 금액이 아닌 것이다.

종민은 한쪽 머리를 움켜쥐고 속으로만 중얼거렸다.

'내가 왜 사람을 죽이겠어?'

지금까지 너무 어렵게 생각하지 말자고, 너무 깊이 생각해서 긴장하지 말자며 스스로를 다독이느라 바빠 중요한 것을 간과하고 있었다. 너무 쉽게 생각한 게 아닐까? 사람을 죽이지만 않으면 된다고?

종민의 머릿속에 있던 스페이드의 부드러운 미소가 갑자기 사악한 미소로 바뀌었고 말도 안 되는 상상력이 발휘되기 시작했다.

살인마가 갑자기 창문을 깨고 달려든다, 종민은 저항하다가 실수로 칼을 찔러 살인마를 죽인다…….

'아니야! 그건 운명에 거스른 게 아니야. 정당방위는 괜찮다

고 했어! 내가 이 카드의 운명대로 따르는 것으로 탈락하려면 내 의지로 누군가를 죽여야 하는 거야.'

물론 그런 일은 없을 것이다. 빌어먹을 포커 판이 있다는 게 신경 쓰였지만 거기서 돈을 다 잃는다고 화가 나서 누군가를 죽일 리는 없다. 집사나 하녀의 서비스가 엉망이라고 죽일 리도 없다. 종민은 도저히 자신이 정당방위가 아닌 다른 일로 사람을 죽이는 상황을 상상할 수 없었다.

종민은 세수를 한 번 했다. 졸음은 찬물에 씻겨 하수구로 빨려들어 갔다. 종민은 젖은 얼굴을 거울에 비춰 보며 말했다.

"그런 일도 일어나지 않아."

종민은 수많은 공포소설과 추리소설을 보면서, 그런 연쇄살인이 현실에서 벌어지면 아마도 첫 번째 희생자는 자신이 될 거라고 상상하곤 했다. 그는 범인을 잡는 천재 탐정도 못 될 것이고, 마지막까지 살아남는 생존자도 못 될 거라고 단정 지었다.

이것은 게임이다. 20억, 어쩌면 백억을 받는 말도 안 되는 규모의 게임이다. 퀴즈쇼에서 1억이라는 상금을 타 내기 위해 얼마나 많은 도전자들이 실패했는가? 어지간한 중소기업의 연간 매출을 받기 위한 조건이 아무것도 하지 않는다는 것 자체가 앞뒤가 맞지 않는다.

스페이드는 엄청난 부자일지는 모르지만 아무리 부자라도 백억을 집어던질 리는 없다. 뭔가를 해 주는 대가가 필요하다. 그는 규칙을 설정했고 그 규칙을 지키는 모습을 지켜보는 재미로 백억을 주는 것이다. 어쩌면 아무도 상금을 못 타게 어떤 장치를 해 두었을지도 모른다.

종민은 다시 침대에 앉아 거의 다 끝냈다고 생각한 추리의 산을 되짚어 올라가 보았다. 스페이드가 거짓말을 한 게 아니라면 종민은 살인이라는 범죄를 저질러야 하고 그 범죄의 범인으로 정확히 밝혀져야 한다.

가슴 한쪽이 아파 왔다. 종민에게 있어 살인 사건이란 건 인생에서 완전히 동떨어진 단어는 아니었다.

중학교 2학년 때였다. 한 여학생이 학교 교실에서 살해당했는데 범인은 같은 학교 남학생이었다. 미성년이 미성년을 살해한 엄청난 사건이었는데, 학교에서 쉬쉬하고 놀랍게도 언론에도 크게 다뤄지지 않는 바람에 그 학생이 왜 살인을 저질렀는지는 아직도 알지 못했다.

여학생이 죽은 다음 날 몇몇 학생들이 불려 가 경찰에게 취조를 받았고 종민은 그중 한 명이었다. 어제 행동이 수상했던 학생 이름을 대 보라는 간단한 취조였다. 수사가 성의 없어 보였다. 종민은 사건에 대해 아무것도 몰랐다. 그래서 야간 자율학습이 끝난 다음에도 마지막까지 남아서 공부를 했던 같은 반 학생의 이름을 댔다. 별로 친하지도 않은 학생이었고 진짜로 그 애가 마지막까지 있었는지도 기억이 가물가물했다. 종민은 설마 그런 별거 아닌 증언이 중요한 자료로 쓰일 거라고는 생각하지 않았다. 실제로 종민은 지금도 그 급우의 이름이 기억나지 않았다.

경찰이 범인으로 지목한 건 종민이 증언한 바로 그 남학생이었다. 비밀 취조였으니 종민 말고 몇 명이 그 남학생의 이름을 댔는지 알 수 없었다. 혼자만 댄 것인지도 몰랐다. 경찰은 비밀을 지켰다. 한동안 학교 공기는 무거웠고 이상한 소문이 돌았다. 죽은 여학생이 유령이 되어 나타난다거나 또 다른 살인 사건이 벌어졌다거나 하는 괴담 종류가 아니었다.

그 남학생은 진범이 아니었다는 것이다. 학교에서 사라진 것은 주요 용의자로 계속 경찰에게 시달리다가 정신병원에 입원했기 때문이다. 남학생은 자기를 고자질한 놈에게 복수를 하려고 아직도 학교 주변을 배회하고 있다. 같은 소문이 무성했다. 어쨌든 어떤 선생님도 사건에 대해 입을 열지 않았고, 그 후로 그 남학생은 학교에 돌아오지 않았다.

진짜 범인이 누구인지, 그 남학생이 정말로 오해만 받은 것이었는지, 진범이었고 죄가 밝혀져 재판을 받았는데 소문만 무죄라고 난 것인지도 알 수 없었다. 그때는 지금처럼 인터넷에 이름만 치면 무슨 사건이든 다 검색할 수 있는 시절도 아니었다. 종민은 일부러 그 사건을 듣지 않고 피해 다녔고, 졸업한 뒤에도 가급적 그 기억을 지우려고 애썼다. 자신의 모호한 증언 한마디에 그 남학생이 범인으로 몰렸을지도 모른다는 사실 때문이었다.

종민은 운명 카드를 손에 들었다. 누군가를 살해할 운명. 여러 가지 경우의 수를 다 따져 보니 종민이 이 운명 게임에서 패하는 경우는 단 하나뿐이었다. 자신이 저지르지 않은 살인 사건에 대해 범인으로 몰리는 것.

그럼 이 집 어딘가에서 살인 사건이 벌어지기라도 한다는 건가? 스페이드가 엄청난 재력을 바탕으로 누군가를 시켜 그런 일을 꾸민다?

그럼 그것은 게임이 아니다. 만약 이게 살인마의 함정이라면 이런 가정 전부가 쓸데없다. 첫 번째 희생자는 자신일 테니까! 이렇게 고민할 때가 아니다. 무조건 달아나야 한다. 창문을 깨고 2층에서 뛰어내려 산길을 달려야 한다. 하지만 이게 살인마의 함정이 아니라 정말 어떤 게임이라면, 괜히 의심이나 하고 있을 때가 아니었다. 이 게임의 진짜 규칙을 알아야 한다.

종민은 눈을 크게 뜨고 천장을 올려다보았다. 살인, 살인, 살인. 같은 말만 몇 번이나 반복하다가 종민은 중얼거렸다.

"다른 사람들은 뭘 하게 될 운명일까?"

3

수요일 아침이 밝았다. 어제도 제대로 잠을 못 자는 바람에 몹시 피곤했다. 여전히 찬바람 쌩쌩 날리며 아침 식사 시간이 끝났다. 퀸은 언제나처럼 씽 올라가 버렸고 종민도 따라 올라갔다. 계단을 올라가는데 뒤에서 에이스의 목소리가 들렸다.

"조커 씨, 나랑 얘기 좀 하지?"

"뭐 할 얘기 있수?"

"아니, 어제 일 사과도 할 겸."

"사과 안 해도 됩다."

조커는 툭툭 내뱉었다. 종민은 계단 중간의 모서리에 서서 둘의 목소리를 들었다. 이미 퀸은 자기 방으로 들어가 버리는 바람에 2층에는 아무도 없었고 킹은 마치 직장인들이 엠티 와서 여유로운 아침을 맞이하는 것처럼 커피를 즐기고 있었다.

종민은 아래층에서 자기 모습이 보이지 않는 위치까지만 올라가 귀를 기울였다. 만약 누가 올라오려고 하면 잽싸게 계단을 올라가면 그만이고 퀸이 도로 나오면 방금 나온 척 아래층으로 내려가면 그만이었다.

 킹이 있는데도 얘기를 하는 걸 보니 에이스가 딱히 비밀 얘기를 할 건 아닌 모양이었다.

 "뭐, 다들 무슨 운명을 쥐고 있는지 모르겠지만 솔직히 우리 이렇게 재미없게 일주일 보내면 다 같이 20억씩 생기는 거 아닌가?"

 "그래서요?"

 조커는 여전히 관심 없는 어조로 말했다.

 "이상하지 않냐는 거지. 그 노인네가 아무 이유도 없이 그런 큰돈을 줄 리가 없잖아."

 "대화 길게 하고 싶지 않은데 나 그냥 올라가 봐도 될까요? 괜히 규칙 위반하고 싶지 않은데."

 "바로 그거야. 막상 일주일이 다 지난 다음에 여기저기 설치된 카메라 녹화 화면을 보여 주면서 이런저런 규칙을 어겼다고 시비를 걸지 누가 아느냐 말이야. 그러니까 내 말은 별거 아닌 위반 사항을 트집 잡아서 결국은 아무한테도 상금을 안 줄 수도 있는 거 아니겠느냐 이 말이지. 어? 이해가 돼? 내 말이 이해가 가냐고."

 "이봐요, 아줌마."

 킹이 말했다.

"그런 걸로 시비 걸어서 돈 안 줄 거면 애초에 이런 게임 하자고 부르지도 않았을 거라는 생각은 안 들어요?"

잠깐 침묵이 있었다.

"한 번만 더 아줌마라고 부르면 가만 안 둔다, 너."

"네, 네, 사모님. 내가 하도 거칠게 살아서……. 어쨌든 난 스페이드 노인이 사소하게 트집 잡을 것 같진 않은데요?"

"그게 이상하다는 거야. 난 너희들 카드가 뭔지 모르지만 아마도 너무 쉬울 거야. 나도 마찬가지고."

"그거 정말 아쉽네요. 엄청 어려워서 사모님 떨어지면 내가 받을 돈이 더 많아지는데."

킹이 툴툴거리며 말했다.

"냅둬 봐요. 저 아줌마 저 혼자 잘난 척 떠들다가 규칙 어기는 거나 보게."

조커가 말했다. 에이스의 목소리가 거칠어졌다.

"이 새끼들이 진짜……."

"거 반말 찍찍 내뱉지 좀 마슈. 언제 봤다고."

"너야말로 어제부터 자꾸 슈슈 그럴래? 어린 새끼가."

"하, 내가 아줌마보다 어린지 동안인지 어떻게 아슈? 그리고 슈슈 듣기 싫으면 아예 말을 걸지 말든가."

"뭐, 인마?"

조커의 걸음 소리가 들렸다. 종민은 서둘러 계단을 따라 올라간 다음 자신의 방으로 들어갔다. 문을 닫기 전에 잠깐 뒤를 돌아보았다가 그만 조커와 살짝 눈이 마주치고 말았다. 종민은

살해하는 운명 카드

문을 닫고 문가에 서서 복도를 걷는 소리를 들었다. 귀를 문에 대면 마루가 삐걱거리는 소리가 꽤 선명하게 들렸다.

조커의 발소리는 종민의 방 쪽으로 계속 다가왔다. 그리고 망설이는 기색 없이 노크를 해 왔다.

"형씨."

조커가 말했다.

종민은 문을 열지 않고 말했다.

"네?"

"다 들었지?"

"……들었어요."

"에이스 저 아줌마 조심해."

"왜요?"

"보면 몰라? 우리 떨어뜨리려고 수 쓰고 있잖아. 슬그머니 우리한테 말을 걸어서 교묘하게 규칙을 어기게 만들려는 거야. 내가 보기에 이 게임은 운명을 거스르는 게 중요한 게 아니라, 규칙을 어기는 게 주요 요소인 것 같아. 에이스 저 아줌마……, 에이스, 에이스 그러니까 되게 신경 쓰이네. 쯧."

조커는 혀를 한 번 차더니 말을 이었다.

"저 아줌씨 말 들었지? 운명 카드 말이야. 뭔지는 모르겠지만 분명 엄청 거스르기 쉬울 거야. 그리고 우리 카드도 그렇다는 걸 알아채고 규칙을 어기게 만드는 쪽으로 방향을 전환한 거지. 어제부터 계속 말을 걸지 않나, 포커를 더 하자고 우기질 않나, 너무 빤하지 않아? 어이, 형씨! 듣고 있어?"

종민은 듣고만 있다가 물었다.

"그래서 그런 얘기를 나한테 왜 얘기해 주는 거죠?"

"난 20억이면 충분해. 솔직히 내 빚만 없어져도 난 날아다닐 거야. 거기다 몇 억이 보너스라면 난 그 이상 욕심 부릴 생각 없어. 형씨도 딱 보니까 그런 타입인 것 같더라고. 그래서 말인데, 우리 서로 방해하지 맙시다. 알았지?"

"그럴 생각이에요."

조커는 도로 자기 방으로 걸어갔고, 곧 그의 방문이 닫히는 소리도 들렸다. 종민은 소리 나지 않게 문을 잠그고 침대에 앉았다. 역시나 할 일 없는 오전 시간이었다. 그러나 이번에는 시간이 그리 천천히 흐르지는 않았다.

또 한 번 점심이 지나고 다시 저녁이 되면서 종민은 자기도 모르게 긴장감이 전신에 차오르는 걸 느꼈다. 아침에 있었던 짧은 말다툼 덕분에 에이스는 입을 열지 않았고, 조커와 킹도 그러길 바랐다는 듯 입을 다물었다. 퀸은 원래 말도 없었고 존재감도 거의 없었으니 식탁은 기분 나쁜 침묵만 맴돌았다. 어느 순간부터 앉는 자리가 정해지기라도 한 것처럼 다들 앉던 자리에만 앉았다. 종민의 오른쪽에는 조커가, 에이스는 정면에, 에이스의 왼쪽에는 킹, 오른쪽은 퀸.

식사가 끝나고 다시 포커 판이 시작되었다.

어제보다 더 지루한 시간이 흘러갔고 종민은 그저 잃지 않기 위한 플레이만 계속 이어 갔다. 거의 첫 베팅 때 죽는 일이 많았다. 반면 에이스는 상당히 공격적인 베팅을 했고 4천으로 시작했던 칩이 곧 5천으로 변했다. 사실 따려고 하는 사람은 에이스 혼자였다. 다들 종민과 비슷한 플레이로 일관했고 정말 강패가 들어오기 전까지는 히든카드까지 가지도 않았다.

급기야는 첫 카드에서 다들 죽어 버리자 에이스는 욕을 내뱉었다.

"고자 새끼들만 앉아 있나……?"

조커가 입맛을 다신 다음 말했다.

"아줌마, 그냥 닥치고 좀 하셔. 애초에 난 여기 포커 하러 온 것도 아니고 조용히 있다가 갈 거니까."

"너 이 새끼야, 아가리 안 닥쳐?"

에이스가 소리쳤고 조커도 지지 않고 소리쳤다.

"아가리 닥치라는 규칙도 있었수?"

킹은 재미있다는 듯 둘의 말다툼을 지켜보기만 했다.

머리를 풀어 앞머리로 얼굴을 가리는 바람에 평소에도 얼굴 구경하기 힘든 퀸은 더욱 얼굴을 보이지 않고 있었다. 그런 퀸이 시선을 올려 불안하게 두 사람의 눈치를 살폈다. 종민도 불똥만 튀지 않길 바라며 말없이 앉아 있었다.

어머니와 아버지의 말다툼이 떠올랐다. 둘의 목청 높은 싸움이 벌어지면 종민은 못 들은 척 책상에 앉아 있었다. 아니면 자는 척 눈을 감고 있거나. 여동생은 울면서도 싸우지 말라고 말렸지만 종민은 나서지 못했다. 아버지가 돌아가시고 어른이 된 지금 와서는 두 분이 사실은 싸움을 말려 달라고 일부러 목소리를 크게 낸 게 아니었을까 하는 생각이 들었다.

종민은 이 자리가 불편하고 포커 게임이 답답했다. 둘의 대립은 둘 다 침묵을 함으로써 끝났다. 당연한 일이었다. 20억을 앞에 두고 사소한 감정싸움을 할 이유가 없었다. 하지만 모두의 침묵이 무엇보다 종민을 괴롭혔다. 긴장감으로 눅눅한 공기가 숨 쉬기 답답했다.

다음 판은 일곱 장짜리 포커로 진행되었다. 손에 든 두 장은 2와 3 클로버, 바닥 카드는 무늬가 다른 Q, 4, 10이었다. 전혀 미래가 기대되지 않는 패였다. 여태까지는 이런 패를 받으면 체크만 하거나 그냥 죽어 버렸다. 그러나 지금은 뭔가 생각이 바뀌었다.

감정싸움이 끝난 직후라 그런지 조커와 에이스가 갑자기 맞붙었다. 에이스가 50만 원을 베팅했고 조커가 50에 50을 올렸다. 종민은 두 사람의 드러나 있는 패를 확인한 다음 슬쩍 콜을 했다. 백만 원.

킹은 조금 놀라워하며 주저 않고 카드를 접었다. 퀸은 이미 첫 번째 카드 받고 접은 상태였다.

"둘 다 뭐 좀 들었나 보지?"

에이스는 아직 조커와의 말다툼 때문에 흥분이 가시지 않은 목소리로 백을 더 질렀다. 에이스의 시선은 조커를 향하고 있었다.

"사소한 것 좀 들었수다."

조커도 툴툴거리며 백을 받고 백을 더 올렸고 종민은 말없이 2백을 더 냈다. 에이스는 갑자기 깍지를 끼더니 목을 까닥거렸다.

"이제야 게임답게 좀 하네."

에이스는 콜을 하고 다음 카드를 돌렸다. 종민은 하트 10을 받았다. 10 원페어. 마지막 카드로 노려 봐야 투페어가 고작이었다. 아주 운이 좋으면 10 트리플. 반면 에이스는 스페이드 A, K, J, 10이 드러나 있는 무시무시한 카드였다. 플러시도 가능했고 마운틴도 가능했으며 경우에 따라서는 로얄 스트레이트 플러시도 가능했다. 물론 지금 감춰져 있는 두 장의 카드로 이미 메이드 된 상태일 수도 있었다. 조커 역시 드러나 있는 카드가 6 두 장, 8 두 장으로 투페어였다. 감춰져 있는 카드로 풀하우스가 만들어졌다고 우기기 좋은 패긴 했다.

애초에 이 금액까지 따라왔다면 처음부터 둘 다 메이드가 되어 있을 것이다. 일곱 장짜리 카드에서 액면 카드가 저 정도라면 보통은 뭐가 되었어도 되어 있는 경우가 많다. 조커가 호기롭게 백을 불렀다. 종민은 조용히 콜만 했더니 에이스가 백을 받고 2백을 불렀다. 조커가 2백을 받고 4백을 불렀다. 종민은 또 따라가기만 했다. 그때 에이스가 기다렸다는 듯이 4백을 받고 8백을 내질렀다.

스트레이트와 플러시를 동시에 준비하고 있는 사람이 저렇게 질러 버리면 액면 투페어로는 도저히 버틸 수가 없었다. 조커는 조금 고민하더니 포기했다. 현명한 선택이었다. 마지막 카드가 6이나 8이 나오길 기대하며 그런 큰돈을 따라가는 건

무모한 짓이었다.

에이스는 만족스러운 미소를 지었다. 아까의 다툼까지 자기가 이긴 셈 치는 표정이었다. 그녀는 종민이 카드를 접기를 기다렸다. 하지만 종민은 조용히 남은 돈 5백 정도를 다 걸었다. 조커가 놀라 숨을 크게 들이마셨고 킹은 탁자에 몸을 바짝 붙이고 구경했다. 잃기 위한 베팅이었으니 종민은 전혀 두렵지 않았다.

이제 돈을 모두 잃고 뒤로 물러나서 아무것도 하지 않을 생각이었다. 조커와 에이스의 말다툼에도 끼지 않을 것이고 운명 카드에 대한 생각 자체를 하지 않은 상태에서 오직 규칙만 준수하는 방법으로 이 괴상한 게임을 끝내는 작전이었다.

천만 원 넘게 돈이 걸렸는데도 이렇게 속 편하게 포커를 치기는 처음이었다.

갑자기 종민은 2년 전에 있었던 자신의 마지막 포커 판이 떠올랐다. 신림의 고시생들이 주로 이용하는 하우스였다. 종목은 세븐 포커였고, 종민은 스페이드 A 한 장만 들어오면 로얄 스트레이트 플러시가 되는 상황이었다. 그게 아니더라도 이미 J 트리플이었다. J가 한 장 더 들어오면 포카드가 될 수도 있는 아주 보기 좋은 패였다. 종민은 포커의 정석대로 히든카드 전에 베팅을 힘차게 했고 가진 돈을 모두 털었다. 다 죽고 한 명만 따라왔다. 마지막 카드는 하트 K였다. 로얄 스트레이트 플러시는 안 됐지만 어쨌든 J 풀하우스는 만들어졌다. 그때 옆에서 악마의 목소리가 속삭였다.

'돈 빌려 줄까?'

옆자리에 앉았다는 것 외에는 아무런 인연도 없던 남자였다.

"뭐라고요?"

'아니, 더 걸고 싶어 하는 것 같기에.'

그 남자가 슬쩍 자기 칩을 종민 쪽으로 밀었다.

상대 패는 거의 아무것도 없어 보였다. 세븐 포커에서는 감출 수 있는 카드가 석 장이나 되어서 의외의 상황이 종종 나올 수 있었다. 종민은 신중하게 판을 지켜보았다. 유일하게 상황상 무서운 건 상대가 A 풀하우스를 가지게 되는 것이었지만 한 명이 A를 가진 채로 죽어 버렸기 때문에 남은 A 카드 전부가 상대에게 갈 확률은 거의 없었다.

'좋아요.'

종민은 그가 내민 천만 원어치의 칩을 받아들였고 그걸로 더 걸었다. 상대도 따라오더니 마지막 카드를 펼쳤다. 스페이드 A였다. 만약 자신에게 들어왔으면 로얄 스트레이트 플러시가 되는 바로 그 카드였다. 그리고 그 사람의 감춰진 다른 두 장의 카드 역시 A였다.

눈앞이 깜깜해졌다. 소설에서 그런 표현을 종종 봤지만 정말로 눈앞이 까매져 아무것도 보이지 않기는 처음이었다. 상대는 확률상 나오지 않을 거라고 생각했던 A 풀하우스였다. 종민은 그 한 판으로 3천을 썼고 천만 원 빚이 생겼다.

바로 그 스페이드 A를 쥐어 에이스라는 이름이 된 여자에게 종민은 또 올인을 한 것이었다. 이번에는 옆에서 돈을 더 빌려 주겠다는 목소리도 없었고, 이걸 잃으면 세상이 무너지는 참혹한 절망감을 맞이할 필요도 없었다. 내던지고 홀가분해지기 위한 올인. 생각만큼 홀가분해질지는 모를 노릇이지만, 적어도 잃는다는 두려움은 없었다. 도리어 작은 희열 같은 게 느껴졌다.

"남은 돈은 빼 가세요."

종민이 말했다.

에이스는 종민의 패를 살폈다. 잠깐의 망설임이 엿보였다. 액면 투페어도 돈으로 죽였는데 고작 10 원페어를 두려워하는 것 같지는 않았다. 에이스는 잠깐 생각을 하더니 자신이 낸 8백에서 종민이 낸 5백을 뺀 나머지 칩을 회수해 갔다.

이미 한쪽의 칩이 올인이 된 상태라 마지막 베팅이 없으니 종민은 싱겁게 히든카드를 받자마자 공개했다. 다이아몬드 3. 10과 3의 투페어가 만들어졌다. 세븐 포커에서는 거의 이길 수 없는 패였다. 그나마도 마지막 카드에 아무 기대도 하지 않았던 터라 원페어라고 말하려다 얼른 패를 파악하고 고쳐 말했다.

"투페어입니다."

종민은 손을 뒤로 물리고 에이스가 판돈을 다 가져가기를 기다렸다.

킹이 실망하는 투로 말했다.

"뭐야? 히든에서 10 트리플이라도 노린 거야? 거 포커 되게 못 치네."

"매너 없게 뭘 묻고 그래요? 여기 트리플 페어로 죽은 사람도 있는데."

조커가 심드렁하니 말했다.

"트리플 페어가 뭔데?"

킹이 물었다.

"원페어가 세 개."

조커의 대답에 킹이 웃음을 터트렸다. 그러면서도 종민의 대답이 궁금했는지 계속 그의 얼굴을 살폈다. 종민은 말없이 에이스의 처분을 기다렸다. 에이스는 자신의 마지막 카드를 몇 번이나 살펴보더니 눈을 치켜떴다.

"너, 방금 뭔 짓 했어?"

저 나이 또래 어른이 뭐라고 윽박지르면 종민은 반사적으로 마음을 웅크렸다.

"네?"

"개새끼야, 방금 뭐 했냐고? 속임수 쓴 거 아니야?"

에이스의 목소리가 점점 커졌다.

종민은 당황했고 같이 목소리가 커졌다.

"무슨 소리예요? 속임수라니?"

"말이 돼? 여태까지 계속 다이만 하던 새끼가 어떻게 원페어 상태에서 올인을 할 수 있냐고?"

에이스가 버럭 소리 질렀다. 그러자 조커가 대신 변호했다.

"무슨 헛소리여? 카드 나눠 준 것도 아줌마였고 히든카드도 받자마자 공개했잖수."

"넌 새끼야, 안 빠져?"

에이스가 조커에게 손가락질을 하더니 다시 종민에게

말했다.

"말해, 자식아. 방금 뭐 했어?"

킹은 뒤통수에 두 손을 대고 의자 등걸이에 등을 기댄 느긋한 자세로 말했다.

"그래서 에이스는 뭔데 그래요?"

에이스는 자기 카드를 거칠게 바닥에 내리쳤다. 놀랍게도 숨기고 있던 카드는 클로버 A, 4. 히든은 클로버 5. 순간 종민은 뭔가 메이드가 된 거라고 생각했지만 아니었다. A 원페어로 끝이었다. 뜬금없는 종민의 승리였고 에이스는 납득하지 못했다.

"잭인지 뭐시긴지, 너! 방금 무슨 수 썼냐고? 내 카드 봤어? 이거 마킹 카드야?"

에이스가 너무 과격하게 쏘아붙이니 종민은 말문이 막혀 입을 뗄 수가 없었다. 여기서 변명을 하지 않으면 그녀가 되는대로 내뱉는 말을 모두 인정하는 것 같아 뭐든 말하고 싶었지만 잘 되지 않았다. 테이블 건너편 자리에 앉아 있는 게 다행이었다. 옆자리였다면 한 대 맞거나 아니면 최소한 멱살 정도는 잡혔을 것 같았다.

이 난리가 났는데도 집사는 멀리서 지켜보고만 있었다. 종민은 도움이라도 청하듯 그쪽을 봤지만 집사는 움직이지 않았다. 조커가 대신 옹호해 주었다.

"아줌마, 가드 할 줄 알아? 알긴 아는 거야? 당신이 나눠 줬고 잭 형씨는 마지막 카드로 겨우 투페어 만든 거라고. 나 죽이는 데 정신 팔려서 엉뚱한 사람 따라올 건 계산 안 한 모양이지? 둘 다 죽일 자신도 없었으면서 블러핑은 왜 하는데? 뻥발이 치는 것도 아니고."

에이스는 조커를 노려보며 말했다.

"너 큰코다칠 줄 알아. 여기만 나가면 넌……."

"웃기지 마슈. 아줌씨도 나처럼 인생 막장이라 선택된 거 다 아니까. 허세 부릴 자리에서 부려야지. 아니면 여기서 한판 붙든가! 싸우지 말란 규칙도 없고 여자니까 봐줘야 한다는 규칙도 없으니까."

조커는 지지 않고 말했다. 에이스는 숨을 몰아쉬며 조커를 노려보다가 카드를 정리해 종민에게 던지듯 내주었다.

"카드나 돌려, 이 개새끼야!"

종민은 칩을 가져와 떨리는 손으로 칩을 정리하고, 바닥만 내려다보며 카드를 섞었다. 에이스의 노려보는 시선이 정수리에서 느껴질 지경이었다.

그때부터 종민의 손에는 나오랄 때는 그렇게 안 나오던 강패만 들어오기 시작했다. 종민은 괜히 눈치가 보여 슬쩍 죽어버렸고 오히려 그게 에이스의 화를 돋우는 꼴이 되었다. 다시 에이스가 선을 잡기 시작했지만 푼돈만 땄다.

종민은 사태가 악화될 것 같아 다시 한 번 기회를 노렸다. 또 한 번 아무것도 아닌 패가 들어왔고 에이스가 크게 돈을 거는 순간이 왔다. 다들 죽고 둘만 남았다. 에이스는 이미 액면으로 트리플을 만들어 놓은 상태였고 종민은 원페어조차 아니었다. 액면으로도 아무것도 아니니 잃기 딱 좋은 상황이었다.

여섯 번째 카드에서 종민은 5백을 걸었다. 에이스가 눈을 부라리며 종민을 노려보았다. 킹은 눈동자만 굴려 가며 둘의 카드를 살펴보았다. 종민은 뭔가 분위기가 묘하게 굴러간다 생각하고 말없이 에이스의 처분을 기다렸다. 만약 받으면 다음 카드에서 죽어 버려야지, 하고 생각했다. 만약 더 걸면 그걸 받고 다음 히든카드에서 죽는 부분까지 계산해 두었다. 자칫 일부러 잃으려고 하는 작전이 들킬 수 있으니 신중해야 했다. 들켜 봐야 뭐 어쩌겠냐마는 이왕이면 자연스러운 편이 좋을 것이다. 그런데 에이스는 그대로 카드를 접어 버렸다.

종민은 멀뚱멀뚱 붉은 매니큐어 바른 에이스의 손끝만 바라보았다. 에이스는 아무 말도 없었다. 화가 달아오르고 있는 것만은 분명했다. 다행인지 불행인지 그 판을 마지막으로 게임 시간이 끝났다.

집사는 탁자 옆에 서서 같은 말을 읊었다.

"오늘 포커 판은 이것으로 끝났습니다. 현재까지 탈락자는 아무도 없으며 내일 아침 식사 시간은 마찬가지로 8시입니다. 좋은 밤 되십시오."

에이스는 어제와는 달리 더 하자는 말을 하지 않았다. 그녀의 남은 칩은 채 천이 되지 않는 듯싶었다. 반면 종민은 무지막지한 베팅 덕에 5천 넘는 칩이 생겼다.

"형씨, 포커 좀 할 줄 아네?"

조커가 웃으며 자리에서 일어났다. 조커는 3천 정도 남았고 킹은 2천5백, 퀸은 계속 소극적이면서 현명한 운영으로 거의 본전을 유지하고 있었다. 하지만 다들 알고 있었다. 이런 카드 놀이는 뒤에 기다리고 있을 엄청난 게임 상금에 비하면 아무것도 아니라는 것을.

"신경 쓰지 마. 저 아줌마 분명 백 원짜리 섯다 판에서도 핏대 세우고 싸울 사람이야."

킹이 말했고 조커가 동의했다.

"모르긴 해도 그러다 인생 망치고 여기 불려 온 거 아니야? 남 말 할 건 아니지만."

종민은 둘의 잡담을 뒤로하고 올라왔다. 그들도 긴 대화는 하지 않았다. 잡담 중에 룰을 어기는 행동을 하는 게 무서웠을 것이다.

그날은 조금 일찍 잠들었다. 그러나 노크 소리가 들려 한밤중에 일어났다. 종민은 정체 모를 악몽에 시달리다가 깨어났다. 차라리 다행으로 여겼다. 그러나 다시금 이 밤중에 노크를 할 사람이 없다는 사실에 대해 덜컥 겁이 났다. 여전히 종민은 자신이 이 집에 머물러 있는 게 현실감 없게 느껴졌다.

"잭, 나야, 나."

종민은 비몽사몽간에 문 쪽으로 다가갔다.

"에이스…… 씨인가요?"

"그래. 좀 들어가도 되지?"

종민은 거의 반사적으로 문고리를 잡았다가 뗐다.

"안 돼요. 규칙 위반일지도 모르고……."

"남의 방에 들어가선 안 된다는 규칙은 없어."

"그래도 안 돼요. 카메라 같은 걸로 다 찍히고 있을 거예요."

찍히든지 말든지 그게 뭐 어쨌다고? 스스로 떠오른 의문에 종민은 선수를 쳤다.

"그게 아무 문제가 안 될지라도 전 위험할 것 같은 행동은 아예 하고 싶지 않아요."

"젊은 애가 쪼잔하게 굴지 말고 이거 열어 봐."

문고리가 덜컹거렸다. 어둠 속에서 덜컹거리는 문고리를 보고 있으면 겁부터 나야 했지만, 어째서인지 불쾌감이 앞서는 바람에 공포심이 사라져 버렸다. 굉장한 모욕을 당한 것 같았다. 에이스의 무례함은 잘 알고 있었고 그녀가 어머니 욕을 하든 여동생 욕을 하든 다 무시하기로 마음먹은 종민이었다. 그런데도 화가 났다. 어떤 부분에서였는지는 알 수 없었다.

"싫어요."

에이스의 욕설을 기대하며 종민은 대답했다. 에이스의 목소리가 잠시 들리지 않나 싶더니 곧 위선적인 다정한 목소리로 대꾸가 돌아왔다.

"알았어. 아까 내가 욕해서 삐친 거지? 뭘 그런 걸 가지고 삐치고 그래, 사나이가? 뭐, 어쨌든 내가 미안해, 미안하고……. 어어, 내가 좀 흥분했어. 상황이 좀…… 그랬잖아? 그러니까 내 말은……, 이해하지? 원래 이렇게 갇혀 살면 좀 초조해지는 거잖아."

종민은, 당신 한 10년쯤 갇혀 산 사람 같군요, 라고 자극하려다 말았다.

"사과라면 됐어요. 잊어버려요."

"어어, 그래. 고마워. 근데 있지. 어어, 음. 부탁 좀 들어줄래?"

"뭔데요?"

"오늘 좀 땄지?"

"……그런데요."

"좀 빌려 주지 않겠어?"

종민은 뺨을 한 대 얻어맞은 기분이었다.

"왜요?"

"왜긴? 오늘 내가 많이 잃었잖아."

에이스는 설득조로 말을 이었다. 우습게도 시트콤에서 사장님에게 아부하는 만년 과장의 얼굴이 그려졌다.

"어차피 우린 일주일 내내 포커를 해야 되고 내가 너무 일찍 올인 당하면 심심하잖아. 그래서 그래. 아까 그 판에서 내가 조커에게 열 올리느라 실수한 건 맞는데, 그래도 확인 사살까지 할 건 없지 않아? 그래서 마지막 판에서 무슨 패 잡았어?"

오늘 포커 판은 잘 기억도 나지 않았다.

"무슨 마지막 판요?"

"거 왜 내가 트리플 잡았던 판 말이야."

아무것도 잡지 않은 상태에서 베팅한 거라고 솔직하게 말하면 포커 판에서 일부러 잃으려고 했다는 걸 인정하는 꼴이었다. 인정하면 또 어떠리? 그러나 종민은 말하고 싶지 않았다. 그 이유는 정확히 모르겠지만 지금 그걸 인정하면 이 게임에서 유리한 고지를 빼앗기게 될 것 같았다.

"말 안 할래요."

"알았어, 알았어. 안 물을게. 포커에서 그런 거 물으면 안 되지. 여하튼 칩 좀 빌려 줘. 갚으면 되잖아."

"해도 되는 건지 모르겠어요. 어쨌든 그런 얘기 할 거면 가세요."

"갚는다잖아!"

에이스는 또 목소릴 높였다.

"왜 이러세요? 무섭게."

종민도 약간 목소리를 높였다.

"쪼잔하게 자꾸 이럴 거야? 어차피 20억을 놓고 하는 게임 아니야? 한 5백만 원 정도 빌려 줄 수도 있는 거잖아."

또 한 번 울컥하고 치밀어 올랐다. 하지만 화가 나는 구체적인 이유가 뭔지 몰라 종민은 숨만 거세게 내쉬었다. 에이스는 계속 말을 이었다.

"포커는 그냥 장난인 거잖아, 장난. 일주일 동안 심심해 하지 말라고 그 노인네가 마련해 준 장난 같은 거야. 그래, 지금 칩 천만 원 정도 빌려 주면 내가 20억 탔을 때 1억 줄게. 됐지? 됐지, 이 개새끼야! 문 안 열어?"

문이 쿵 하고 울렸다. 종민은 놀라서 뒤로 물러났다. 발로 걷어찬 모양이었다. 종민은 자기도 모르게 이를 뿌득 갈았다. 그리고 문고리를 잡았다. 이렇게 된 이상 얼굴을 대면하고 소리라도 한번 내지르고 싶었다. 그래, 어쨌든 상대는 여자잖아. 힘에서 내가 밀릴 리가 없어!

그때 에이스가 멀어졌다. 일부러 바닥을 세게 밟는 소리가 났다. 그리고 방문이 세게 닫히는 소리가 들렸다. 종민은 그대로 문 앞에 서 있었다. 그 여자가 자기 방문을 닫는 연극을 하고 몰래 다시 돌아와 문틈에 눈을 대고 이 안을 훔쳐보고 있는 상상을 해 보았다.

종민은 침대에 올라가 앉으며 잠시 방금 벌어진 대화에서 규칙을 어긴 게 있나 되새겨 보았다. 문득 규칙을 어기거나 운명대로 따르는 바람에 탈락하게 되면 어떤 일이 벌어지는지 생각했다. 스페이드는 그 부분에 대해서 아무 언급도 하지 않았다. 레슬링 선수 같은 건장한 사내들이 방 안으로 들이닥쳐 끌고 나갈까? 아니면 집사가 얌전히 탈락이라는 종이가 든 봉투를 방문 밑으로 밀어 넣는 걸까?

종민은 첫날 기회 있을 때 그런 거나 물어볼걸 그랬다며 후회했다. 어쩌면 이미 다른 사람은 탈락 방식을 아는 건지도 모르겠다. 게임은 질문을 하는 그 순간부터 시작된 것이나 다름없었다.

내일이라도 물어볼까? 물어본다면 누구에게? 조커는 왠지 같은 편인 듯싶었지만 스스럼없이 대할 정도는 아니었다. 킹도 마찬가지였다. 퀸은 너무 존재감이 없어 아예 접근할 엄두도 나지 않았다. 그리고 어째서인지 점점 음침해지고 있었다. 어쩌면 퀸이 가장 영리한 건지도 몰랐다. 돈을 따지도 잃지도 않고, 다른 사람이 접근하게 두지도 않았다. 퀸은 이 게임을 가장 잘 이해하고 있는 게 분명했다.

'아니야. 나도 저러려고 했어. 그 판만 내가 안 땄어도 난 더 존재감이 없어서 방금 같은 일이 벌어지지 않았을 거야.'

내일 또 다른 일정, 지루함을 이겨 내며 규칙을 지키는 집중력을 유지하려면 잠을 충분히 잘 필요가 있었다. 종민은 다시 침대에 누워 눈을 감았다.

'쪼잔한 새끼.'

문득 아까 에이스의 말에 왜 그렇게 울컥했는지 기억이 났다.

중학교 때였다. 그건 그 살인 사건보다 반 년쯤 전 일이었고 아무 연관성도 없는 일이었다. 아마도 비슷한 일이 인생에서 몇 번이나 더 있었을 테지만 유독 그해 겨울의 기억은 선명했다.

반에서 싸움을 제법 잘한다는 녀석이 종민에게 빵을 산다며 백 원을 빌려갔다. 그때라고 딱히 백 원이 엄청난 가치를 지닌 건 아니었다. 오락실에서 스트리트 파이터2 한 판도 백 원이었고 떡볶이는 3백 원이었고 라면은 천5백 원이었다. 어떤 동네에서는 떡볶이가 백 원이라고 해서 거기까지 찾아가서 먹었던 기억도 났다.

녀석은 백 원을 빌려 간 다음 갚지 않았다. 종민은 다음 날 갚으라고 말했고 녀석은 요새 말로 쿨하게 내일 갚을게라고 말하더니 다음 날도, 그다음 날도 갚지 않았다. 종민은 거의 일주일 동안이나 백 원을 갚으라고 요청했고 토요일 아침, 녀석은 종민에게 욕설을 퍼부었다.

'더럽게 쪼잔하네. 씨발 새끼가 백 원 가지고 존나 지랄거려.'

녀석은 종민을 주먹으로 쳤다. 한번 주먹을 뻗기 시작한 녀석은 뭐에 홀리기라도 한 것처럼 줄기차게 종민을 두들겨 패기 시작했다. 종민은 그때 이빨이 하나 나갔고 코피를 쏟았다.

종민은 그날 수업 내내 고개를 숙이고 있었고 양호실에도 가지 못했다. 양호실에 가면 필시 양호 선생님이 왜 이런 상처를 입었는지 물을 것이고 간접적인 고자질을 하게 될 것이다. 한순간 자기를 팬 녀석에게 복수를 할 수 있을지는 몰라도 남은 학교생활에서 평생 고자질쟁이 딱지를 붙이고 사는 건 싫었다. 그리고 코피 정도는 화장실에서 대충 닦고 멍든 자국에는 붕대 하나 붙이는 걸로 끝내는 것이 중학교 남학생이 가진 최소한의 자존심이었다.

종민은 그렇게 얻어맞았음에도 더럽게 쪼잔한 새끼가 되었고 때린 녀석은 그냥 싸움 잘하는 어떤 애로 남았다. 그 일이 있은 후 꽤 긴 시간 동안 종민은 백 원이라도 안 갚으면 지겹게 따라붙는 녀석으로 낙인찍혀 있었다. 교과서에 백 원이라는 단어 하나라도 나왔다 치면 반 아이들은 대놓고 종민 쪽으로 고개를 돌리고 웃어 댔고, 영문 모르는 선생님들은 그저 조용히 시키곤 했다.

종민은 그놈의 백 원 때문에 전학을 가고 싶을 지경이었다. 반년 후 학교 내에서 살인 사건이 난 건 차라리 다행이었다. 묘한 공포 분위기 속에서 중학교를 졸업했고 고등학교로 진학하면서 아이들의 머릿속에서 백 원과 쪼잔함 이미지는 흐릿해졌다.

그러다 대학을 졸업하고 막 취업했을 때 중학교 동창이라는 녀석이 찾아왔다. 거의 기억도 나지 않는, 한 번도 같은 반이 된 적도 없는 녀석이었다. 그는 동창, 우정 같은 단어를 스무 번쯤 들먹이며 막무가내로 보험을 권유했고 종민은 거절했다. 그가 말했다.

'아, 쪼잔하게 그러지 말고 하나만 가입해 줘. 한 달에 9천9백 원도 못 내나?'

종민은 그 자리에서 벌떡 일어나 자기도 모르게 소리를 높였다.

'나 안 쪼잔해.'

지루하게 카운터에 앉아 있는 종업원만 쳐다보았다. 갑작스러운 종민의 행동에 놀란 그 친구는 농담이랍시고 웃으며 말했다.

'왜, 너 중학교 때 백 원 안 갚는다고 1년 동안 따라다니면서 그 애 괴롭혔다며?'

종민은 그의 멱살을 잡았다. 아마 일평생 종민이 했던 행동 중 그게 가장 거친 짓이었을 것이다. 그나마도 그 친구는 종민의 손을 거세게 쳐내고 가슴을 밀쳐 금방 벗어났다. 종민은 비틀거리다가 어중간하게 소파에 주저앉았다.

'쪼잔한 건 하나도 안 변했네. 누가 돈 빌려 달랬냐? 보험이

나 하나 들어 달랬던 거지…….'

그 친구는 욕을 해 대며 테이블에 늘어놓았던 보험 권유 서류를 바지런히 챙겨서 나가 버렸다. 같이 마신 커피 값도 내지 않았다.

그날 지친 마음으로 집에 돌아갔더니 문 앞에 검은색 패딩 점퍼를 입은 남자 세 명이 기다리고 있었다. 그들은 금방 종민을 알아보더니 느긋하게 다가섰다. 한순간 다리가 굳어 달아나지도 못했다. 종민은 가택침입이 아니었다는 말을 강요당하며 직접 열쇠로 문을 열고 그들을 맞아들여야 했다. 그들은 한문으로 도배된 서류를 보이며 다정하게 말했다.

'네 아버지가 빚진 돈이야. 아들이니까 네가 갚는 게 당연하지?'

종민은 아버지가 남긴 빚의 액수를 보고 눈앞이 아찔해졌다. 아버지가 1~2천만 원 정도의 빚을 지고 있다는 생각은 했지만 1~2억은 상상도 못 해 봤다. 업자는 길고 자세하게 설명하더니 친근한 척 종민의 어깨에 손을 올리고 말했다.

'파산 신고 어쩌고 하는 쪼잔한 짓 하지 말고 사나이답게 갚는 거야. 알았지?'

종민은 소리 질렀다.

'갚아요, 갚는다고요!'

빚은 점점 불어났고 월급이 통째로 이자로만 나가는데도 모자랐다. 경찰에 갈 수도 없었고 법무사를 찾아갈 수도 없었다. 그들은 여동생의 주소도, 전화번호도 알고 있었다. 단지 알고 있다는 사실만으로 종민에게는 협박이 되었다.

그 무렵 회사 선배가 접근했다. 종민은 빚이 있다는 것을 계속 회사에 비밀로 하고 있었지만, 술 한 잔에 그만 다 토해 내고 말았다. 선배는 다 알고 있었다는 듯 자상하게 들어주더니 간단한 제안을 했다. 1억을 대출 받을 수 있는 곳이 있는데 그 돈으로 선물이니 옵션 같은 걸 사면 단번에 2억도 만들고 3억도 만들 수 있다는 것이다. 종민은 거절했지만 사흘쯤 지나서 제안을 받아들였다. 그리고 이번에는 당하지 않겠다면서 종민은 계약서 같은 걸 원했다. 선배는 어이없어 하며 말했다.

'우리가 1~2년 안 사이냐? 내가 나 살자고 이래? 너 도우려고 이러는 거잖아. 쩨쩨하게 왜 이래?'

종민은 그 순간 울컥하는 마음이 들었는데 왜 그런 마음이 들었는지는 알지 못했다. 분노는 다짐을 가렸고 한순간 다짐을 잊어버린 대가로 종민의 빚은 배가 되었다.

선배는 다음 날부터 회사에 나오지 않았다. 몇 명 당했다는 말이 나돌았고 경찰도 찾아왔다. 제일 많이 당한 사람이 천만 원이라는 말이 돌았다. 종민은 그것의 열 배였다. 창피해서 회사의 다른 동료에게는 당했다고 말도 꺼내지 못했다. 경찰이 몇 가지 조서를 작성해 갔으나 그들이 좋은 소식을 가지고 돌아오는 일은 없었다. 종민 쪽에서 몇 번인가 전화를 했지만 기다리라는 말만 돌아왔다. 기다리는 경찰 연락은 오지 않고 대출업체에서 독촉 전화만 왔다.

종민은 그렇게 된 게 중학교 때 돌려받지 못한 백 원 때문이라는 생각이 들었다. 지나친 비약임을 알면서도, 이빨 빠진 자리를 혀로 건드려 볼 때마다 그놈이 휘두른 주먹이 떠올랐고 자연스럽게 대출업체에서 빌린 돈까지 연결되었다.

"빌려 준 거 갚으라는 게 뭐가 쪼잔해?"

종민은 숨을 헐떡이며 어둠 속에 대고 말했다.

"백 원 달라는 게 쪼잔한 거면, 백 원 빌려서 안 갚는 건 쪼잔한 거 아니야? 왜 내가 그런 소리를 들어야 해? 맞은 것도 나고 백 원을 못 받은 것도 난데 왜 내가 쪼잔하다는 소리를 들어야 해?"

종민은 얼굴을 감싸 쥐고 울었다.

"맞은 건 나야. 빚진 것도 나야. 왜 내가 다 당해야 돼?"

몇 달 동안 포커 판에 빠진 것도 다 그것 때문이라고 변명했다. 빌어먹을 스페이드 A. 그게 왜 마지막에 그 사람한테 가? 그 판만 땄으면 한밤중에 산에 끌려 올라가 하반신이 땅에 묻히지도 않았을 거야. 게다가 마지막에 나한테 돈을 빌려 준 놈은 누구야? 누군데 생판 모르는 남한테 천만 원이나 대뜸 빌려 줘? 그리고 포커란 건 테이블에 꺼내 놓은 돈으로만 할 수 있는 거야. 마지막 카드가 좋은 거 떴다고 옆 사람이 칩을 빌려 주면 안 되는 거야. 왜 그 자리에 있는 사람들은 그걸 다 넘어가 준 거야? 속였지? 날 더 나락으로 떨어뜨리려고 다 같이 짠 거지?

왜 하필 스페이드 A가 상대한테 가냐고! 나한테 올 수도 있었어.

종민은 이불을 머리에 뒤집어쓰고 소리쳤다.
"죽여 버릴 거야. 한 번만 더 쪼잔하다는 말 했단 봐. 죽여 버릴 거라고!"

4

목요일이었고 변함없는 하루가 시작되었다. 아침부터 밤까지 그야말로 아무 일도 벌어지지 않았다. 아무것도 하지 않았는데 한나절이 눈 깜짝할 사이 흘러갔다. 냉정하고 차분하게 상황을 관망하고 대처하자는 다짐을 되새기는 것으로 바빠 지루할 틈이 없었다.

의외로 에이스는 별말 없었다. 몇 번 마주친 시선이 곱지 않은 정도였다. 오늘은 유난히 화장이 짙었다. 하지만 첫날 보았던 세련됨은 사라지고 그냥 짙기만 했다. 마치 실패한 그림을 계속 덧칠하는 바람에 점점 어두워진 것처럼 에이스도 어두워 보였다. 장신구는 더 이상 하고 있지 않았다.

밤이 되어 다시 포커 판이 시작되었다. 종민은 실수하지 않으려고 낮잠까지 자 둔 상태였다. 종민이 생각하는 실수란 오직 하나, 규칙 위반이었다. 포커 판은 어떻게 진행되든 상관없었다. 다른 사람들도 별다른 흥미를 보이지 않았다. 유독 에이스만 눈이 벌게져서 베팅에 달려들고 있었다. 어제 잃은 돈이 그렇게 아까웠나? 아니면 자존심이 상했던 건가?

처음에는 그 기세에 다들 밀려서 에이스 혼자 독주하는 상황이 되었다. 그러나 그것도 잠시였다. 어차피 다들 빨리 죽어 버리는 바람에 독주나마나 큰돈을 따지는 못하는 상황에서, 조커가 슬그머니 에이스를 따라가 크게 한 판을 따 버렸다. 에이스는 단숨에 칩이 5백만 원 이하로 떨어져 버렸다.

물론 종민은 칩 하나로 근근이 버티던 사람이 나중에 기사회생하는 경우도 보았다. 그러나 에이스는 그러지 못했다. 심지어 킹은 에이스가 밑천이 부족하다는 걸 보는 순간부터 그녀가 베팅할 때마다 달라붙어 물어뜯기 시작했다. 에이스는 금방 칩이 말라 갔고 점점 얼굴이 사색이 되었다. 이제 잃어 주고 싶어도 잃어 줄 수 없는 상황이었다. 그리고 더 이상 잃어 주고 싶지도 않았다. 돈을 다 잃고 아무것도 안 하기 계획을 다시 실행한다 해도 퀸이나 조커에게 해 줄 것이다.

에이스가 다시 한 번 기회를 잡았다. 이번에는 다섯 장짜리 포커로 종목을 잠깐 바꿨는데 에이스는 바닥에 드러난 카드에 만 8이 석 장 깔렸다. 종민은 넉 장째에서 6, 7, 8, 9가 나왔다. 보이는 카드도 7, 8, 9 차례대로였다. 경험상 다섯 장짜리 포커에서 네 장째가 근사하다고 덮어 놓고 베팅하는 건 위험했다. 껄끄러운 상대라면 더더욱! 종민은 에이스가 바닥에 깔린 백만 원이라도 먹으라는 뜻에서 접고 싶었다.

그때 에이스가 슬쩍 노려보며 말했다.

"쪼잔하게 스트레이트 깔고 죽게?"

종민은 울컥하는 마음이 들었고 자기도 모르게 콜을 하고 말았다. 즉시 후회했지만 에이스는 비열해 보이기까지 하는 미소를 지어 보였다.

"그래야지."

공교롭게도 또 딜러는 에이스였다. 그녀는 근사한 손놀림으로 마지막 카드를 던져 주었다. 9가 나왔다. 스트레이트는 실패하고 9 원페어. 액면 트리플도 이길 수 없다. 그러나 종민은 아무 말 않고 에이스의 베팅을 기다렸다. 순리대로라면 에이스는 당연하다는 듯 베팅을 사정없이 해야 했다. 설사 트리플로 끝났더라도 자기 카드를 풀하우스로 봐 달라는 뜻에서. 또는 종민의 카드가 스트레이트가 아니라는 걸 확인하기 위해서 체크만 하고 종민의 베팅을 기다릴 수도 있었다. 어떤 상황에서든 칼자루는 에이스가 쥐고 있었다.

그러나 이런 게 포커의 무서운 점이었다. 종민 역시 같은 상황을 수없이 많이 당해 봐서 알고 있었다. 에이스에게는 남은 칩이 40만 원도 되지 않았고 종민은 5천 넘는 칩이 있었다. 에이스는 돈질을 할 수 없었다. 올인을 해 봐야 40만 원. 고시원 하우스에서 배운 말로 표현하자면 종민은 잽이지만 에이스는 목숨을 걸어야 한다.

종민은 약간 흥분한 자신이 창피했다. 목숨을 건 베팅? 이

건 고작해야 40만 원짜리 베팅에 불과하다. 다섯 사람이 내놓은 판돈을 다 합쳐도 고작 몇백에 불과했고 지금 종민이 가지고 있는 칩 5천만 원도 게임이 끝나면 얻게 될 엄청난 대가에 비하면 아무것도 아니었다. 엠티 가서 설거지 누가 할지 내기를 건 젠가보다 살짝 더 박진감 넘치는 정도여야 했다.

그런데도 에이스는 극도로 망설였다. 올인을 하고 웃으면서 '에이, 남은 일주일 동안 심심해서 어쩌나?' 하면서 털고 일어날 준비를 해야 할 상황이어야 했으나, 에이스는 그러질 못했다. 자신 있게 체크를 외쳤다면 종민의 베팅을 기다린다는 뜻이었지만 밑천 40만 원으로는 그런 연기도 되지 않았다. 올인을 하지 않는 순간 에이스의 패가 눈에 보여 버린 것이다.

"……체크."

에이스가 말했다.

종민은 이해가 가지 않았다. 성격에 따라서는 올인 자체가 싫어서 죽는 경우도 있다. 게임 자체를 더 오래 즐기고 싶어 하는 사람이 그랬다. 이틀 정도밖에 안 보긴 했지만 에이스는 이럴 때 과감하게 따라가는 타입이라고 종민은 생각했다. 그런데 그게 아니었다.

여기서 체크를 받아 주면 자연스럽게 에이스가 돈을 딸 것이다. 그러나 종민은 그러기가 싫어졌다. 그는 칩을 하나씩 쌓았다. 10만 원, 20만 원, 30만 원. 나더러 쪼잔하다고?

"레이즈."

40만 원에 만 원짜리 하나, 둘, 셋.

쪼잔하다고?

"거기 있는 돈만큼."

종민은 에이스가 가지고 있는 칩의 개수를 만 원짜리 하나까지 세서 46만 원을 앞으로 내밀었다. 에이스는 숨을 몰아쉬면서 칩이 아닌 종민을 노려보고 있었다. 철천지원수 쳐다보는 눈길에서 종민은 알 수 없는 쾌감을 느꼈다. 말해 봐. 쪼잔하다고? 네가 걸라며? 걸래서 걸었다, 이 망할 년아!

종민은 에이스의 눈길을 피하지 않았다. 흥분해서 걸었지만 정황상 에이스는 충분히 따라올 수 있었다. 그럼 엉뚱하게도 종민은 또 한 번 에이스의 비열한 미소를 보아야 할 것이다.

그런 일은 벌어지지 않았다. 에이스는 말없이 카드를 접고 앞으로 내밀었다. 원페어로 트리플을 잡는 화끈한 상황이 벌어졌다. 하지만 성취감은 조금도 느껴지지 않았다. 당연히 올인을 할 거라고 봤던 킹과 조커가 의아해 하며 에이스를 쳐다보았고 종민은 칩을 쓸어 담았다.

에이스가 갑자기 일어났다. 또 의자가 넘어졌다. 쾅!

"너, 어제부터 어떻게 카드를 알아? 왜 나만 잡고 늘어져?"

에이스가 소리쳤다.

그 말에 발끈해 조커가 먼저 입을 열었지만, 종민은 조커가 변호하게 두지 않았다.

"아줌마가 나눠 줬거든요."

"웃기지 마. 넌 뭔데 따라와? 이 트리플 보고도 어떻게 쫓아와?"

"포커 처음 해 봐요? 원페어로 풀하우스도 잡는 게 포커 아니에요? 그게 싫으면 삼봉이나 치시든가요!"

종민도 소리쳤다. 킹이 웃음을 터트렸다.

에이스가 소리 질렀다.

"아가리 닥쳐, 이 씨발 새끼들아!"

조커는 피식 웃으며 말했다.

"아줌마, 말조심해요. 욕하면 탈락하는 규칙 하나 있으면 좋겠네, 그냥."

종민은 계속 에이스를 노려보았고 에이스는 숨을 몰아쉬며 자리에 앉았다. 그녀는 작은 소리로 뭐라고 계속 욕설을 퍼부었다. 조커와 킹은 오히려 좋아했고 머리카락으로 얼굴을 가린 퀸은 표정을 드러내지 않았다.

종민은 말없이 카드를 돌렸다. 아직 예정된 시간은 10분 정도 남아 있었다. 종민은 불편한 분위기를 누그러뜨리기 위해 최대한 빨리 카드를 돌렸다.

다음 판부터 에이스는 계속 첫 장에서 죽기 시작했다. 그녀는 손톱을 깨물었고 희미한 신음 소리를 냈다.

"천천히 돌려, 천천히."

에이스가 말했다.

별거 아닌 패들이 오고 가고 다들 금방 죽고 만 원 칩만 걸어도 죽는 일이 허다했다. 에이스는 그 만 원 칩 하나하나에 괴로워했다. 급기야 끝나기 5분 전부터는 거의 울먹이면서 말했다.

"좀 잃어 줘."

킹은 힐끗거리며 에이스의 얼굴을 살폈다. 퀸은 긴장된 얼

살해하는 운명 카드

굴로 카드를 돌리는 종민을 살폈고 종민은 에이스의 뜻대로 천천히 돌리면서도 뭐라 말하지 못했다.

잃어 주려야 잃어 줄 수가 없었다. 종민이 적당히 잃어 주려고 칩을 올려도 에이스는 죽어 버렸다. 또 종민이 혼자 져 준다고 죽었더니 그 판은 킹이 먹어 버렸다. 킹은 별로 져 주고 싶은 생각이 없는 모양이었고 그건 조커도 마찬가지였다. 괜히 킹과 조커의 싸움이 벌어졌고 두 사람은 세 판 하는 동안 서로 5백을 주고받았다.

그러면서도 둘은 에이스의 울먹임을 신경 썼다. 기본 판돈을 내는 것만으로 에이스의 하얀색 칩이 하나씩 마르기 시작했고 그녀가 중얼거리는 목소리도 빨라졌다.

"잃어 줘, 이 개새끼들아. 좀 잃어 달라고."

종민은 괜히 집사 쪽을 돌아보았다. 집사는 상황을 모두 보면서도 평소와 다를 바 없는 모습으로 서 있었다. 술을 시키면 따라 주러 올 것이고 간식을 갖다 달라면 갖다 줄 것처럼.

에이스의 불길한 웅얼거림과 함께 게임 시간이 끝났다. 에이스가 가진 칩은 고작 10만 원 정도에 불과했다. 또 집사가 탁자 옆에 서서 항상 했던 말을 했다.

"오늘 포커 판은 이것으로 끝났습니다. 현재까지 탈락자는 아무도 없으며 내일 아침 식사 시간은 늘 그렇듯 8시입니다. 좋은 밤 되십시오."

퀸은 황급히 자기 칩을 챙겨서 달아나듯 떠났고, 에이스는 계속 종민만 노려보았다. 종민도 칩을 챙겨 계단을 올라갔다.

계단 끝에 퀸이 서 있었다. 종민은 걸음을 멈추고 약간 위쪽에 서 있는 퀸을 올려다보았다. 퀸은 여기 처음 왔을 때부터 지금까지 한 번도 얼굴을 온전하게 드러낸 적이 없었고 입술 화장 한 번 한 적도 없었다. 메마른 몸매는 굴곡이라곤 보이지 않았고 옷도 이곳 옷장에 있는 운동복에 티셔츠, 즉 종민과 같은 옷차림이었다. 헝클어진 긴 머리카락으로 얼굴을 가린 채 어두운 계단에 서 있는 모습이 어딘지 모르게 괴기스러웠다. 게다가 볼 때마다 점점 나이 들어 가는 것 같았다.

퀸은 겁먹은 목소리로 종민에게 말했다.

"저 사람 알아요?"

종민은 고개를 저었다.

"아니요."

"저 사람한테 무슨 복수하려는 거 아니고?"

"복수요?"

"아, 아니면 됐고."

퀸은 돌아서서 자기 방으로 가려다 다시 고개를 돌리더니 경고했다.

"조심하세요."

"네?"

퀸은 자기 방으로 돌아가 문을 잠갔다. 종민도 방으로 돌아가 문부터 잠갔다. 그는 침을 정리힌 다음 도로 문 앞에 서서 귀를 댔다. 쿵쿵 울리는 발걸음으로 두 명이 복도를 지나가 문을 닫았다. 그 둘은 문을 잠그지 않았다. 한 명은 올라오지 않았다. 그게 에이스인지 다른 사람인지는 구별할 수 없었다.

 자정이 되어 또 노크 소리가 들렸다. 종민은 일부러 대답하지 않았다. 문틈으로 에이스의 목소리가 새어 들어왔다.
 "칩 좀 빌려 줘."
 밤이라 그런지 유난히 음산하게 들렸다. 종민은 눈만 뜨고 침대에 누운 채로 움직이지 않았다. 그리고 계속 못 들은 척했다.
 "갚을게. 응? 내가 갚을 테니까 좀 빌려 줘."
 문고리가 덜컹거렸고 음산한 부탁 아닌 부탁이 이어졌다.
 "20억 받으면 1억으로 갚을 테니까 천만 원, 아니, 5백만 원만 빌려 줘. 정말이야. 이게 마지막이야. 네 돈은 따지도 않을 테니까 제발……. 응? 제발!"
 목소리가 점점 커졌고 문고리를 당기는 힘이 점점 세졌다. 그녀는 문을 걷어차고 고함을 지르기 시작했다.
 "좀 빌려 달라잖아, 이 치사한 자식아! 갚는다잖아!"
 잠시 후 옆방 문을 두들기는 소리가 들렸다. 다시 에이스의 목소리가 들렸다.
 "이봐, 아가씨. 퀸이던가? 그래, 퀸. 당신도 조금 땄지? 서로 비슷한 처지에 좀 돕자고. 여자끼리 서로 돕자니까. 5백만 빌려 줘. 1억으로 갚을게. 일주일 빌려 주고 스무 배는 거저로 버는 거잖아. 세상에 이런 말도 안 되게 좋은 투자가 어디 있어?"

그녀가 고함을 질렀다. 그때 또 한 방문이 열렸고 조커의 목소리가 들렸다.

"가서 자, 아줌마! 아줌씨야말로 5백만 원 때문에 왜 이 지랄이야?"

"돈 안 빌려 줄 거면 넌 닥치고 있어."

"빌려 줄 거면?"

"……놀리는 거야?"

"얼마 빌려 주면 조용히 할 거냐고?"

"5백이면 돼."

삐걱삐걱. 소리가 멀어져 갔다.

"빌려 줄래?"

에이스가 물었다.

"아니. 아줌마는 갚을 사람이 아니야. 1억? 웃기시네. 사람이 화장실 갈 때 다르고 나올 때 다르다고 내가 그런 사람만 벌써……. 에이, 씨발. 아줌마 때문에 규칙 위반하면 책임질 거야? 닥치고 자. 응?"

"너 이 새……."

뭐라 욕하는 소리에 이어 와당탕하는 소리가 들렸다. 잘 들리지 않는 욕설이 들렸고 둘이 다투는 소리가 이어졌다. 곧 조용해졌고 방문이 닫혔다. 씨팔씨팔 하는 에이스의 욕설만 들렸다. 무슨 일이 벌어졌는지 궁금했지만 종민은 잠든 척하려고 애썼다.

삐걱삐걱. 마루를 걷는 소리가 들렸다. 기어 오는 소리 같기도 했다. 괜한 상상력이 발동되어 조커에게 얻어맞고 쓰러진 에이스가 피를 흘리며 기어 오는 장면이 머릿속에 그려졌다.

삐걱거리는 소리는 종민의 방 앞에서 멈췄다. 바닥을 못으로 긁는 소리 같은 게 들렸다. 흐느낌, 코를 훌쩍이는 소리. 그리고 다시 삐걱삐걱. 방문 여는 소리, 닫히는 소리. 그리고 침묵. 종민은 눈을 동그랗게 뜨고 어둠을 바라보았다.

언제 잠들었는지 모르지만 귓가에 계속 에이스의 목소리가 맴돌았다. 돈 좀 빌려 줘, 이 쪼잔한 새끼야. 갚으면 될 거 아니야? 그리고 다음 순간 에이스는 남자의 모습으로 변했고 교복을 입고 있었는데, 종민은 그런 에이스를 주먹으로 두들겨 패고 있었다.

백 원 갚아, 갚으라고! 백 원 갚으라고 말하는 게 쪼잔한 거야, 백 원을 안 갚는 게 쪼잔한 거야? 말해 봐! 말해 보라고!

종민은 화들짝 놀라 잠에서 깼다. 꿈이었다. 주먹이 아팠다. 꿈속에서 주먹을 휘두르다가 벽을 친 건지도 몰랐다. 생각하고 싶지 않았다. 종민은 자리에서 일어나 세수를 했다.

'괜찮아. 아무렇지도 않아.'

종민은 거울 속 젖은 자신에게 말했다.

금요일 아침이었다.

아침 식탁에 앉은 에이스의 오른쪽 눈은 탱탱 부어 있었다. 종민이 들은 소리로 미루어 보면 조커가 때린 것이리라. 그러나 에이스는 전날 있었던 소란에 대해 전혀 언급하지 않았다. 조커도 말은 없었지만 의기양양한 태도로 밥을 두 그릇이나 비우고 주스도 두 잔이나 마시는 것으로 둘 사이에 뭔가 벌어졌음을 암시했다. 오히려 에이스는 이 모든 것이 종민의 잘못이라는 듯 그만 계속 노려보았다. 정작 조커는 쳐다보지도 못하면서.

종민은 시선을 피했다. 킹은 별다른 행동을 보이진 않았다. 퀸은 첫날보다는 먹는 양이 늘었지만 결국 먹다 마는 정도였다.

주스는 마트에서 먹는 비싼 냉장 과즙 음료 따위와는 비교도 안 되게 부드럽고 맛있었으며, 빵도 제과점 빵과는 차원이 달랐다. 같은 밀가루로 만드는 게 맞나 싶을 정도였다. 그러고 보니 에이스는 둘째 날 아침 빵을 먹으면서 밀가루를 뭘 쓰냐고 하녀에게 물은 적이 있었다. 그때 뭐라고 했지?

종민은 괜히 그때 일을 떠올리며 식사에 집중하려고 애썼다. 그러나 잘 되지 않았다. 에이스의 한 서린 눈빛이 계속 따라다녔다. 점심때도 마찬가지였다. 에이스는 종민을 노려보는 일로 하루를 보내기로 작정한 모양새였다. 종민은 밥을 어디로 먹는지도 모르게 먹고 방으로 달아났다. 쓰린 속을 달래기 위해 문 앞을 서성거리는데 문 너머로 에이스가 다가와 중얼거렸다.

빌려 줘, 빌려 줘.

종민의 귀에는 그 말이, 빌려 줘 이 쪼잔한 새끼야, 로 들렸다. 그니미 크게는 말하지 못했다. 조커가 무서운 게 분명했다. 종민은 베개로 귀를 틀어막고 버텼다.

저녁 식사 때 밥을 먹으면서도 에이스는 같은 말을 반복했다. 조커도 참다못해 닥치라고 소리 질렀다.
"밥이 어디로 들어가는지 모르겠잖아!"
에이스는 거의 반사적으로 어깨를 움츠렸다. 조커는 종민에게 경고했다.
"빌려 주지 마! 그래 봐야 또 같은 일만 반복되니까."
왜, 라는 질문도 허용 않는 강한 어조였다. 안 그래도 종민은 조커 같은 타입에게 약한 면이 있었다. 노이로제에 걸릴 지경이니 그냥 5백 빌려 주고 조용히 시킬까 싶었다. 1억을 갚겠다고 했지만 갚을 리가 없었다. 여기서 나가면 각자 차를 타고 서로에게 알려 주지도 않은 집으로 달아날 수 있다. 그것도 눈을 가리고. 빌린 돈은 분명 받아 내지 못할 것이다. 그래도 상관없지 않을까? 그러나 조커의 말도 옳았다. 한번 저런 짓을 벌이는 사람은 또 벌이기 마련이다. 그리고 그런 일이 벌어지면 어떤 일에도 휘말리지 않고 월요일 아침을 맞이하고 싶은 종민의 계획에 뭔지 모를 차질을 빚을 것이다.
금요일 밤의 포커 판은 9시 정도에 시작되었다. 뻔한 형국이 벌어졌다. 에이스는 30분 정도 판돈만 대다가 끝나 버렸다. 하얀 칩이 하나씩 마르는 동안 에이스는 계속 져 줘, 져 줘, 잃어 줘, 빌려 줘 같은 말만 반복했다. 스페이드에게 달려들듯이 질문을 내뱉던 힘도 느껴지지 않았고 와인을 마실 때의 품격은 온데간데없었다. 단정치 못한 곱슬머리는 빗지도 않은 퀸의 머리보다 지저분해 보였고 첫날 퀸보다도 젊어 보였던 얼굴은 이제 50대를 넘어 60대보다 더 쪼그라든 것 같았다. 아니, 나이

와는 상관없었다. 종민의 반지하 월세 집 주인아주머니는 예순이 넘었지만 전혀 늙어 보인다고 생각한 적이 없었다. 이건 활기 탓이었다. 살아 있다는 기운이 사라진 것이었다.

칩을 모두 잃은 에이스는 두 발을 의자 위로 끌어당겨 앉았다. 뒤로 넘어질 것 같았다. 그다음 부들부들 떨면서 엄지손가락을 입에 넣고 빨기 시작했다. 무표정한 얼굴로 흐느껴 우는 모습은 기괴하면서도 처량했다.

"이럴 땐 그냥 다른 사람끼리 하면 된다고 했던가?"

킹이 분위기를 환기시키려고 괜히 큰소리로 말하며 카드를 셔플했다.

"아줌마는 구경이나 하슈. 심심하겠네."

조커도 슬쩍 농담을 건넸다. 에이스는 엄지를 물어뜯다가 커다랗게 뜬 눈으로 종민을 노려보았다. 한쪽은 화장이 번지고 한쪽은 멍들어 부풀어 오른 눈이 얼굴 안으로 푹 파고 들어간 것 같았다.

"너 때문이야."

"예?"

종민은 진심으로 의미를 몰라 물었다.

"너 때문이야, 너 때문이야, 너 때문이야. 네놈이 그때 따지만 않았어도, 네가 빌려 주기만 했어도……."

에이스는 쭈그리고 있는 의자에서 억지로 일어나려다 그만 뒤로 넘어졌다. 그녀는 바닥에 추하게 굴렀다가 벌떡 일어나 탁자 위로 기어 올라오더니 기어이 종민에게 달려들어 멱살을 잡았다. 다들 자리에서 일어났다. 말려 줄 거라고 믿었던 조커도 뒤로 물러나기만 했다.

에이스는 종민을 밀치더니 종민이 가지고 있는 칩을 집었다. 그리고 난데없이 그걸 주머니에 담기 시작했다.

"5백만 원만 빌려 달라고. 갚는다고, 새끼야. 왜 사람 말을 못 알아들어?"

그때 처음으로 집사가 움직였다. 그는 느릿느릿 다가왔다. 종민이 밥을 먹다가 물 컵을 넘어뜨렸을 때는 번개처럼 달려와 닦아 주었지만 지금은 발걸음 수를 세면서 오는 것처럼 느렸다.

집사가 다가오자 에이스는 뒷걸음질 쳤다.

"아니야, 아니야. 이 새끼 때문이야. 봤잖아. 돈 안 빌려 준 거. 바, 방금 빌렸어."

에이스는 종민에게서 빼앗아 주머니에 넣었던 칩을 다시 꺼내서 보여 주었다. 우는 건지 웃는 건지 모르는 표정이었다.

"여기 있잖아. 그러니까 난 아직 안 끝났어. 그렇지? 응? 그렇지?"

집사가 다가와 손을 내밀었다.

"다른 사람의 칩을 빼앗으면 안 됩니다. 잭에게 돌려주십시오."

"치, 칩을 빼앗으면 안 된다는 규칙은 없었어."

에이스가 변명했다.

"제겐 한 시간 동안의 포커 판을 원활하게 진행시켜야 할 의무가 있습니다. 칩을 강제로 강탈할 수 있다면 라운드가 진행

될 수 없지 않겠습니까? 부디 칩을 돌려주십시오."

집사는 정중하면서도 딱딱하게 명령했다. 에이스가 갑자기 악을 썼다.

"말해. 나 탈락이야? 탈락이냐고!"

집사는 잠시 머뭇거리더니 물었다.

"지금 말씀해 주시길 원한다면 그렇게 해 드릴 수 있습니다."

"그럼 말해."

"정말입니까?"

"말하라고!"

에이스의 눈동자가 심하게 떨리고 있었고 호흡은 아예 기침을 하는 것처럼 컸다. 집사는 평소와 다름없는 목소리로 말했다.

"네, 방금 탈락하셨습니다."

에이스는 힘없이 칩을 떨어뜨리고 비틀거리며 물러났다. 그리고 거실 바닥에 철퍼덕 주저앉았다. 숨소리만 클 뿐, 딱히 울거나 비명을 지르진 않았다. 집사는 모두를 돌아보며 말했다.

"나머지 분들은 앉으십시오. 게임 시간은 아직 20분이 남아 있습니다. 계속 이어서 하지 않으면 규칙 위반입니다."

부드러운 목소리였지만 그 어떤 위협을 들은 것보다 빠르게 넷은 자리에 앉았다.

"어어, 그러니까……, 내가 딜러였지?"

카드를 돌리는 킹의 손길이 떨리고 있었다. 다들 기본 베팅액을 내는 것도 잊고 있었고, 킹은 실수로 자리에 앉아 있지도 않은 에이스의 카드까지 돌렸다.

다들 어수선했다.

종민은 1분이라도 빨리 이곳을 벗어나고 싶었지만 그럴 수가 없었다. 게임 시간이 아직 5분이나 남아 있었다. 딜러를 맡은 사람들은 엉성하게 패를 돌렸고 베팅은 엉망진창이었다. 판 사람이 돈은 가져가지 않고 그 위에 다음 판 베팅액으로 만 원짜리 칩을 올려놓기도 했고 그걸 다른 사람이 못 알아채고 따라 올려놓는 바보짓도 했다.

갑자기 돈을 잃는 게 무서워지기라도 한 것처럼 다들 몸을 사렸다. 세상에서 가장 재미없는 체크 싸움이 벌어졌지만 당사자들은 그 어떤 포커 판보다 긴장감 넘치는 베팅을 하고 있었다.

종민은 베팅이 진행되는 테이블을 봤다가 에이스를 보기를 반복했다. 에이스는 거실 현관문 옆에 주저앉아 엄지를 빨고 있었다. 가만 보니 빠는 게 아니라 물어뜯고 있었고 엄지에서 흐르는 피가 입술을 물들이고 있었다. 뭐라고 중얼거리고 있었는데 잘 들리지 않았다. 웅얼웅얼 들리는 소리는 에이스에게서 등을 돌린 상태로 앉아 있는 킹의 신경을 곤두서게 만들었다.

"탈락이라면서요? 탈락이니까 내보내야 하는 거 아니에요?"

킹이 신경질적인 어조로 벽난로 옆에 서 있는 집사에게 물었다. 집사는 고개를 저었다.

"원칙대로라면 제가 탈락자를 선언하는 시점은 이 포커 판이 끝날 때입니다. 탈락자 스스로 말해 주길 원해서 말해 드렸을 뿐이지요. 그리고 탈락자가 이 집을 나가야 한다는 규정은 없었습니다."

"그럼 언제 나가는데?"

"여러분들과 같습니다. 본인이 나가길 원하거나 월요일 아침 정해진 시간에 게임이 끝나면 그때 나갑니다."

"그럼 탈락자도 여기 같이 있는 거라고?"

킹이 물었다. 집사는 손가락으로 탁자를 가리켰다.

"게임 하십시오."

"저러고 있는데 게임을 어떻게 하라고?"

"규칙이니까요."

집사는 그런 다음 시계를 보았다. 3분이 남아 있었다. 퀸은 카드를 돌렸고 킹은 자리에 앉았다. 다시 게임이 이어졌다. 3분 동안 세 판이 아무 일 없이 지나갔다. 게임이 끝나기 전부터 퀸은 칩을 정돈하고 있었다.

게임이 끝났다. 집사가 탁자 옆으로 다가와 말했다.

"오늘 포커 판은 이것으로 끝났습니다. 현재까지 에이스 한 분 탈락하셨으며 나머지 네 분은 내일 다시 게임을 이어 가도록 하겠습니다. 내일 아침 식사 시간은 오늘과 마찬가지로 8시입니다."

집사는 에이스에게 다가가 손을 내밀었다.

"운명 카드를 주십시오."

에이스는 대꾸하지 않았다.

"에이스 씨, 운명 카드를 내주십시오."

집사는 끈질기게 기다렸고 다들 그 광경을 지켜보았다. 에이스는 손톱을 깨물며 허공만 주시하다가 들릴 듯 말 듯 말했다.

"가져가, 이 씨발 놈아."

에이스는 셔츠 안으로 손을 넣더니 브래지어에서 카드를 꺼내 내던졌다. 꽉 쥐면서 던지는 바람에 단단한 재질의 카드가 반으로 접혀 있었다. 집사는 개의치 않고 카드를 집어 살짝 펴더니 모두가 있는 탁자로 들고 와 내려놓았다. 탁 하고 플라스틱이 바닥에 달라붙는 소리가 났다.

종민이 가진 카드와 같은 크기, 같은 재질의 카드였다. 카드에는 도시의 뒷골목 정도 되는 어두침침한 곳에 쭈그려 앉아 있는 남자가 그려져 있었다. 허름한 옷차림을 한 그의 모습은 얼굴을 무릎에 처박고 있었음에도 세상을 다 잃은 것 같은 절망적인 표정이 보이는 듯했다. 바닥에는 눈물인지 빗물인지 모를 얼룩이 그를 어둠으로 몰아넣고 있었으며, 배경으로 보이는 사방에 거미 없는 거미줄이 뒤덮여 있었다.

종민이 가지고 있는 운명 카드와 같은 글씨체로 에이스가 피해 가야 할 운명이 적혀 있었다.

'돈을 모두 잃을 운명.'

5

퀸은 카드를 확인하자마자 미리 챙겨 둔 칩 상자를 들고 계단으로 달려갔다. 달아나는 것처럼 보였지만 종민은 그녀를 보고 비난하거나 비웃지 않았다. 오히려 저렇게 하지 못하는 자신이 더 겁쟁이라고 느껴졌다.

조커와 킹은 카드를 보고 충격을 받은 건지, 아니면 최초의 탈락자가 나왔다는 사실 자체에 놀란 건지 한동안 탁자에 앉아 말이 없었다. 집사는 포커 끝났다는 선언을 끝내고도 탁자 옆을 한동안 떠나지 않았다. 늘 그랬을 테지만 왠지 오늘만 기다리고 있는 게 아닐까 싶었다. 종민은 지금 벌어지는 모든 일이 다 이상하고 어색했다. 그건 아마도 에이스의 묘한 흐느낌 때문인 것 같기도 했다.

그 흐느낌을 제일 신경 쓰는 사람은 조커 같았다. 그는 일부러 혀 차는 소리를 크게 내면서 자리에서 일어났다. 그리고 에이스 쪽을 곁눈질하면서 말했다.

"에이스 씨, 나갈 거지?"

어째서인지 설득조였고 아줌마니, 아줌씨니 하는 자극적인 표현도 하지 않았다.

"여기 남아서 개평 받을 생각 하는 거면 일찌감치 포기해. 여기 다들 에이스 씨만큼이나 치열한 사람밖에 없어."

종민은 그사이 일어나 계단 쪽으로 걸어갔다.

그때 갑자기 에이스가 벌떡 일어나 괴성을 지르며 종민에게 달려들었다.

"으아아아아!"

에이스는 인상을 있는 대로 찌푸리고 두 손을 내민 채로 종민의 얼굴을 쥐어뜯으려 했다. 초라한 B급 공포 영화에서 손톱 긴 할머니가 목을 조르려고 뛰어오는 것 같았다. 영화로 봤다면 실소도 나오지 않을 광경이었으나, 종민은 세상에서 가장 무서운 광경을 본 사람처럼 놀라 뒤로 쓰러졌다. 칩이 바닥에 쏟아졌다. 다행히도 조커가 중간에 나서서 가볍게 에이스를 떠밀었다. 자기 가슴에 손을 얹고 숨을 헐떡이는 걸 보니 조커도 딱히 도우려고 그런 게 아니라 자기 쪽으로 달려드는 거라고 착각해서 그런 모양이었다.

바닥에 쓰러진 에이스는 갑자기 서럽게 울었다.

"휴우, 좀 낫네. 차라리 울어, 아줌씨. 무섭게 손톱 씹지 말고."

조커는 손을 털며 집사 눈치를 보았다. 아마 조커가 이 순간 가장 무서워하는 사람은 집사였을 것이다. 집사는 말없이 다가와 종민이 떨어뜨린 포커 칩을 줍기 시작했다. 조커는 에이스가 다시 일어날까 봐 경계를 늦추지 않고 있었고 대신 킹이 줍는 걸 도왔다. 세 남자가 열심히 거실 바닥을 기며 칩을 다 주웠다.

"세 보십시오."

집사가 말했다. 종민은 건성으로 칩을 세 보고 말했다.

"맞는 것 같은데요."

"정확해야 합니다. 얼마입니까?"

"그, 그래요? 잠깐만요."

종민은 색깔별로 구별한 다음 칩을 세 보고 말했다.

"3천……9백3만 원요."

집사는 고개를 저었다.

"9백13만 원이 맞습니다. 10만 원짜리 칩이 하나 더 떨어졌을 겁니다."

화분을 놓은 협탁 옆에 파란색 칩이 하나가 더 떨어져 있는 걸 조커가 발견했다.

"저기 있네, 저기."

킹이 집어서 갖다 주었다. 집사는 그제야 자리에서 일어났다. 종민은 떨떠름한 얼굴로 킹이 내준 칩을 받았다. 그 순간 둘은 의미를 알 수 없는 눈빛을 교환했다.

'우리 돈이 계산되고 있었다?'

종민은 그 말을 하려다 입을 다물었다. 이런 정보가 중요한 건가? 중요한 거면 나만 알아야지 않을까?

"그럼 에이스 씨 떨어졌으니까 이제 우리 상금은 어떻게 되는 거지?"

조커가 물었다.

"월요일에 말씀드린 대로입니다. 25억씩."

집사가 말했다. 조커가 어이가 없다는 듯이 웃으며 종민을 돌아보았다.

"그럼 그때 잭 형씨가 날린 투페어가 사실은 4백만 원짜리가 아니라 5억짜리였던 거네."

조커가 말했다. 종민은 그의 턱을 한 대 후려치고 싶었다. 소리치고 싶었다.

'아니야. 애초에 에이스가 견제했던 건 너였어. 네가 에이스의 블러핑에 당하지 않았으면 에이스도 그 이상 걸지 않았을 것이고, 내가 올인했어도 네가 먹는 판이었어. 그 판은 네가 이긴 거였다고!'

에이스는 빨갛게 달아오른 눈으로 종민을 노려보았다. 이제 더 이상 흐느끼지도 않았고 엄지를 깨물지도 않았다. 종민은 달아나듯 계단을 올라갔다.

2층 복도에 올라서니 퀸이 자기 방문을 살짝 열고 머리만 내밀고 밖을 내다보고 있었다. 어두컴컴한 복도에서 그녀의 허여멀건 한 얼굴은, 꼭 잘린 목만 허공에 둥둥 떠 있는 것 같은 착각을 안겨 주었다. 밑으로 늘어진 긴 머리카락은 그 착각을 조금 더 심화시켰다. 종민은 무시하고 빠른 걸음으로 방문 앞으로 다가가 문고리를 잡았다.

"당신 운명 카드가 뭐든 간에⋯⋯."

갑자기 퀸이 입을 열었다. 종민은 퀸을 돌아보았다. 머리만 내민 퀸은 눈을 크게 뜨고 겁에 질린 목소리로 말했다.

"⋯⋯날 떨어뜨릴 생각 하지 마."

종민이 뭐라 말도 하기 전에 퀸은 문을 닫아 버렸다. 할 말은 많았지만 그러려면 노크부터 해야 하고 어제 에이스가 했던 짓을 자기도 하는 꼴이 될 것 같았다. 그건 싫었다.

종민은 방으로 들어가 문을 닫고 잠갔다. 포커 칩을 정리해서 책상 위에 올려놓은 다음 종민은 이불을 뒤집어쓰고 침대에 엎드렸다. 토할 것 같았다.

'내 잘못 아니야. 난 20억을 25억으로 만들 생각은 요만큼도 하지 않았어.'

똑바로 누우니 얼굴로 주먹이 날아드는 기분이 들었다. 종민은 학교 교실 바닥에 누워 있었고 중학교 때 그 녀석이 발로 짓밟는 순간이 떠올랐다.

'이 쪼잔한 새끼야, 누가 안 갚는대? 백 원 가지고 존나 지랄이네!'

또 주먹이 날아왔고 눈앞이 번쩍하는 순간 그 녀석의 얼굴은 에이스의 얼굴이 되어 있었다. 에이스가 말했다.

"이 쪼잔한 새끼야, 칩 좀 빌려 달라고 했잖아!"

그건 꿈이나 환각이 아니라 현실이었다. 진짜로 에이스의 속삭이는 목소리가 문틈으로 들려오고 있는 것이었다. 그곳은 한낮의 중학교 교실이 아니라 한밤중의 저택 2층에 있는 잭의 방 안이었다. 종민은 화들짝 놀라 일어났다. 깜빡 잠든 모양이었다. 백일몽처럼 꿈을 꾼 것이었고, 지금 들리는 목소리는 분명 에이스의 목소리였다.

"5백만 원만 빌려 줬으면 일요일 밤까지 버틸 수 있었어. 첫 판돈만 내고 계속 죽기만 할 생각이었는데, 너 때문이야. 네가 내 운명 카드 알아내서 내 돈 따먹은 거지? 응? 그렇지?"

그때부터 몇 분 동안 온갖 욕설이 다 날아들었다.

종민은 못 들은 척 문만 노려보고 있었다. 에이스는 목소리를 높이지 않았다. 처음에는 일부러 음산한 목소리를 내기 위해서라고 생각했다. 천천히 신경을 거슬리게 만들려고. 하지만 아니었다. 에이스는 지금 소리를 질렀다가 또 조커에게 맞을 것을 걱정하고 있는 게 분명했다.

잠시 후 문을 못으로 긁는 것 같은 소리가 들렸다. 드륵드륵, 그것은 손톱으로 나무를 긁는 소리였다. 조용한 밤에 문 너머로 통과되는 소리는 칠판을 못으로 긁는 것만큼이나 신경을 거슬리게 했다. 개새끼, 씹새끼, 뭔새끼. 에이스는 계속 욕을 했다. 나중에는 욕을 하는 건지 웃는 건지 분간이 안 될 지경이었다. 그러다 갑자기 뚝 끊겼다. 삐걱삐걱, 복도를 밟는 그녀의 발소리가 멀어졌다. 하지만 이상하게도 가까워지고 있다는 생각이 들었다.

종민은 침대에 엎드려 베개로 머리를 감쌌다. 소리는 사라졌지만 빌어먹을 상상력 덕분에 에이스가 문을 몰래 따고 들어

오는 모습이 머릿속에 그려졌다. 그다음 에이스가 다가와 그를 내려다보는 것이다. 시뻘겋게 충혈된 눈으로, 아무 짓도 하지 않고 그저 내려다보기만 하는 것이다.

밤새도록, 한없이.

그다음에는 문고리를 당기는 소리가 들렸다. 덜컹. 덜컹. 작게 두 번. 하지만 곧 사라졌다.

딴생각으로 상상을 몰아내려고 노력했다. 버티자. 이 정도 버티는 건 일도 아니야. 이런 거 조금 무서워하고 25억이 생긴다고? 25억이 아니라 1억만 줘도 할 수 있는 일이었다. 1억은 사람도 죽일 수 있는 돈이다. 여러분, 어떤 무서운 여자가 밤새도록 노려보는 거 사흘만 버티면 1억을 드립니다. 여기 보세요. 여기 25억이 생긴다는데도 그거 못 하겠다고 질질 짜면서 베개 뒤집어쓴 병신이 있는데, 어떻게 생각하세요?

방청객이 웃는다. 동글동글한 글씨체의 자막이 TV 화면에 떠오른다. 쪼잔한 놈, 맞아도 싸지!

게다가 누군가 한 명이라도 더 떨어지면 셋이서 백억, 일인당 33억 3천3백33만 원씩! 맙소사, 나라면 한 명이라도 더 떨어뜨리려고 노력할 텐데요. 진행자가 웃으며 말했고 방청객들은 박수를 친다.

자, 도전하시겠습니까? 음악이 깔리고 화면이 어두워지고 카메라는 종민을 클로즈업한다. 종민은 대답한다. 아니요. 25억이면 충분해요.

방청객들은 야유를 내뱉는다. 쪼잔한 놈, 쪼잔한 놈!

종민은 소리쳤다. 25억이면 충분해. 빚도 모두 갚고 완전히 새 인생을 살 수 있어. 어머니 집도 사 드리고 여동생 학교도 끝마치게 할 수 있다고! 다 할 수 있어. 욕심내면 안 돼.

야유가 들렸고 진행자는 배를 잡고 웃는다. 심사위원 중 한 명으로 참가한 에이스가 소리쳤다. 저 자식을 떨어뜨려! 그럼 남은 세 명이 33억이야. 난 저 녀석이 이기는 꼴은 못 보겠어.

종민은 계속 변명했다. 난 당신 운명이 뭔지도 몰랐어요. 떨어뜨리고 싶어서 떨어뜨린 게 아니었다고요. 잃어 주려고 원페어로 따라간 것이고 어쩌다가 투페어가 된 거뿐이라고요.

거짓말하지 마, 이 개새끼야! 알고 있었지? 내 운명 카드를 알고 그런 거야. 그리고 넌 다른 세 명도 떨어뜨리고 혼자서 백억을 먹으려고 할걸.

그렇지 않아요. 난 남은 세 명이 무슨 운명인지도 몰라요. 떨어뜨리고 싶어도 못 하는 거라고요.

즐거운 상상은 사라지고 무서운 생각만 들었다.

저 세 명이 날 떨어뜨리려고 마음먹었다면 어쩌지?

덜컹, 덜컹. 누군가 계속 문을 여는 시도를 하는 것 같았다. 종민은 자다 깨기를 반복했고, 잠이 살짝 들 때마다 악몽을 꾸었다. 백 원 때문에 자기를 두들겨 팼던 녀석의 얼굴이 에이스가 되었고 투자를 제안했던 선배의 얼굴이 되었다가 빚을 떠안긴 아버지의 얼굴이 되기도 했다.

칩을 다 잃은 게 종민이 되기도 했다. 종민의 운명 카드는 살해하는 운명 카드가 아니라 돈을 잃는 운명 카드로 누군가 바꿔치기를 했고 종민은 스페이드에게 변명했다.

이건 제 카드가 아니에요!

하지만 네가 가지고 있잖아.

아니에요. 제 카드는 살해하는 운명 카드고 전 아무도 죽이지 않았어요!

방금 자기 운명을 말해 버렸군! 규칙 위반으로 넌 탈락이야.

탈락이야!

탈락이야!

사회자가 즐겁게 외쳤다.

자, 잭은 탈락했고 남은 세 명의 게임이 계속됩니다. 33억 3천3백33만 원을 둔 세 명의 결투. 다음 주에 계속됩니다. 그리고 보너스 영상으로 탈락자의 비참한 인생, 게임 그 후! 도 방송하겠습니다. 놓치지 마십시오.

종민은 비명을 지르며 잠에서 깼다. 진짜로 비명을 질렀는지, 아니면 꿈속에서만 비명을 질렀는지 분간이 되지 않았다. 현실인지 아닌지 분간이 된 건 창문으로 들어오는 아침 햇살과 문을 두들기는 노크 소리 때문이었다. 집사의 굵은 목소리가 현실감을 안겨 주었고 동시에 안도감도 안겨 주었다. 그래, 다 꿈이었어. 흔한 일이지.

"식사 시간입니다."

토요일 아침이었다. 종민은 목덜미를 주무르며 일어나 대답했다.

"곧 나갑니다."

겨우 세수만 하고 수건으로 얼굴을 닦는데, 물소리로 안 들렸던 집사의 목소리가 멀리서 희미하게 들렸다.

"조커, 일어나십시오. 조커."

집사의 목소리가 커지는 걸 보니 조커가 계속 대답이 없는 모양이었다. 종민은 전날 옷도 갈아입지 않고 잤다는 사실을 뒤늦게 깨달았다. 하긴 그걸 잔 거라고 할 수도 없지. 종민은 그 옷을 입은 채로 문을 열고 복도로 나갔다.

순간 발바닥에 따끔한 게 밟혔다. 송곳이나 깨진 유리 조각 같은 게 아니라 라면 부스러기 같은 걸 밟았을 때의 느낌이었다. 발을 들어 보니 손톱 조각이 하나 붙어 있었다. 붉은색 매니큐어가 벗겨진 손톱이었고 손톱깎이로 깎은 초승달 모양이 아니라 부러진 조각이었다. 묘한 혐오감이 발에서 종아리를 타고 뒷골로 올라왔다.

드물게도 퀸의 방문이 열려 있었다. 퀸은 복도에 멀뚱히 서 있었다. 그녀는 얼굴이 붓고 핏기도 하나 없는 게 죽을 정도로 피곤해 보였다. 밤새 펑펑 울기라도 한 것처럼 눈도 통통 부어 있어 피곤함의 정도가 더 커 보였다.

킹은 계단의 중간쯤 내려갔다가 멈춘 채로 뒤를 돌아보고 있었고 집사는 계속 조커의 방문을 두들기고 있었다.

"조커! 조커!"

집사는 세 사람을 한 번 돌아보더니 복도를 쩌렁쩌렁 울리는 목소리로 소리를 질렀다.

"나오지 않으면 들어가겠습니다!"

집사는 마지막으로 문에 귀를 대 보더니 주머니에서 열쇠 꾸러미를 들었다. 그리고 열쇠를 문고리에 대려다가 무슨 생각에선지 문고리를 그냥 밀어 보았다.

문은 잠겨 있지 않았다. 불길한 예감이 든 건 종민만이 아니었다. 킹은 내려가던 계단을 도로 올라왔고 퀸도 살금살금 조커의 방 앞으로 다가갔다. 문을 활짝 연 집사는 그대로 우뚝 섰다. 그의 시선은 침대 쪽이 아니라 방 중앙 쪽을 향하고 있었다.

종민은 손톱을 버리고 조커의 방으로 걸어갔다. 그리고 집사의 등 뒤에 서는 순간 숨을 멈췄다. 조커는 하얀 천 조각에 목이 조인 채로 천장에 매달려 있었다. 허리 높이에 그의 맨발이 떠 있었다. 목매달린 시체? 아니, 시체라고 단정할 수 있나? 아직 살아 있을 수도 있는 거잖아. 얼른 끌어내려 봐.

마치 방금 목을 매기라도 한 것처럼 조커의 몸은 천천히 반시계 방향으로 돌고 있었다. 바닥에는 의자가 쓰러져 있었고 목은 기형적으로 꺾여 있었다.

조커를 매단 하얀 천 조각은 커튼을 둘둘 만 것이었다. 커튼이 없는 방으로 아침 햇살이 쏟아지고 있었고 역광 때문에 조커의 모습이 그림자로 보였다. 그래서 표정도 알아보기 힘들었고 갈색 머리카락도 검게 보였다. 그럼에도 그의 보랏빛 얼굴을 보니 도저히 살아 있을지도 모르니 내려 주자는 말이 나오지 않았다.

다들 아무 말도 못 하고 있을 때 집사가 방 안으로 들어갔다. 그리고 쓰러진 의자를 세우고 바닥에 떨어진 카드를 집어 들었다.

뒷면이 익숙했다. 운명 카드였다. 집사는 카드를 들고 입술을 우물거리며 망설이는 모습을 보이더니 말했다.

"규정대로 5분 후 식사를 하겠으니 1층으로 내려와 주십시오."

그리고 마치 죽은 사람의 명예를 지켜 주기라도 하겠다는 것처럼 조심스러운 손길로, 매달린 조커의 발 아래에 카드를 내려놓았다. 놓인 위치는 그대로였으나 방향은 반대였다. 카드 앞면 그림이 보였다. 종민은 순간적으로 눈을 돌렸다. 마치 강제로 규칙 위반을 당하는 걸 피하겠다는 듯이.

킹이 종민의 어깨를 밀치며 안으로 들어갔다.

"카드 봐, 봐도 되는 거지? 탈락된 사람의 운명은 봐도 되는 거잖아?"

"게임 참가자에게 강제로 빼앗은 게 아니라면 봐도 됩니다."

처음에는 당황하는 것 같던 집사는 곧 본래의 침착한 모습으로 돌아가 있었다. 그리고 '실례합니다.'라며 종민을 살짝 밀고는 방 밖으로 나갔다.

킹은 차마 운명 카드를 집지 못하고 슬쩍 내려다보기만 했다. 그리고 망연자실한 얼굴로 죽은 조커를 올려다보았다. 종민도 옆에 서서 카드를 내려다보았다. 피 한 방울 묻어 있지 않지만 종민 역시 카드에 손을 댈 수가 없었다.

카드에는 나무에 목을 매단 광대의 그림이 그려져 있었다. 광대를 매단 나무 위에는 까마귀 같은 새들이 내려다보고 있었고, 광대의 발치에는 다양한 얼굴을 한 작은 악마들이 뾰족한 삼지창을 들고 동그랗게 대열을 짜서 춤을 추고 있었다. 광대의 죽음을 축복하는 것 같았다. 그리고 역시나 카드의 운명이 한글로 적혀 있었다. 종민과 에이스의 운명 카드보다 훨씬 더 알아보기 쉽고 해석하기 쉽고 거스르기 쉬운 운명이었다.

'자살할 운명.'

종민은 마치 당연한 것인 양 퀸을 위해 옆으로 살짝 물러났다. 그러나 퀸은 카드를 힐끗 내려다보기만 하고 다가오지 않았다. 그녀는 겁먹은 눈으로 시체와 카드, 그리고 종민을 한 번 쳐다보기만 하고 오히려 뒤로 물러났다. 제대로 카드를 확인한 것 같지도 않았다. 종민은 퀸의 얼굴을 보다가 그의 뒤에 한 사람 더 서 있는 걸 발견하고 귀신을 본 것처럼 화들짝 놀랐다. 퀸도 뒤늦게 발견하고 나직이 비명을 질렀다.

에이스였다.

하룻밤 사이 그녀의 눈은 퀭하니 검게 물들어 있었고 볼은 홀쭉하게 들어가 있었다. 시체를 발견한 그녀는 처음에는 놀란 얼굴을 하더니 이내 웃기 시작했다. 처음 게임이 시작될 때의 자신감 있는, 때로 도도해 보이기까지 한 웃음이 아니라, 숨을 죽인 큭큭대는 웃음이었다. 마치 웃어선 안 되는 장소에서 웃어서 미안하다는 듯 미소로 가득한 얼굴로 입을 가린 채 웃었다.

큭큭큭.

에이스는 발뒤꿈치를 살짝 떼고 키를 높여 떨어진 운명 카드를 확인해 보더니 더 크게 웃기 시작했다.

"당신이지?"

킹이 뚜벅뚜벅 다가가 에이스의 멱살을 잡았다. 에이스는 두 손을 들어 보이더니 말없이 고개만 저었다. 그리고 침을 튀기며 참았던 웃음을 터트렸다. 킹은 욕설을 내뱉으며 에이스를 밀어냈고 얼굴에 튄 침을 닦았다.

킹은 계단을 내려가 버렸고 퀸도 허둥지둥 뒤따라갔다. 얼결에 종민은 조커의 목매달린 시체와 에이스하고만 남아 있게 되었다.

종민이 얼른 문을 나서려고 했으나 에이스가 길을 막아섰다. 웃던 얼굴은 순식간에 굳어 있었다. 종민은 그녀를 밀쳤지만 킹이 밀칠 때처럼 밀려나지 않았다. 둘은 말없이 서로에게 힘을 주기만 할 뿐, 서로 밀려나지 않았다.

옆에서 보면 한없이 우스꽝스러운 힘겨루기라고 생각될 모습이었다. 그래도 종민은 필사적이었다. 에이스도 마찬가지였다. 그녀는 코로 숨을 몰아쉬며 계속 종민을 밀기만 했다. 종민과 에이스는 조커의 방 앞에서 춤을 추듯 빙글빙글 돌면서 복도로 나왔다. 에이스는 이를 악물고 놓치지 않으려고 애썼다. 종민은 눈을 질끈 감고 있는 힘을 다해 떠밀었다. 버티던 힘이 갑자기 사라지며 에이스가 떨어져 나갔다. 의도한 건 아니었지만 그 뒤는 계단이었고 그녀는 계단에서 굴러떨어졌다.

에이스는 구르면서도 비명을 지르지 않았다. 그저 계단 중간에 쓰러져 허리를 잡고 신음했다. 종민은 그녀가 잠깐 그러고 있는 사이 서둘러 계단을 내려왔다.

킹과 퀸은 벌써 식탁에 앉아 있었다. 둘 다 계단에서 들리는 소리에 목을 길게 내밀고 바라보고 있었다. 종민은 말없이 식탁에 앉아 숨을 골랐다.

집사가 다가와 물을 따라 주며 물었다.

"오늘 아침은 프렌치토스트와 샌드위치 중 하나입니다. 어떤 걸로 드시겠습니까?"

"저건 살해당한 거야."

킹이 계란에 흠뻑 젖은 토스트를 입에 베어 물고 말했다. 종민은 듣고 있었지만 듣는 티를 내지 않았고 퀸도 못 들은 척하고 있었다. 슬쩍 보니 딱히 킹도 둘을 보면서 얘기하는 건 아니었다.

"지금 와서 이런 말 하는 것도 우습지만, 백억이라는 돈, 아무리 부자라도 이런 장난 치기에 너무 많지 않아? 차라리 1억이라면 믿겠다. 천만 원이라면 더 믿겠네. 천만 원이라도 충분히 목숨 걸고 운명 거스르기에 전념하겠어."

킹은 목소리를 줄여 말을 이었다.

"게다가 집사 하는 말 들었어? 사람이 목매달아 죽은 걸 보고 밥이나 먹으란다."

종민은 킹의 말을 거의 듣지 않고 있었다. 그보다는 문 옆에 쭈그리고 앉은 에이스가 엄지손톱을 이빨로 물어뜯으며 탁탁 내는 소리에 더 집중하고 있었다. 킹은 등을 지고 있으니 안 보려면 얼마든지 안 볼 수 있고 퀸도 살짝 눈만 옆으로 돌리면 그만이었다. 하지만 종민은 에이스가 정면에 있어 안 볼 수가 없었다. 게다가 그 여자는 립스틱이 번져 광대처럼 찢어진 것 같은 입술로 손톱을 뜯으며, 화장 번진 시커먼 눈으로 종민만 노려보고 있었다. 흐트러진 머리카락은 시간이 갈수록 음침함을 더해 갔다. 종민은 계속 모른 척했다.

"우리 어쩌면 다 죽는 건지도 몰라. 다 죽이려고 데려온 거야."

킹이 계속 말했다.

사실 가능하다면 다른 자리에 앉고 싶었다. 그렇다고 에이스를 등지는 자리도 싫었다. 킹은 등 뒤에 저 여자를 뒤도 개의치 않는 걸까 싶을 때 킹이 벌떡 일어났다.

"근데 저 아줌마는 대체 언제까지 여기 있을 건데?"

에이스는 킹을 보고 웃었다. 자살한 조커를 바라보며 웃는 것처럼 웃었다.

"미쳤어? 아줌마, 미쳤냐고?"

킹이 목청 높여 소리치는데도 에이스는 계속 웃었다. 킹은 도로 자리에 앉더니 자기 먹을 토스트를 다 먹고 우유를 단번에 들이켰다. 그리고 바닥을 쿵쿵 울리는 걸음걸이로 계단을 올라가 버렸다. 종민도, 퀸도 식사를 마치자마자 위로 올라갔다.

자살한 조커의 방문은 닫혀 있었다. 2층으로 통하는 계단은 하나뿐이었는데 식사하는 동안 계단을 통해 시체를 나르는 모습은 없었다. 그럼 아직 조커의 시체는 그 자리에 있다는 소리였다.

종민은 자기 방으로 돌아가 일부러 문 앞으로 의자를 끌어다 놓고 앉았다. 그리고 문에 귀를 대고 복도에서 나는 소리를 체크했다. 시체를 끌고 내려간다면 큰 소리가 날 것이다. 종민은 그걸 꼭 확인하고 싶었다. 하지만 그것보다는 킹의 목소리가 먼저 들렸다.

"집사! 이리 와 봐요."

곧 계단을 오르는 소리가 들렸다.

"부르셨습니까?"

집사가 말했다.

"저 여자, 안 내보내요?"

"누구 말입니까?"

"누구긴 누구야? 에이스 말이지."

"제게는 월요일 아침까지 내보낼 권한이 없습니다."

"그럼 회장님 불러요. 스페이드 말이오."

"죄송합니다만, 게임 중에는 어느 누구도 이 집에 들어올 수 없습니다. 말씀드렸을 텐데요."

종민은 킹이 조커의 시신 얘기를 해 주기를 바라며 기다렸다.

"탈락한 사람이 저기 있으면 안 되는 거 아니야? 저 여자 때문에 어제는 잠도 제대로 못 잤어."

종민은 인상을 구겼다. 잠을 못 잔 건 종민이었다. 왜 자기가 잠을 못 잤다는 걸까? 손톱으로 벽 긁는 소리가 저기까지 들렸나? 그리고 왜 저렇게 에이스를 신경 쓰는 걸까도 일일이 다 궁금했다. 왜? 왜?

"됐어! 당신도 다 한패야."

그리고 문이 쾅 닫히는 소리가 들렸다. 종민은 용기를 내어 문을 열었다.

"저, 집사님?"

집사는 계단으로 돌아가려다 그의 목소리를 듣고 돌아섰다.

"네."

집사는 고분고분 종민에게 다가왔다.

"부르셨습니까?"

"저……, 사람이 죽었는데 경찰을 불러야 하는 게 먼저 아닐까요?"

해야 할 말을 하는 건데도 멍청한 소리 같았다. 머릿속에서 누군가 비웃는 소리가 들리는 것 같았다. 여러분, 마음껏 비웃으셔도 좋습니다! 이번 주 잭의 도전, 새로운 시즌을 맞이합니다!

"월요일에 부르겠습니다."

반박할 모든 말이 사라졌다. 사람이 죽었으니 경찰에 신고한다, 라는 당연한 말을 하는 자신이 이곳에서 제일 바보 같은 사람으로 전락한 기분이 들었다.

"저, 적어도 시신은 치워야 하는 거 아닌가요?"

종민이 물었다. 최소한 집사의 입에서 증거 보존을 위해 경찰이 올 때까지 둬야 한다는 대답이 나오길 기대하면서.

"제가 알아서 하겠습니다."

집사가 단호히 말했고 종민은 더 할 말도 없었다.

"네……."

종민은 문을 닫은 다음 한 가지 물어야 할 걸 묻지 못했다는 걸 떠올렸다.

'그런데 진짜 자살이긴 한 건가요?'

수많은 추리소설에서 봤던 가장 기본적인 과정이 쏙 빠져 버렸다. 사람이 죽었다면 주변을 살피고, 시체를 살피고, 증거를 찾고, 용의자를 찾고, 집에 있는 모든 사람들의 알리바이를 물어야 하는 게 순서 아닌가? 누군가 나와서 안경을 추어올리며 이게 밀실 살인이라고 외치고 범인을 밝혀야 할 것만 같았다.

그 역할을 할 사람이 여기 아무도 없다면 자신이라도 해야 하는 게 아닐까? 아직은 집사의 발소리가 들렸다. 지금이라도 부르면 또 참을성 있게 되돌아올 것이다. 종민은 또 문을 열려다 손을 멈췄다. 그래서 뭐라고 묻는단 말인가? 저기요, 조커가 정말 자살인가요……라고?

집사는 확인할 마음이 전혀 없었다. 사람이 죽었는데 경찰을 부르지 않고 운명 게임을 계속 진행시키고 있었다. 킹은 자신의 탈락 외의 다른 일에는 아무 관심도 없어 보였고 퀸은 속을 알 수가 없었다. 이 집에 있는 하녀들도 전혀 동요가 없었다. 마치 죽어 나가는 사람이 있을 것임을 알고 있었다는 듯.

종민은 문에서 한 걸음 물러나 도로 의자에 앉았다. 방 한가

운데 덩그러니 앉아 문을 쳐다보는 자신의 모습이 그려졌다. 왠지 모를 수치심이 일었다. 복도에서는 아무 소리도 들리지 않았다. 뒤늦게 종민은 자신의 호흡이 너무 크다는 사실을 깨달았다.

게임을 포기하고 밖으로 나가 경찰을 부른다? 밖에는 이미 이곳 사람들과 한패거리인 운전수가 있다. 그들은 종민이 밖으로 나가는 순간 게임에서 기권했음을 알고 눈을 가린 다음 도로 서울로 싣고 가 버릴 것이다. 서울로 돌아가서 신고해 봐야 미친놈 소리밖에 듣지 못할 것이다. 설사 경찰이 종민의 말을 믿어 준다 쳐도 이곳을 다시 찾아올 방법이 없었다. 밖에 있는 운전수를 따돌리고 달아날 자신도 없고, 집사와 싸울 자신도 없었다. 싸움으로 치면 앞방에 있는 병약해 보이는 여자랑도 싸울 자신이 없었다.

아니, 다 된다손 치자. 경찰을 부르고 이곳을 도로 찾아와 빌어먹을 게임을 중지시키고 자살 현장을 조사하고 이게 타살임을 밝혀낸 다음 다른 셋과 집사를 취조해 범인을 알아낸다……. 경찰이 묻는다. 범인이 누구라고 생각하십니까? 종민이 대답한다. 2학년 8반에 제일 늦게까지 남아 있던 애가 있었어요……. 그 애 이름이 뭐죠?

종민은 세차게 고개를 저었다.

그런 짓을 하면 25억, 아니, 33억이 사라진다. 조커는 자살했고 탈락했다……. 그걸로 끝이었다. 덕분에 25억에서 8억이나 더 받을 수 있게 되었다. 1억 때문에 사람도 죽일 수 있다고? 모른 척하는 걸로 8억을 더 받을 수 있다면 왜 못 하겠는가? 여동생의 미래를 책임져 줄 수 있다. 착한 세영이, 항상 오빠만 생각하느라 자기 욕심 한 번 못 챙겨 본 좋은 동생. 뭐 입고 싶어? 뭐 사고 싶어? 명품 구두, 가방, 옷, 반지, 그 모든 걸 가격표도 안 보고 사 줄 수 있다. 어머니의 노후를 보장할 수 있다. 아버지 때문에 평생 고생만 해 온 어머니, 제주도 한번 가 보는 게 소원이라시던 어머닐 특급 호텔만 경유해 세계 일주 시켜 드릴 수도 있다.

그렇게 8억을 쓰고도 남는 게 25억이다. 단지 아무 말도 하지 않는다면……, 모른 척하고만 있다면…….

즉, 조커는 자살이어야 한다.

종민은 허벅지를 꽉 쥐고 속으로 말했다.

'타살이면 안 돼!'

복도를 걷는 소리는 점심 내내 들리지 않았다. 시신을 치우려면 뭔가 소리가 들려야 하는데 계속 조용하기만 했다. 잠시 후 들리나 싶었지만 점심시간을 알리려고 오는 집사의 발소리였다.

조커의 방문은 아직 닫혀 있었다. 잠겨 있을까? 종민은 슬쩍 문고리에 손을 댔다가 혹시 잠겨 있지 않을 게 더 무서워서 손을 뗐다.

점심때도 에이스는 현관 옆 그 자리에 있었다. 그리고 아침 식사 때처럼 종민만 노려보고 있었다. 이제는 미친 사람처럼 웃지는 않았다. 밥도 먹지 않았다. 탈락자에게는 밥을 주지 않는 건지, 아니면 에이스가 거절한 건지는 알 수 없었다. 알고 싶지도 않았다.

점심을 끝내자마자 다들 약속이나 한 듯이 위층으로 올라갔다. 제일 앞서 가던 킹이 갑자기 걸음을 멈추고 돌아서 종민의 앞을 막았다. 덕분에 종민의 바로 뒤에 선 퀸도 걸음이 막혔다. 킹은 각도상 보이지도 않는 거실 쪽을 살피며 작은 목소리로 물었다.

"우리 얘기 좀 하면 안 될까?"

킹은 종민의 어깨 너머로 퀸에게도 말했다.

"거기, 퀸도요."

퀸은 굉장히 불안한 얼굴로 뒤를 보았다. 부엌 쪽에서 식기를 치우는 소리가 달그락달그락 들렸다. 셋은 계단에 나란히 서서 서로의 눈치만 살피는 꼴이 되었다.

"왜, 왜요?"

퀸은 소심하게 물었다.

"대책을 세워야죠!"

킹은 힘을 주어 속삭였다.

"무슨 대책요?"

종민이 물었다.

"들리니까 내 방에서 얘기하자고."

"나, 난 싫어요."

퀸은 종민을 제치고 킹도 비켜 가며 계단을 마저 올라섰다. 킹은 퀸의 옷깃을 잡았다.

"사람이 죽었다니까! 저게 자살인 것 같아요? 자살이라고 생각하냐고! 우리 중에 살인자가 있는 거야! 내가 보기에는 에이스 저 여자야."

킹은 조커의 닫힌 문을 가리키며 말했다.

"그럴 리가……."

종민이 말하자 킹이 노려보았다.

"왜 아니야?"

"그야……, 봤잖아요. 조커는 덩치가 커서 여자한테 질 것 같지 않은데요. 하지만 죽은 거라면 목 졸려 죽은 거잖아요. 게다가 천장에 매달기까지 했고……."

"영화도 못 봤어? 도르래 같은 걸로 잡아당기면 여자도 남자를 목매달 수 있어. 여자라 힘도 약하고 싸움도 못한다 치더라도, 죽이는 건 얘기가 다르지."

"저 방에 도르래 같은 게 어디 있어요?"

종민이 따질 때 퀸이 킹의 손을 뿌리치며 말했다.

"뭐든 둘이서 얘기해요. 난 빠져요."

킹이 강한 어조로 말했다.

"내 말은 다 같이 있자 이거예요. 그럼 아무도 못 건드릴 거예요. 아가씨가 범인이에요? 아니면 같이 있어요. 영화에서 보면 항상 흩어져 있는 바람에 한 명씩 죽잖아. 난 그런 영화 보면 항상 이렇게 외치지. 병신들아, 다 같이 있으면 될 거 아니야!"

킹은 숨을 씨익씨익 내뱉었다. 종민도 반쯤은 그리 생각했으나 퀸은 아니었다.

"그럼 둘이서 같이 있든가. 난 안 해요. 난 같이 못 있어. 당신들끼리 해요."

퀸은 비틀거리며 달려갔다. 문을 열고 그녀가 사라진 다음 복도는 다시 정적에 잠겼다. 난데없이 밑에서 에이스가 쉰 목소리로 노래를 불렀다.

"꽃 피는 동백섬에 봄이 왔건만……."

킹이 계단 아래에 대고 소리 질렀다.

"씨발, 조용히 안 해!"

오히려 에이스는 더 음정을 높여서 노래했다. 목소리가 갈라졌다.

"오륙도 돌아가는 연락선마다……."

킹은 신경질적으로 머리를 헝클었다.

"저 아줌마 죽으면 내가 죽인 줄 알아. 알았어?"

킹은 마치 이게 모두 네놈 잘못이다, 라고 지목이라도 하듯 손가락으로 종민의 가슴을 찌르며 말했다. 그리고 황급히 자기 방으로 들어가 거세게 문을 닫았다. 쾅!

종민도 자기 방으로 돌아가려다가 조커의 방문을 돌아보았다. 킹이 자기 방에서 거의 악을 쓰듯이 욕을 내뱉는 소리와 에이스의 노랫소리만 들렸다. 종민은 조커의 방과 잠겨 있는지 열려 있는지 모를 문고리를 한참이나 더 바라보다가 방으로 돌아갔다. 그리고 버릇처럼 문을 잠갔다. 복도에서 모두의 목소리가 사라지자 에이스의 노래도 뚝 끊겼다.

 토요일 저녁 식사는 스테이크였다. 첫날 맛있게 먹었던 와인보다 더 취향에 맞는 와인이 나왔다. 하지만 종민은 혀끝에 한 번 대고 나서 곧바로 밀어 놓았다. 괜히 맛 들였다가 취하고 싶지 않았다. 반면 킹은 혼자서 거의 한 병을 다 마시고 있었다. 이번 건 입에 안 맞네, 와인 같은 거 돈지랄이지, 같은 소리를 몇 번이나 반복해 놓고선 한 병을 더 달라고 요구했다. 집사는 말없이 새 와인을 들고 와 부드럽게 코르크를 따서 킹의 옆에 내려놓았다. 킹은 라벨 뒷면을 보고 꼬뜨 어쩌고저쩌고하는 발음도 안 되는 걸 열심히 읽어 본 다음 한 잔 마셔 보더니, 겨우 먹을 만한 게 나왔네 하며 좋아했.

 포커를 칠 때도 킹은 그 와인을 옆에 끼고 계속 홀짝였다. 종민도, 퀸도 첫 번째 와인을 거의 손대지 않았으니 두 병을 혼자서 마신 셈이었다. 그리고 엉뚱한 일이 벌어졌다. 킹이 칩을 모두 잃은 것이었다. 게임 시간은 10분 정도 남아 있었다. 취하긴 취한 모양인지 킹은 칩을 다 잃은 지 몇 초쯤 지난 후에야 다 잃었음을 깨달았다.

 킹은 조금 놀랐지만 이내 웃음을 터뜨렸다.

 "끝났네, 끝났어."

킹이 말했다. 그는 괜히 뒤에 앉은 에이스를 돌아보았다. 난 올인 당해도 탈락 아니지롱, 하고 놀리는 모습 같았다. 어둠 속에 웅크리고 있는 에이스의 얼굴 표정은 보이지 않았다.

돈을 모두 잃은 킹은 괜히 거들먹거리며 의자에 등을 기대고 구경했다. 종민과 퀸의 일대일 대결은 형편없는 시간 때우기로 변질되었다. 둘은 약속이나 한 듯 만 원 칩을 걸고 체크만 부르며 일부러 히든카드까지 죽지 않는 방식을 유지하면서, 최대한 천천히 카드를 나누었다. 도박을 하면 보통 시간이 잘 가기 마련이었지만, 이런 식으로 게임을 하니 초침도 느려 보일 정도였다.

불쑥 종민은 킹의 운명 카드가 궁금했다. 만약 그의 운명 카드가 에이스와 반대로 돈을 모두 따는 운명 같은 거라면 어떻게 될까? 그는 방금 완벽하게 자신의 운명을 거스른 것이고 방금 올인 당한 것으로 남은 기간에 상관없이 게임의 승자가 되는 것이다. 하지만 킹의 얼굴에는 그걸 해냈다는 환희 같은 건 보이지 않았다.

"그런데 집사님께서는 어디서 주무시나?"

킹이 구경하기 지루했는지 벽난로 옆에 있는 집사에게 물었다.

"별채에서 잡니다."

"여자들도?"

"네."

"그걸 어떻게 믿어?"

집사는 무표정한 얼굴로 킹을 바라보았다. 종민의 생각에도 믿고 안 믿고가 전혀 중요치 않은 질문이었다. 그러나 킹은 형사라도 된 것처럼 집요하게 파고들었다.

"그럼 믿는다 치고, 그 말대로라면 밤에는 이 집에 우리만 있는 거네."

"그렇습니다."

"그래서 언제 출근하는데?"

"6시 정각에 들어와 청소를 하고 식사를 준비합니다."

"우리 방은 안 치워 줘?"

킹은 이제 노골적으로 반말을 지껄였다.

"저희들은 일주일 동안 여러분의 방에는 들어가지 않기로 되어 있습니다."

칩을 내던 종민의 손이 멈췄다. 안 들어가?

킹이 말했다.

"수건 다 떨어져서 그런데 좀 치워 주면 안 되나 해서."

"부탁하면 갖다 드립니다. 지금 필요하십니까?"

"갈아 줘."

집사가 돌아서서 어디론가 갔다. 종민은 느릿느릿 칩을 내려놓고 다음 카드를 돌렸다.

그사이 집사가 다시 돌아와 쟁반에 놓인 수건을 들고 계단을 올라갔다가 헌 수건을 수거해 돌아왔다. 그런 다음 집사는 테이블 앞에 서서 손목시계를 확인한 뒤 말했다.

"시간 다 됐습니다."

종민은 안도의 한숨을 내쉬며 마지막 베팅을 했다. 히든카드인데도 만 원짜리 칩 한 개 올라가는 베팅이었다. 퀸은 기다렸다는 듯이 죽어 버렸다. A 트리플이지만 전혀 상관없었다. 종민은 자기 카드가 무엇이었는지도 모르고 카드를 덮고 게임을 끝냈다.

집사는 평소처럼 탁자 옆에 서서 말했다.

"오늘 포커 판은 이것으로 끝났습니다. 현재까지 탈락자는 에이스와 조커, 두 명입니다."

어제는 한 명이라고 말했고 오늘은 두 명이라고 말했다. 별거 아닌 숫자의 증가였지만 굉장한 압박으로 전해졌다. 에이스는 돈을 잃을 운명을 거스르지 못해 탈락이고 조커는 자살을 할 운명을 거스르지 못해 탈락인 것이다. 정말로 운명대로 되고 있는 건가? 종민은 겁이 덜컥 났다. 누군가를 살해할 운명이라는 카드 속 글씨가 머릿속을 왔다 갔다 했다.

"내일 아침 식사 시간은 늘 그렇듯 8시입……."

집사가 느릿느릿 말하고 있는 사이 종민의 어깨 너머에서 손이 불쑥 들어왔다. 매니큐어가 벗겨지고 손톱도 부러진 손가락이 종민의 셔츠 앞주머니에 꽂아 놓은 운명 카드를 꺼내 갔다. 모두가 잠깐 방심한 순간이었다. 퀸은 깜짝 놀라 의자에서 일어나 물러났고 느긋하게 있던 킹도 눈을 동그랗게 뜨고 종민의 등 뒤를 돌아보았다. 집사도 놀랐지만 누구보다 종민이 놀랐다.

에이스였다. 에이스는 손에 종민의 운명 카드를 들고 뒤로 서너 걸음 정도 빠르게 물러섰다. 마치 어린아이가 친구 연애 편지를 빼앗아서 놀리는 폼 같았다. 종민은 의자를 넘어뜨리며 달려들었다. 에이스는 장난기 가득한 얼굴로 카드를 확인하더니 얼굴을 구겼다.

그 틈에 종민은 재빨리 운명 카드를 그녀의 손에서 낚아챘다. 카드가 반으로 구겨져 버렸지만 지금은 그게 문제가 아니었다. 종민은 구겨진 카드를 허둥지둥 바지 주머니에 넣은 다음 집사의 얼굴부터 살폈다. 집사는 이 광경을 관망하기만 했다.

종민은 이 터무니없는 돌발 상황에 대해 뭔가 제지나 벌칙이 있어야 한다고 생각했으나 집사는 무덤덤했다. 종민은 뒤로 물러서서 방금 상황을 되짚어 보았다. 에이스가 카드를 뽑는 순간은 그야말로 한순간이었고 다행히 카드의 뒷면이 모두에게 향한 상태였다. 당연히 에이스가 앞면에 적힌 내용을 보려고 그런 각도가 된 것이겠지만 어쨌든 다른 둘에게는 카드의 내용이 보이지 않았을 것이다.

종민의 걱정은 하나뿐이었다. 에이스가 발설할까? 아니, 그 전에 이 여자가 발설하면 어떻게 되는 거지? 상대의 운명 카드를 빼앗거나 훔쳐서 보면 탈락이다. 그러나 탈락자가 훔쳐서 모두에게 말해 버리는 경우에는 어떻게 된단 말인가? 탈락자를 또 탈락시킬 수는 없지 않은가?

에이스는 미묘한 미소를 띠더니 검지로 종민을 가리키며 웃었다.

"난 알아. 난 안다고. 그랬구나. 그랬어."

에이스는 웃었다.

잠깐 놀란 듯하던 킹은 그저 의자를 흔들거리며 상황을 주시하기만 했다. 퀸은 모르는 사이에 이미 2층으로 올라가 버렸다. 한동안 종민과 에이스의 눈싸움이 이어졌다.

"그러게 카드 관리 좀 잘하지 그랬어?"

킹은 비아냥거리더니 종민에게 말했다.

"뭐가 어째요?"

"민감하게 굴지 말라고. 말이 그렇다는 거니까. 난 당신 운명 카드가 뭔지 관심도 없고……."

킹은 심드렁하니 말을 이었다.

"들어들 가셔. 난 여기서 저 아줌마 감시할 거니까."

"그거 정말 고맙군요."

종민은 에이스가 뭐라 떠들기 전에 계단을 향했다.

"야, 잠깐! 잭, 너."

킹이 불렀다. 종민이 뒤를 돌아보니 킹은 와인 잔을 들고 말했다. 와인이 처음이라면서 요 며칠 사이 와인 잔 잡는 폼이 제법 근사해졌다.

"그러고 보니……, 너 이 자식. 하! 취하니까 기억나네."

킹은 잔을 비운 다음에 종민을 돌아보았다. 어두컴컴해 잘 보이지 않았는데도 그의 눈에 분노가 담겨 있는 걸 알아볼 수 있었다. 킹의 등 쪽에 서 있는 에이스는 종민과 눈이 마주치자 칼로 자기 배를 찌르는 시늉을 했다. 살해하는 운명 카드에 나온 그림을 흉내 내고 있는 것이었다.

둘 다 종민에게 화가 나 있었다. 둘의 분노를 저울질하면 어느 쪽이 더 무거운지 모를 정도로 팽팽했다.

"너였지. 네가 그랬지?"

킹이 물었다.

"뭘요?"

종민이 되물었다. 킹은 입을 반쯤 열었다가 남은 와인을 입에 털어 넣었다. 그는 웃었다.

"하, 이럴 줄 알았어. 내가 이럴 줄 알았어. 왜 과거를 묻지 말라고 했냐고? 이런 게 있을 줄 알았다니까!"

종민은 그가 무슨 소리를 하는지 하나도 알아들을 수가 없었다.

킹은 빈 잔에 와인을 따르며 혼잣말했다.

"상관없어. 난 살아남을 거야. 살아남아서 이 게임의 승자가 될 거야. 어떤 새끼 때문에 망친 인생 다 보상받아야 해. 암, 그래야지."

킹은 '어떤 새끼'라고 말하는 부분에서 정확히 종민을 노려보았다. 종민은 서둘러 계단을 올라갔다. 더 듣고 싶지도 않았고 싸우고 싶지도 않았다.

퀸의 방문이 살짝 열려 있었고 그녀는 또 얼굴만 내밀고 이쪽을 바라보고 있었다. 머리만 떠 있는 것처럼 보이는 착각은 여전했다.

"내, 내 방에 오지 마요. 오, 오면 주, 죽여 버릴 거니까."

퀸이 어색하게 경고하고 문을 닫았다. 종민은 입만 벌리고

서 있었다.

"왜?"

왜 다들 나만? 종민은 여전히 닫혀 있는, 당연히 닫혀 있어야 할 조커의 방문을 돌아보았다. 그리고 문고리로 손을 뻗었다가 도로 접었다. 종민은 달려가 자신의 방에 들어가 방문을 잠갔다.

"왜 나만? 왜 나만?"

종민은 침대에 엎드려 주먹으로 베개를 내리쳤다. 그리고 숨이 막힐 정도로 세게 얼굴을 파묻었다. 그의 웅얼거리는 욕설을 베개가 흡수해 주었다.

'그래서 ……이가 마지막까지 안 가고 남아 있는 걸 봤다고?'

경찰이 물었다.

'네.'

중학생 종민이 대답했다.

'나오면서 다른 반에 다른 애들은 없던?'

'어어……, 없었던 것 같아요. 여학생 반은 잘 모르겠어요.'

'그럼 남학생 반 교실 전체에서 남아 있는 애는……, 그 애 하나뿐인 거구나?'

'그랬……던 것 같아요.'

'그래. 그렇구나. 수고했다.'

경찰은 웃으며 종민을 보내 주었다. 그리고 종민이 이름을 말한 그 애가 살인 사건 용의자로 체포되었다.

종민은 자기가 용의자로 지목한 그 학생의 이름을 까먹었

162

다. 고등학교에 입학할 즈음에는 이미 이름이 흐릿해졌고 고3 때쯤에는 아예 사건 자체가 기억 속에서 흐려져 있었다. 지금 필사적으로 기억을 살려 내더라도 그게 킹의 이름인지는 알 도리가 없었다. 종민은 그 애의 얼굴과 킹의 얼굴을 매치시킬 자신도 없었고 킹은 자기의 과거를 말하지 않을 테니까.

사실 그 애는 자기를 용의자로 증언한 사람이 종민임을 알 리가 없었다. 아무도 몰랐다. 경찰이 말했을까? 세상에 그런 걸 말해 주는 멍청한 경찰이 어디 있어? 따지고 보면 종민은 법정에 불려 가 증인 선서를 한 적도 없었다. 그래, 그 애가 살인자로 잡혔고 그게 내 증언 탓이라면 난 법정에 증인으로 나서거나 적어도 그 비슷한 뭔가를 했어야 해. 그런데 난 안 했어. 그러니까 나 때문이 아니야. 내 잘못 아니야. 난 아무 잘못 없어.

시계를 보니 자정이 되어 있었다. 혹시 한 시간 넘게, 내 잘못 아니야, 소리를 반복한 건가? 불도 켜 둔 채였다. 하지만 종민은 불을 끄고 싶지 않았다. 그때 삐걱삐걱 복도를 걸어오는 소리가 들렸다. 종민은 서둘러 형광등 스위치를 껐다. 딸깍하는 소리가 유난히 크게 났다. 동시에 다가오는 발소리도 멈췄다. 잠시 후 다시 삐걱삐걱, 발걸음이 종민의 방 앞에서 멈췄다.

"네가 죽였지?"

에이스의 목소리였다.

"자는 척하지 마. 깨 있는 거 다 알아."

종민은 방의 불을 끈 걸 후회했다. 아예 끄지 않고 뒀다면 그냥 불을 켜 둔 채 자고 있는 거라고 우길 수도 있었을 텐데. 어두운 복도에서는 방문 틈으로 새는 형광등 불빛이 너무도 잘 보였을 것이다. 그래도 종민은 소리를 내지 않고 서 있었다. 문틈으로 눈을 들이대도 이곳이 보일 리 없었다. 그리고 목소리가 그리 가깝게 들리지도 않는 걸 보니 문에 바짝 들이대고 말하는 것도 아니었다.

"다 죽이면 너 혼자 백억을 먹는 거니까. 다른 두 사람도 다 죽일 거지? 죽이고 혼자 먹으려고?"

에이스는 웃었다. 종민은 의아했다. 살해하는 운명 카드를 봤다면 저런 말을 안 할 텐데? 에이스는 계속 말했다.

"그 말을 믿어? 스페이드 그 노인네를? 미치겠네. 백억이 무슨 개새끼 이름도 아니고 그걸 진짜로 줄 거 같아? 난 처음부터 다 알고 있었어. 이건 다 개수작이야. 어떤 부자 놈이 우리 가지고 놀려고 처음부터 다 짠 거라고. 난 다 알고 있었어. 근데 왜 안 나가냐고? 나가면 죽으니까 그렇지."

에이스는 흐느끼는 건지 웃는 건지 모를 흐흐흐 하는 소리를 냈다.

"우린 저 잘난 집사랑 회장 놈 얼굴을 다 봐 버렸어. 그러니 이 집을 나서는 순간 그냥 죽는 거야. 우리가 나가서 신고하면 어쩌려고 우릴 그냥 보내 줘? 나만 해도 여기서 나가기만 하면 내 똘마니들 데리고 와서 여기 다 아작 낼 건데. 저치들이 그렇게 하게 내버려둘 것 같아?"

부스럭거리는 소리와 삐걱거리는 소리가 들렸다. 바닥에 앉는 소리 같았다.

"좀 있어 봐. 내 얘기 하나도 안 틀렸다는 거 증명해 보일 테니까. 우린 어차피 다 죽을 거야. 전부 다! 남자들이 여자 좀 가지고 놀다가 버리는 거랑 같지. 그래, 그 씹새끼처럼 말이야. 실컷 가지고 놀다가 내 돈 다 빼앗더니 뭐? 내가 먼저 꼬셨다고? 흥, 웃기고 있네. 내가 뭐가 아쉬워서 제까짓 놈을 꼬셔? 내가 그때 가진 돈이 얼마였는데. 부동산만 해도……."

에이스는 숨을 크게 들이마셨다가 죽을 것처럼 한숨을 푹 내쉬었다.

"부동산 말이 나왔으니 말인데 그거 그냥 놔뒀으면 이 거지 같은 게임을 독식하는 것보다 더 돈 많을 수 있었거든? 그러니까 주식에다 털어 넣을 때 뭔가 이상했는데 말이야……."

에이스는 바닥을 쿵쿵 치면서 얘기를 이어 갔다.

"그다음부터 포커 좀 했는데 딸 때도 있었어, 딸 때도. 근데 한 판 어쩌다 잘못 끼면 꼭 박살이 나더라고. 나중에야 알았지. 업자 시켜서 날 노린 거라고. 아아, 그놈들이 포커 같이 하자고 그럴 때부터 알아봤는데, 다 알고 있었는데, 돈에 눈이 멀어서……. 야, 야! 야, 이 개새끼들아!"

에이스는 느닷없이 허공에 소리를 질러 댔다. 개새끼, 뭔새끼, 계속 소리를 지르다가 곧 잠잠해졌다. 지쳤나? 갔나? 잠들었나? 종민은 기다렸다. 잠시 후 부스럭거리는 소리가 들리는 걸 보니 간 건 아니었다.

종민은 거의 반시간이나 그대로 기다렸다가 별다른 변화가 보이지 않는 것 같아 조심조심 침대로 돌아가 누웠다. 눈 감고 뜨면 월요일 아침이면 얼마나 좋을까? 월요일 아침 8시면 모든 게 끝나니까. 하지만 잠들고 일어나면 일요일일 것이다. 어쩌면 일요일 아침을 맞이하지 못할 수도 있겠지.

종민은 눈을 꾹 감았고 다행히 잠들 수 있었다.

갑자기 눈이 뜨였다. 어스름한 아침이었다. 시계를 보니 6시 10분이었다. 아직 피곤했고 좀 더 자려고만 들면 얼마든지 잘 수 있을 것 같았다. 하지만 종민은 일어났다. 그리고 탁자에 놓인 500밀리리터 페트병을 들어 입에 댔다. 고작 몇 방울이 나올 따름이었다.

갈증이 심했다. 거실로 가면 시원한 물이 얼마든지 있겠지만 문을 나서고 싶지 않았다. 적어도 집사가 아침 식사 하라고 부를 때까지는 이 방에 있고 싶었다. 뭐, 어차피 수도꼭지만 틀면 콸콸 나올 텐데 그거나 마시면 되지.

종민은 이 방을 나가지 말아야 할 이유만 아홉 개쯤 떠올렸다가 자신의 모습이 너무도 한심스러운 나머지 과감하게 문을 열었다. 에이스는 보이지 않았다. 앉은 흔적조차 없었다. 하긴, 흙바닥이라 자국이 남는 것도 아니고. 밤새 떠들다가 자기 방으로 가 버린 걸까? 아니면 거실로 돌아가 지금도 현관문 옆에 쭈그리고 있을까?

종민은 느릿느릿 복도를 걸었다. 아무리 체중을 싣지 않으려고 해도 복도가 삐걱거리는 소리가 계속 들렸다. 2층 방문은 모두 닫혀 있었고 정적에 싸여 있었다. 그러고 보니 집사가 없는 시간에 홀로 복도를 내려간 건 처음이었다. 괜히 웃음이 나왔다. 1층으로 물 가지러 가는 일을 꼭 목숨 걸고 임무 수행하러 가는 군인처럼 비장한 정신 무장을 하려고 들다니.

놀랍게도 계단을 내려가니 킹이 1층에 있었다. 어제부터 계속 거기에 있었던 모양이었다. 밤에 반드시 자기 방에서 자야 한다는 규칙은 없으니 상관없을 것이다. 에이스는 1층에도 보이지 않았다. 아무래도 자기 방에 들어간 모양이었다. 아니면 밤사이 집에 가 버렸을 수도 있다. 종민은 제발 후자이길 바랐다.

킹은 의자에 앉은 채 탁자에 엎드려 있었다. 왼팔은 밑으로 늘어져 있었고 오른팔은 탁자 위에 올라가 있었다. 와인이 살짝 남은 잔이 탁자에 그대로 놓여 있는 걸 보니 마시다 그대로 잠든 꼴이었다.

종민은 졸린 눈으로 천천히 계단에 내려섰다. 그리고 킹의 몸 상태가 뭔가 이상하다는 걸 깨닫고 빳빳하게 굳어 걸음을 멈췄다. 자살한 조커의 방에 처음 들어섰을 때처럼 종민은 멈춰서 숨만 쉬었다.

킹의 등에 칼이 꽂혀 있었다. 칼날이 너무 깊숙하게 꽂혀 있어서 손잡이만 드러나 있는 바람에 멀리서는 잘 보이지 않았던 것이다. 종민이 서 있는 계단 쪽에서 보기에는 피 한 방울 보이지 않았다. 엎드려 있는 킹의 얼굴은 심지어 편안해 보이기까지 했다.

"으아악!"

종민은 자기도 모르게 비명을 질렀다. 하필 그때 부엌 쪽에 달린 현관문이 열렸다. 외부에서 이 집으로 유일하게 출입이 허락된 사람은 당연히 집사와 두 하녀였다. 종민의 비명을 듣고 나타난 건 아니었는지 그가 거실에 서 있는 모습을 보고 집사는 잠시 멈칫했다.

2층 복도에서 문소리가 들렸다. 그리고 천천히 걸어오는 소리가 들렸다. 퀸이었다. 그녀 역시 몹시 피곤한 얼굴로, 피곤함을 넘어서 아파 보이는 눈으로 계단 아래를 내려다보았다. 킹의 시체를 발견한 순간 퀸은 그다지 놀라지 않았다. 어쩌면 당연한 반응이었다. 종민도 처음에는 그냥 엎드려 자고 있는 거라고 생각했으니까. 퀸은 뒤늦게 놀라 눈을 동그랗게 떴다.

하녀 둘은 부엌에서 기다리고 섰고 집사가 탁자 옆으로 다가와 킹의 상태를 확인했다. 하지만 그저 바라보기만 할 뿐, 목덜미를 짚어 본다거나 호흡을 체크하는 건 아니었다. 그냥 여기 엎드려 있는 사람이 누구인지 정확히 확인하려고만 하는 것 같았다.

"주, 죽었나요?"

종민이 물었다.

"그런 것 같습니다."

집사는 손목시계를 확인하더니 말을 이었다.

"식사 시간까지는 앞으로 두 시간이 남아 있습니다. 그럼 실례하겠습니다."

집사는 부엌 쪽으로 갔다.

거실에는 잭과 퀸만 남아 있었다.

종민은 순간 머릿속이 하얘지는 것 같았다.

'방금 집사가 뭐라고 한 거지? 식사 시간이 어쨌다고?'

종민은 일부러 퀸을 보지 않았다. 집사의 말대로라면 어제 이 집에 있었던 건 종민과 퀸, 킹, 그리고 에이스뿐이었다. 그래, 집사의 말대로라면.

킹이 거실에 남아 있는 건 이상한 일이 아니었다. 포커 판이 끝났을 때부터 그는 꽤 취해 있었고, 아무리 술이 센 사람도 갑자기 달려드는 취기를 버티지 못하고 잠드는 일은 얼마든지 있을 수 있었다. 무서우니 다 같이 있자고 했던 사람이 스스로 혼자 동떨어져 있었던 것이다.

종민은 천천히 테이블 쪽으로 다가갔다. 칼에 대해 잘 모르겠지만 킹의 등에 꽂혀 있는 건 주방용 식칼이나 과도 같은 것이었다. 칼날이 보이지 않을 정도로 깊이 박힌 걸 보니 송곳 같은 도구일지도 몰랐다. 가까이서 보니 박혀 있는 자리 주위로 피가 굳은 게 보였다. 짙은 색깔의 셔츠에 피가 물들어 있는 게 확실하게 보였다.

살인자가 누구든 취해서 잠든 킹을 죽이긴 쉬웠을 것이다. 칼, 또는 송곳을 들고 와서 엎드려 자고 있는 킹을 뒤에서 힘차게 내리꽂기만 하면 그만일 테니. 킹은 아마 고통도 느끼지 못

했을 것이다. 고통에 발버둥 쳤다면 식탁보가 벗겨졌거나 최소한 잔이라도 넘어졌을 것이다.

아니, 식탁보가 흐트러지고 잔이 넘어졌더라도 살인자가 원상복귀시켰을 수도 있다. 테이블에는 말라붙은 와인 자국이 피처럼 굳어 있었다. 이 역시 킹이 마시다가 흘린 건지, 잔이 넘어져서 생긴 흔적인지 알 수 없었다. 그리고 중요하지도 않았다. 중요한지 중요하지 않은지 알아볼 줄도 몰랐다.

킹이 테이블에 올려놓은 손 아래에 운명 카드가 놓여 있었다. 앞면이 보였다. 이 운명 카드는 킹이 스스로 내보인 걸까, 아니면 살인자가 꺼내 놓은 걸까? 만약 살인자의 짓이라면 왜 이런 짓을 했을까?

카드에는 커다란 토끼가 나무에 기대어 앉아 있는 그림이 있었다. 그것은 진짜 토끼가 아니라 유원지 같은 데서 볼 수 있는 사람이 들어 있는 토끼 인형 같은 것이었다. 인형의 가슴에는 커다란 칼이 꽂혀 있었고 칼 주위에는 붉은색이 번져 있었다. 당연히 인형이니 눈은 그대로 뜨고 있었고 입모양도 웃고 있는 그대로였다. 마치 카드를 보고 있는 사람을 주시하는 것처럼 보였다. 멀리서 풍선을 든 아이들이 웃으면서 달리고 있는 모습이 함께 그려져 있다는 게 잔혹함을 돋보이게 했다. 죽은 토끼 주변에 자란 꽃봉오리인지, 아니면 분홍색 곰팡이인지 모를 식물에서 꽃가루가 카드 밖으로 뿜어져 나오고 있다는 착각이 들었다.

종민이 가지고 있는 카드가 살인이 진행 중인 카드였다면 이것은 이미 살인이 끝난 상황을 보여 주고 있었다. 토끼의 팔 부분에 킹이 피해 가야 할 운명이 적혀 있었다.

'누군가에게 살해당할 운명.'

6

가슴속에 얼음이 파고드는 서늘하면서도 아찔한 감각이 느껴졌다. 대신 투자해 주겠다는 선배에게 계약서도 받지 않고 돈을 빌려 줄 때, 옆자리에 앉아 있는 남자가 판돈을 빌려주겠다고 선뜻 칩을 내밀었을 때 느꼈던 바로 그 감정이었다.

최초의 발견자는 최초의 용의자이기도 했다. 그리고 퀸 역시 종민과 같은 생각을 하고 있을 거라는 생각이 불쑥 들었다. 이 집에는 잭과 에이스, 퀸만 있다. 그중 남자는 이제 종민 혼자뿐이다. 만약 퀸이 살인자가 아니라면 당연히 화살이 자기에게 돌아올 것이다.

종민은 자기가 죽인 거 아니라고 변명부터 하고 싶었다. 그러나 막상 그 말을 할 상대는 벌써 계단 위로 올라가고 있었다. 퀸은 킹의 운명 카드 확인도 종민에게서 한참 떨어진 자리에서 했고 종민이 채 놀라움에서 벗어나기도 전에 달아나 버린 것이었다.

종민은 일단 집사로부터 확실하게 듣고 싶었다. 킹이 운명대로 따랐으니 탈락은 당연할 것이고, 혹 방금 상황 때문에 자신이 탈락이 되거나 한 건 아닌지 묻고 싶었다. 하지만 그걸 묻는 순간 종민의 카드가 살해하는 카드라는 걸 간접적으로 드러내는 꼴이 될 것이다. 전 살해하지 않았으니까 운명에 따른 게 아니에요, 라고 변론할 수야 없었다.

'난 발견자일 뿐이야. 나는 죽이지 않았고 당연히 증거 같은 건 없어. 그러니 탈락이 아닐 거야.'

그러고 보니 조커의 자살에 대해서도, 에이스의 올인에 대해서도 그 자리에서 즉시 탈락했다고 통보하지는 않았다. 집사는 언제나 마지막 포커 판이 끝나는 시간에 누가 탈락됐는지 알려 주었을 뿐이었다.

'지레 겁먹지 말자. 일단 침착하고 방으로 돌아가자.'

종민은 2층으로 올라가는 퀸을 따라 계단을 올라갔다. 일요일 아침 6시 반. 이제 만으로 24시간만 있으면 50억이 생기는 상황으로 변했다. 그리고 이제는 이 집에 시체가 두 구 생겼다.

"에이스 씨 못 봤어요?"

종민은 앞서 걷는 퀸에게 물었다.

"묻지 마요."

퀸은 뒤도 안 돌아보고 말했다.

"제 방 앞에서 어제 잠들었어요. 계속 욕하면서. 같이 들었잖아요."

"모른다니까요."

퀸은 자기 방 문고리를 잡았다. 종민은 조금 빨리 따라가 그녀의 손목을 살짝 잡았다. 퀸은 소스라치게 놀라며 팔을 휘둘렀다. 긴 머리카락이 같이 휘날리는 바람에 그의 얼굴을 살짝 스쳤다.

"이거 놔!"

종민은 공격 의사가 없다는 뜻으로 얼른 손을 들어 보였다. 퀸은 씩씩거리며 말했다.

"다시는……, 다시는 내 몸에 손대지 마."

종민은 두 손을 든 채로 또박또박 말했다.

"오해 마요. 그냥…… 묻고 싶었던 거니까. 여기에 에이스 씨가 있었다고요. 아시죠?"

"몰라요."

"건성으로 대답하지 마요. 목소리 들었을 거 아니에요?"

"난 못 들었어요."

"거짓말 마요. 바로 앞방인데……."

"자고 있었을 때 그랬나 보죠! 들었대도 그게 뭔 상관이에요?"

퀸은 종민을 절대 자기 방에 들여놓지 않겠다는 듯 문을 꽉 잡고 자기 몸만 통과하게 들어간 다음 머리만 내밀고 말했다.

"이제 하루 남았어요. 그러니까 건드리지 마요. 만약 건드리면……."

그녀의 표정은 마치 종민에게 올인 당했을 때 에이스의 표정 같았다.

"……건드리면 주, 죽여 버릴 거니까."

문이 세차게 닫혔다. 종민은 방문 앞에 서서 손을 쥐었다 펴길 반복하면서 멍청히 기다리고 있다가 자신의 방으로 돌아갔다.

아침 식사까지는 아직 시간이 남았다. 피곤했지만 잠이 올 것 같지는 않았다. 종민은 의자에 앉아 커튼이 드리워진 창문을 바라보며 생각을 정리했다.

생각해 보니 이곳에 온 뒤로 창문 밖을 내다본 적이 없었다. 그 한가하고 긴 기다림의 시간 동안에도 창밖을 보며 안정을 찾을 생각을 하지 못했다. 그건 아마도 반지하 셋방살이에 익숙해서라고 생각하니 괜히 서글퍼졌다. 종민은 창가에 서서 커튼을 걷고 밖을 내다보았다.

이곳을 올 때 타고 온 값비싼 외제 차는 처음 올 때 그대로 주차되어 있었다. 아무도 타고 가지 않았다. 운전수는 보이지 않았다. 일주일 내내 차 안에서 기다릴 수야 없을 테지.

에이스가 뭘 타고 왔다고 했더라? 페라리였나? 다른 사람들이 뭘 타고 왔는지는 모르겠지만 한 대도 나가지 않고 다섯 대 그대로인 걸 보니 에이스가 떠난 건 아니었다. 에이스를 데려다 주고 재빨리 돌아온 거라면 얘기가 다르다. 서울에서도 세 시간 안 걸렸으니까 왕복 여섯 시간이면…….

종민은 새삼 문을 잠그지 않았다는 사실을 깨닫고 돌아가 문을 잠근 다음 방으로 돌아왔다. 지금이라도 에이스가 방문을 긁으며 종민을 괴롭힐 것 같았다. 너 때문이야, 이 쪼잔한 새끼야!

초반 포커를 칠 때 에이스는 기운차게 베팅을 하고 가장 많이 땄다. 그녀는 돈을 모두 잃을 운명의 카드를 받은 다음 무슨 생각을 했을까? 종민이라면 아마 가장 안 잃는 쪽으로 게임을 운영했을 것이다. 퀸처럼! 퀸이 그 운명이었다는 게 차라리 맞을 것이다. 그녀는 계속 안 잃는 방식으로 게임을 했고 꽤 성공적이었다. 덕분에 처음부터 지금까지 여전히 3천에서 4천 사이로 유지되어 있었다.

결과적으로는 운명 카드와 아무 상관도 없이 종민이 가장 많이 따게 되었다. 그럴 의도도 없었고 그럴 필요도 없었다. 이제 받을 상금이 50억이 된 상황에서 1억 넘는 포커 칩은 괜한 짐만 되어 있었다.

에이스는 어째서 그렇게 필사적으로 게임을 했을까? 단순히 포커에 중독되어서, 또는 조금이라도 더 따기 위해서, 라는 이유도 있겠지만 아무리 그래도 20억이나 걸려 있는데 그랬을까 싶었다. 특히 아무것도 메이드 되지 않았던 순간에 블러핑으로 조커와 종민을 다운시키려 했던 부분은 잘 이해가 되지 않았다.

에이스는 안 잃을 생각을 한 게 아니라 딸 생각을 한 것 같았다. 굉장히 적극적인 방식으로 운명 게임에 도전한 것이다. 모두의 돈을 다 따 버리면 절대 잃을 일이 없다. 그 첫 번째 타

깃이 조커였던 것이다. 그런데 엉뚱하게도 다 잃을 생각을 하고 있던 종민이 따는 상황이 벌어졌다. 그 순간을 복기해 보니, 만약 그때 종민이 진짜 돈으로 진짜 도박을 하고 있는 중이었다면 백에 아흔아홉 판은 에이스의 블러핑을 알고도 당했을 거라는 결론이 섰다.

하지만 그 판까지는 아직 에이스에게 기회가 많았다. 결과적으로 많은 칩을 잃었지만 돈을 모두 잃을 운명을 얼마든지 벗어날 수 있는 금액은 충분했다. 에이스의 블러핑은 거기까지 감안해 둔 도박이었을 것이다. 만약 조커가 블러핑에 당하지 않고 맞받아쳤다면 에이스는 순순히 자신의 패배를 인정하고 다시 시작해서 아직도 자기 운명에 거스르며 버티고 있을 것이다. 종민이 딴 게 문제였다. 에이스의 마음속에 작은 균열이 일었고 흔들리기 시작했다. 한번 미끄러지기 시작한 빙판길에서 브레이크를 밟으면 밟을수록 점점 차가 미끄러져 절벽인 게 뻔히 보이는데 멈추지 못하는 것처럼 에이스는 손쓸 틈이 없었던 것이다. 그녀는 포커를 제법 잘했지만 그런 순간에 평상심을 유지할 정도로 프로일 리는 없었다.

에이스는 끝내 자기 운명대로 돈을 모두 잃었다. 그리고 탈락되었다. 정말 의외의 상황이었지만 어쨌든 현실적으로 있을 수 있는 일이었다. 문제는 옆에서 어떻게 보였을까, 였다. 종민은 전혀 의도한 게 아니었지만 과연 다른 사람이 그렇게 봐주었을까?

'그건 나 때문이 아니야. 쪼잔하단 말 하지 마!'

조커는 자살을 할 이유가 전혀 없었다. 차라리 처음부터 지금까지 계속 불안에 떠는 퀸이 자살을 하는 편이 설득력 있어 보였다. 에이스에게 괴롭힘을 당한 나머지 자신이 자살을 하는 게 이치에 맞다고 종민은 생각했다. 조커는 사나운 말투나 냉소적인 표정만 보면 어떤 위협이 있어도 꿈쩍도 하지 않을 것 같았다. 어린 나이임에도 닳을 대로 닳은 느낌인데 자살이라니? 그럴 이유도 없었고 그럴 상황도 아니었다.

'아무 말 하지 마. 내가 자살시킨 것도 아니고 죽인 것도 아니니까. 특히 에이스 당신! 탈락자면 탈락자답게 닥치고 있으라고!'

조커는 자살하는 운명 카드를 받아들었을 때 어떤 느낌이었을까? 종민은 어렵지 않게 그의 심정을 상상할 수 있었다. 살해하는 운명 카드를 집었을 때의 자기 심정과 같았을 것이다. 도저히 질 수 없는 상황, 너무 쉬워서 의심스러운 게임. 경마장에서 열두 마리의 말 중 열두 마리에게 걸어서 그중 한 마리가 1등을 하면 따는 게임이었고, 주관식으로 열 문제를 전부 틀리기만 하면 20억을 따는 퀴즈쇼였다. 한글을 창제한 조선의 임금은 누구일까요? 틀리기만 하면 20억입니다. 자, 오답은?

세종대왕!

조커가 자살했다.

그다음 킹이 살해당했다. 두 명이나 자기 운명대로 당한 모습을 보고 누구보다 무서워했을 사람은 아마도 킹이었을 것이다. 그가 모두 같이 있자고 제안했던 이유를 알 것 같았다. 그가 전날 술을 마시고 에이스를 감시하겠다고 아래층에 있었던 이유도 그래서였다. 그는 에이스가 가장 무서웠을 것이다. 살인을 저지른다면 그 여자가 할 거라고 보았다. 그래서 아래층에 내려가 있었고 그 바람에 살해당하기 쉬운 자리에 노출되어 버렸다. 있을 수 있는 일이었다.

고등학교 수학여행 때 같은 방을 쓰는 애들끼리 일탈을 한번 해 보기로 작당을 했다. 선생님들이 아무리 검사해도 열다섯 명이 힘을 합치니 술 네 병 정도는 숨겨 들여올 수 있었다. 다들 용감하게 한 잔씩 했는데 순찰을 도는 선생님이 걱정이었다. 한 명이 이런 제안을 했다. 10분에 한 명씩 번갈아 가면서 문밖으로 고개를 내밀고 있자. 그 녀석이 선생님을 발견하고 신호를 주면 나머지는 잽싸게 자는 척하는 거야!

그래서 그렇게 했다. 그리고 아주 단순한 사고가 벌어졌다. 고개를 내밀고 있는 녀석이 내민 채로 잠들어 버린 것이다. 차라리 문을 닫고 있었다면 순찰을 도는 선생님도 귀찮아서 그냥 지나갔을 텐데, 머리를 내밀고 잠든 녀석을 편히 재워 주러 일부러 그 방을 찾아왔고 네 개의 빈 술병과 열다섯 명의 취한 학생들을 발견했다. 한밤의 매타작이 이어진 건 당연한 수순이었다.

차라리 평소처럼 방에 숨어서 문을 잠그고 잠들었다면 살해당하지 않았을지도 모른다. 그런데 굳이 밖으로 나와서 살해당한 것이다. 있을 수 있는 일이다.

'정말 그렇게 된 거라고? 정말 그렇게 딱 맞아떨어질 수 있

다고 생각하는 거야?'

그다음 에이스가 사라졌다.

주차된 다섯 대의 차는 종민이 올 때부터 다섯 대였고 지금도 다섯 대였다. 밤사이 차 시동 거는 소리나 도착하는 소리는 거의 들리지 않았다. 이렇게 조용한 산속에서 페라리가 시동을 걸면 안 들릴 것 같지는 않았다.

'그렇게 단정 지을 수는 없어. 사람이 죽었는데도 잠만 잔 게 나란 놈인데, 엔진 소리 정도는 얼마든지 놓칠 수 있었을 거야. 단정 짓지 마. 지금 이 순간 네 멍청한 머리로는 아무것도 확신할 수 없어!'

아직 해결하지 못한 갈증이 뒤늦게 찾아왔다. 종민은 당장 세면대로 가서 수도꼭지에 입을 대고 물부터 마셨다. 진작 이랬어야지……. 거실에 내려가는 건 언제나 집사가 부를 때나 가면 되는 거였어.

종민은 에이스의 행방과 더불어 불쑥 궁금한 게 하나 생겼다. 스페이드는 어디로 갔을까? 그냥 막연히 떠났다고만 생각했고 지금 이 집에는 없다는 사실에만 집중했다. 집사는 별채에 고용인들이 산다고 했으며 이 저택에는 게임 참가자만 있다는 사실을 언급했다. 가만 생각해 보니 스페이드도 그 사실을 무척이나 강조했다.

……지금 여러분이 보신 하녀 두 명 집사 한 명 외의 어느 누구도 이 집에 들어오지 않을 것이고 어느 누구도 게임을 중지시킬 수 없어요.

스페이드는 일주일 동안 자리를 비운 다음 월요일 날 온다고만 막연하게 말했고, 들어올 수 없다고만 말했지 이곳을 아예 떠난다는 말은 한 적이 없었다. 어쩌면 카드의 규칙과 상금 지급 방식에 대해 설명해 주었던 복도 끄트머리 방, 그러니까 지금 종민의 옆방에 아직도 앉아 있을지도 모른다.

종민은 스페이드가 말한 규칙을 꼼꼼하게 되짚어 보았다. 복도의 끄트머리 방에 들어가면 안 된다는 규칙은 없었다. 그는 여기 온 뒤 처음으로 용기를 내어 방을 나가 복도 끝 방으로 갔다. 월요일 밤에 와 보고 처음이었다.

다른 방과 마찬가지로 레버형 방문 손잡이였다. 종민은 슬그머니 문고리를 잡고 내려 보았다. 잠겨 있었다. 부숴 버릴까? 물품을 부수면 안 된다는 규칙 역시 없었다. 하지만 아직 그 정도 용기는 없었다. 부순다고 부서질지도 모를 노릇이고 괜히 시선을 끄는 건 위험했다.

뭐가 위험해? 누구로부터?

종민은 계단 쪽으로 시선을 돌렸다. 좌우에 지그재그로 퀸, 잭, 에이스, 킹, 조커의 방이 배치되어 있었다. 불현듯 2층 복도가 괴이한 공간이라는 느낌이 들었다. 두 사람이나 죽었고 막는 사람 하나 없는데 이 공간을 떠나지 못하고 있었다.

'참는 거야. 24시간만 있으면 떠날 수 있으니까. 그것도 상상도 못 할 거액을 안고서.'

종민은 퀸의 방 앞에 섰다. 그리고 크지 않은 목소리로 말했다.

"퀸, 한마디만 할게요. 듣고 계시죠? 듣고 있다는 거 알아요."

안에서 아무 소리도 들리지 않았지만 종민은 계속 말했다.

"이제 하루 남았어요. 그래서 말인데, 우리 아무것도 하지 마요. 아셨죠? 50억이면 충분하잖아요."

종민은 순간 자기가 무슨 말을 하는지도 모르고 내뱉고 있다는 걸 알았다.

"설사 당신이 킹을 죽였다 해도 상관 안 해요. 하지만 나까지 죽이려고 하지 마요. 만약 그러면 나도 당신을 죽일 거니까."

종민은 숨을 몰아쉬며 덧붙였다.

"아무것도 하지 마요!"

종민은 복도를 걸어갔다. 그리고 에이스의 방 앞에서 멈췄다. 다른 사람의 방에 들어가면 안 된다는 규칙은 없었다. 없었나? 확실한가? 확실해?

'확실해.'

혹시나 해서 문고리를 잡고 내려 보았다. 잠겨 있지 않았다. 종민은 거세게 문을 밀어서 열었다.

방은 비어 있었다. 그래도 개운치 않았다. 종민은 안으로 성큼성큼 들어갔다. 발소리는 힘찼지만 심리적으로는 엉덩이를 뒤로 쭉 빼고 언제든 달아날 준비를 하고 있었다.

침대는 지저분했고 이불은 제대로 정리되지 않았다. 바닥에는 에이스가 입던 옷이 어지럽게 널려 있었고 수건은 팽개쳐져 있었다. 작은 테이블에는 책이 두 권 정도 놓여 있었다. 읽은 흔적은 아니었다. 마치 도둑이라도 든 것처럼 어지럽게 널려 있었다. 방 구조도 같고 가구 배치도 거의 비슷했는데 아예 다른 방 같았다.

욕실도 지저분하긴 매한가지였다. 세면대 옆에는 화장품이 종류별로 늘어서 있었고 화장 지운 솜이 휴지통에 제대로 들어가지 못해 바닥에 널브러져 있었다. 욕조에는 거품 섞인 물이 가득 차 있었다. 뿌연 물 때문에 욕조 바닥이 보이지 않았다. 종민의 머릿속에 그 물 속에 누워서 숨어 있는 에이스의 모습이 그려졌다. 그래서 3분 정도 기다려 보았다. 욕조의 물은 작은 파문도 일지 않았다.

그래도 안심이 되질 않았다. 종민은 옆에 있는 변기 세척용 솔을 들어 욕조 바닥을 쿡쿡 찔러 보았다. 딱딱한 바닥이 끝에 닿는 느낌이 있었다. 종민은 솔을 내던지고 돌아서서 복도로 나왔다. 에이스의 방에 들어가 있는 동안 숨을 쉬지 않은 것처럼 종민은 벽에 손을 짚고 숨을 토해 냈다.

한 번 하니 그다음은 쉬웠다. 종민은 킹의 방에 들어갔다. 역시나 잠겨 있지 않았다. 에이스의 방과는 확연히 달랐다. 그도 종민처럼 방 안 가구는 거의 건드리지 않은 상태였다. 쓰레기통에 휴지 하나 들어 있지 않았다. 책도 그대로였다. 침대에 잠을 잔 흔적 정도만 있었다. 욕실도 최소한의 물기만 남아 있었다. 치약도 가지런히 꽂혀 있었고 수건도 쓰지 않은 것처럼 똑바로 걸려 있었다. 그러고 보니 킹이 죽던 날, 그는 새 수건을 청했고 집사가 2층을 올라갔다 왔다. 그때 갈아 놓은 새 수건인 모양이었다. 킹은 이 수건을 사용할 기회가 없었던 것이다. 그 외는 특별할 게 없었다. 욕조 바닥에 몇 개 붙어 있는 머리카락 정도만 킹이 이곳에 머물렀던 흔적이었다. 오히려 흔적이 너무 없을 정도였다.

종민은 이제 조커의 방 앞에 섰다. 약간의 망설임과 함께 종민은 문고리를 잡고 천천히 밀고 들어갔다. 역시나 창문으로 새는 동쪽의 햇살이 제일 먼저 눈을 찔렀다. 다른 두 사람의 방처럼 방 중앙의 광경이 한눈에 들어왔다. 거기에는 보고 싶지 않은 것이 있었다. 아니, 어쩌면 그가 보고 싶었던 광경인지도 몰랐다.

천장에 조커가 목매달려 있었다.

아직도 그대로.

종민은 뒤로 너무 세게 물러나다가 복도에 부딪쳤다. 갑자기 다리에 힘이 풀려 종민은 세차게 엉덩방아를 찧었다. 그리고 아플 겨를도 없이 벌떡 일어났다. 숨을 내쉬기가 힘들었다.

삐걱삐걱. 하필 그때 누군가 계단을 오르는 소리가 들렸다. 종민은 나쁜 짓을 하다가 들킨 것처럼 서둘러 방문을 닫았다. 집사였다. 그는 계단을 따라 올라오다가 종민을 발견하고 멈춰 섰다. 종민이 조커의 방문을 닫는 모습을 봤을 테지만 거기에 대해서는 별말이 없었다.

"식사 준비되었는데……"

집사는 종민의 얼굴을 살피더니 말을 이었다.

"퀸은 안 나오셨습니까?"

"네? 아, 네."

종민은 더듬거렸다. 집사는 계속 계단을 올라와 킹의 방문이 열려 있는 걸 보더니 말없이 도로 닫았다. 종민은 괜히 가슴을 졸이고 있었지만 집사는 등을 꼿꼿이 편 바른 자세로 퀸의 방 쪽으로 걸어가기만 했다.

"퀸, 식사 시간입니다."

퀸은 기다렸다는 듯 말이 떨어지자마자 문을 열고 나왔다. 집사는 천천히 앞장서서 걸어왔다. 퀸은 천천히 뒤따랐다. 종민은 눈동자로만 집사의 얼굴을 좇았다. 당장 따지고 싶었다.

'이봐, 이거 어떻게 된 거야?'

집사는 조커의 방 안을 종민이 봤다는 걸 알면서도 표정 변화 하나 없었다.

'시체는 어쩔 거지? 계속 방치할 거야? 게임이 안 끝났으니까? 경찰을 위해 증거를 보존해야 하니까? 뭐라고 말 좀 하란 말이야. 차라리 귀찮아서 하기 싫다고 말하라고.'

집사는 종민을 지나쳐 계단을 내려갔다. 종민은 따지더라도 마음을 진정시킨 다음 해야겠다고 생각했다. 지금 입을 열면 목소리가 떨려 바보처럼 더듬거릴 것 같았다. 그러나 집사를 따라 계단을 내려가는 순간 종민은 미리 따지지 않은 걸 후회했다. 거실에는 더 목소리가 떨리고 몸이 떨리게 되는 광경이 펼쳐져 있었다.

킹은 아직도 그 자리에 있었다. 왼손은 바닥 쪽으로 늘어뜨리고 있었고 오른손은 탁자에 올린 채 엎드린 자세 그대로, 등에 꽂힌 칼도 그대로, 평온하게 잠든 것 같은 표정도 그대로였다. 그가 마시던 와인과 와인 잔은 치워져 있었다. 하녀 둘은 부지런히 부엌을 왔다 갔다 하며 시체 옆에 아침 식사를 차리고 있었다.

집사가 물었다.

"빵과 밥 중에 어떤 걸로 하시겠습니까?"

빨리 먹고 일어나려고 빵을 택했지만 실수였다. 우유를 두 잔이나 들이켜면서 빵을 씹었지만 빨리 삼킬 수가 없었다. 먹다가 중간에 토할 것 같았지만 꾹 참았다. 하지만 퀸은 참지 못했다. 그녀는 먹다가 의자 옆에다 대고 토했다.

집사가 다가와 치웠다. 하녀가 달려와 걸레로 바닥을 닦아주었다. 그러나 그게 전부였다. 테이블에 엎드려 있는 킹의 시체에는 손대지 않았다. 그런 중에도 둘은 집사에게 항의하지 않았다. 퀸은 빨리 먹는 것에 집중했고 종민은 머릿속으로 따질 말을 몇 가지 떠올려 보다가 결국 퀸처럼 빨리 먹고 빨리 자리를 뜨는 쪽을 택했다.

종민은 고개를 푹 숙이고 먹었다. 신선한 토마토를 입에 넣으니 묘한 이질감이 느껴져 방금 먹은 우유와 빵이 목구멍까지 올라왔다. 종민은 필사적으로 삼켰다. 퀸은 약간 눈물에 젖은 눈으로 계속 빵을 먹었다. 그리고 끝내 종민보다 더 빨리 식사를 끝마치고 목멘 목소리로 물었다.

"이제 일어나도 되는 거죠?"

집사는 고개를 끄덕였다. 퀸은 빨리 자기 방에 가서 토하고 싶어 하는 사람처럼 달렸다. 위층 복도를 달리는 소리가 여기까지 쿵쿵쿵 울렸다.

"어째서……"

종민은 침을 꿀꺽 삼키고 하지 않으려던 말을 기어이 내뱉었다.

"어째서 안 치우는 겁니까?"

"게임은 나가겠다고 본인이 말할 때까지입니다."

집사가 말했다.

"죽었잖아요."

"죽은 다음 내보내 달라고 미리 부탁을 했다면 그렇게 했을 겁니다."

"아무도 자기가 죽을 거라고 생각하지는 않았을 겁니다."

"그렇겠지요."

집사는 무표정한 얼굴로 말했다. 포커페이스 정도가 아니라 아예 감정을 모르는 사람 같았다.

마지막 빵 한 조각을 삼키기가 제일 어려웠다. 이게 마지막이라 생각하니 더 먹기가 힘들었다. 목으로 삼키는 작업을 처음 해 보는 느낌이었다. 그런 다음 종민은 허락이라도 받듯 물었다.

"올라가도 되지요?"

살해하는 운명 카드

"물론입니다."

종민도 퀸처럼 빠른 걸음으로 걷다가 멈춰 서서 뒤를 돌아보았다. 집사와 하녀들은 킹에게 시선 한 번 주지 않고 테이블 위를 치웠다. 저기에서 점심과 저녁, 두 번 더 밥을 먹어야 하고 포커까지 한 시간 쳐야 한다. 물론 집사와 하녀들은 킹을 치울 생각이 전혀 없어 보였다.

2층에 올라선 종민은 다시 한 번 조커의 방 앞에 섰다. 기적이 일어나지 않는 한 이곳에는 아직도 조커가 목을 매달고 있을 것이다. 매달려 있지 않다면 그거야말로 미스터리겠지. 여전히 문도 잠겨 있지 않았다. 언제든 들어갈 수 있을 것이다. 그렇기에 들어갈 수 없었다. 적어도 빵이 다 소화되기 전까지는.

자기 방으로 돌아온 다음부터 종민은 계속 서성거렸다. 더부룩한 속이 진정되질 않았다. 차라리 토할까? 내일까지 버티려면 뭔가를 소화시켜야 한다, 그런 생각으로 종민은 버텼다. 괜찮아. 유령도 아니고 그냥 시체야. 죽은 사람. 나한테 해를 끼치지도 않는 물건. 게임에 영향을 미치지도 않아. 죽은 사람은 날 죽일 수 없고 죽은 사람을 내가 살해할 수도 없어.

이 순간 게임에 영향을 미칠 사람은 오직 에이스, 한 사람뿐이었다. 적어도 종민의 생각에는 그랬다.

종민은 에이스의 행방이 신경 쓰였다. 그녀는 종민의 운명 카드를 본 사람이었다. 본다고 종민을 게임에서 탈락시킬 수는 없지만 뭔가 영향을 끼칠 수는 있었다. 결정적인 순간에 관중석에서 경기장으로 뛰어든 광팬처럼.

가 버렸나? 못 견디고 뛰쳐나간 거라면 더 바랄 나위가 없었다. 그러나 다섯 대의 차는 그대로 있었다. 창문 너머로 보이는 근처 어디에도 사람 그림자 하나 보이지 않았다. 숲으로도 얼마든지 달아날 수 있겠지만 희한하게도 그 가능성은 전혀 고려가 되지 않았다. 그건 일종의 믿음이었다. 게임 참가자를 그런 식으로 이 집에서 내보내 줄 리가 없고 다시 들여보내 주지 않는다는 룰을 믿는 것이다.

이 집 어딘가에 숨어 있을 공간이 있나? 생각해 보면 고작 방 두 개만 살펴보았을 따름이었다. 잠겨 있는 방이 하나 있는데 그게 잠겨 있다는 사실도 방금 전에야 알았을 정도였다.

에이스는 어제 밤새도록 여기 있다가 불쑥 스페이드의 방을 열어 봤을지도 몰랐다. 이미 탈락한 사람으로서 무서울 게 없으니 과감하게 열어 본 것이다. 그리고 그 안으로 들어가 문을 잠그고 지금도 거기 숨어 있는 건지도 모른다. 어제 신세 한탄하러 오기 전에 이미 킹을 살해하고 왔을 가능성도 있었다.

생각해 보니 에이스가 그때 여기까지 올라온 것부터 문제였다. 그날 밤 술에 취한 킹은 에이스를 감시한다고 말했다. 그런데 2층에 올라오도록 내버려둔 것이다. 단순히 잠들었기 때문이라는 가정 하나, 살해당했기 때문이라는 가정 하나.

에이스가 맘먹고 모두를 탈락시키려 한다면 제일 먼저 운명 카드를 확인하고 운명 카드대로 만들어 버릴 작정을 했을 수도 있다. 그러니까 전부 에이스의 소행이다. 어쩌면 에이스는 스페이드가 고용한 내부자일지도 모른다. 다섯 명이 사이좋게

20억을 나눠 갖지 못하도록, 게임에 파장을 일으킬 사람이 필요한 것이다. 그러니까 조커와 킹의 죽음은 모두 에이스의 소행이다…….

'아니야!'

종민은 머리를 쥐어뜯었다. 조커 때문에 추리가 막혔다. 누구도 다른 사람을 자살하게 만들 수는 없다. 더구나 20억이나 걸려 있는 상태에서.

몇 번이나 곱씹어 봐도 조커는 자살을 할 이유가 없었다. 누군가 죽여서 자살처럼 보이게 만들었다고 생각하는 편이 더 논리적이었다. 조커의 방은 잠겨 있지도 않았으니 충분히 가능한 일이었다.

에이스는 이 집 어딘가에 있다. 그리고 모두를 죽이려고 하고 있다. 내부자니 뭐니 음모 이론을 만들 것도 없이 그냥 자기가 못 이겼으니 다른 사람도 못 이기게 만들고 싶어 심술을 부리는 거다.

에이스를 찾아야 한다. 종민은 벌떡 일어나 방문 앞에 섰다. 막상 행동에 옮기려니 자신의 추리에 허점이 너무 많다는 사실을 깨달았다. 언제나 그랬다. 종민은 모든 일에 미숙했고 뭐든 부족했다. 주유소에서도 어리바리하다고 스무 살짜리들에게 손가락질당한다. 이런 일은 더더욱 자신 없었다. 추리소설을 좋아하지만 어마어마하게 읽은 것도 아니고 영화나 드라마도 평범한 B급 액션 영화를 더 좋아했다. 머리 쓸 필요 없는 단순한 폭력 묘사.

지금은 최대한 머리를 쓸 때였다.

행동에 나서기 위해서는 한 가지 전제를 세워야 했다. 확신이 필요하다고 해도 좋았다. 에이스는 바깥에 나갈 수 없어야 했다. 만약 나갔다면 도로 들어올 수 없어야 했다. 그가 나갔다 들어왔다 할 수 있다면 지금 떠올린 모든 추리가 허사였다. 하지만 그건 스페이드의 말을 믿어야 했다. 한번 이 집을 나가면 다시 들어올 수 없고 즉시 차에 태워져 왔던 곳으로 떠나야 한다. 그러나 차는 분명 처음 주차된 그대로 다섯 대였다. 즉, 에이스는 이 집 안 어딘가에 있다. 집 바깥에 숨어 있는 게 아니라.

지금 에이스가 아까 확인했던 방에 숨어 있지 않다고 볼 수는 없었다. 종민이 1층에서 꾸역꾸역 아침을 먹는 동안 얼마든지 이동할 수 있었다. 종민은 킹의 시체가 신경 쓰여 제대로 위층 소리에 신경을 쓰지 못했다. 그러니 에이스는 방을 이동해 지금은 원래 자기 방으로 돌아와 있을 수도 있었다.

그럼 이렇게 하자. 2층 방을 하나씩 뒤지는 것이다. 그리고 아래층을 내려가 아래층 전부를 살핀다……. 그러다 발견하면? 벽난로 뒤에 숨어 있는 에이스를 발견하면 어쩌려고? 그 순간 에이스가 어떤 돌발 행동을 할지도 모른다.

칼을 든 에이스에게 기습을 당해 죽는다? 그럼 이 게임은 어떻게 되는 거지? 죽으면 당연히 끝이잖아?

괜한 생각이었다. 에이스에게 기습을 당하지 않기 위한 무기가 필요했다. 스페이드는 분명 정당방위는 살해하는 운명에

속하지 않는다고 말했다.

종민은 계획을 바꾸었다. 부엌으로 먼저 가서 거기에서부터 살피면서 오는 것이다. 만약 에이스가 이 방 저 방으로 옮겨 다니고 있는 중이라 해도 2층에 있는 방 중 하나로 몰이를 할 수도 있다.

종민은 방을 나섰다. 아무도 없는 복도는 밝았는데도 음산했다. 방문도 모두 닫혀 있었다. 종민은 빠른 걸음걸이로 복도를 지나 1층으로 내려갔다. 킹은 여전히 탁자 그 자리에 엎어져 있었다. 종민은 주변을 두리번거리며 부엌으로 걸었다.

1층의 구조는 지나치게 단순해서 여섯 살짜리 꼬마들이 숨바꼭질을 해도 너무 쉽게 찾을 수 있어 게임이 되지 않을 정도였다. 그래도 불안한 건 매한가지였다. 종민은 이 게임이 시작될 때 미리 집 안 구조를 파악해 두었어야 했다는 후회가 들었다. 그때는 사람만 안 죽이면 그만이다, 라는 생각에 몰두한 나머지 규칙에만 매달렸다. 백억이 걸린 게임을 하는데 너무 쉽게 생각했고 너무 대충 하려고 든 것이다.

대충대충. 인생 전체를 되짚어도 언제나 그래 왔다. 대충 공부해서 대충 성적을 내 선생님이 추천하는 아무 대학 아무 과에나 들어갔고 친구들 군대 갈 때 군대를 갔고 제대해서는 말년 병장 시절 내내 세워 두었던 계획 전부를 깡그리 날려 먹고 반년쯤 온라인 게임에 매달려 만렙 캐릭터 몇 개 만든 다음에야 안 되겠다 싶어 복학했다. 복학하고도 친구 듣는 교양 따라 수업 듣고 후배들 엠티 따라다니다 보니 졸업 날짜가 가까워졌다. 날아든 빚 덩어리를 보고도 종민은 어떻게 해야 할지 몰라 허둥대기만 했다. 그 빚을 해결하겠다는 생각보다는 그냥 인생이 망했다, 난 희생자야, 내 탓 아니야, 다 세상 탓이야, 라고 절규했다.

학교에서 입시에 시달리는 건 모두 교육부가 무능한 탓이었다. 핀란드는 안 그렇다는데.

집이 가난한 건 다 아버지 탓이었다. 다른 집은 잘만 사는데.

빚은 다 아버지 탓이었다. 왜 그걸 내가 갚아야 하는데?

경찰에 신고할 수도, 법무사를 찾아갈 수도 없는 건 여동생 탓이었다. 여동생을 지키기 위해서였다. 자랑스러운 오빠를 둬서 행복하지? 이 빚은 네 것일 수도 있었어. 널 위해서 내가 이 고생을 하는 거야. 너 때문이야. 너 때문이라고, 이 망할 년아!

부엌에는 하녀 둘이 일을 하고 있었다. 집사는 보이지 않았다. 하녀 둘은 종민을 보고 조금 놀란 듯, 하던 일을 멈추었다. 둘은 오늘 점심으로 낼 수프를 끓이는 중이었다. 부글부글 끓는 소리만으로도 먹음직스러웠다. 독특한 향신료 냄새가 부엌을 채우고 있었다. 한 명은 국자를 내려놓고 옆으로 물러났다. 도마에는 썰어 놓은 파와 식칼이 놓여 있었다. 다른 한 명은 설거지를 하던 중이라 물이 뚝뚝 떨어지는 손을 싱크대 쪽으로 향한 채 종민을 바라보고 있었다.

"저기……, 어, 어, 집사님은요?"

종민이 물었다.

"별채에 가셨습니다. 필요하신 거라도?"

하녀 중 한 명이 말했다. 건조하게 말하는 법을 집사에게 강제로 교육받기라도 한 것처럼 말투가 딱딱했다.

"아니요. 저기……, 혹시 에이스 씨 못 봤어요?"

종민은 혹시나 하고 물었다.

"저희들은 누가 누구인지 모릅니다. 그리고 그걸 말하면 안 됩니다."

"예, 그렇겠죠. 그렇겠죠."

종민은 괜히 대답을 반복하며 부엌 여기저기를 살폈다. 사람이 숨을 수 없을 것 같은 자리까지 살핀 다음 현관문을 가리켰다.

"여기는 나가는 문인가요?"

킹의 시체를 발견했을 때 이 문을 통해 집사가 들어오는 모습을 봤지만 확인하고 싶었다.

"네. 여길 나가면 별채 쪽으로 향합니다."

문을 열고 나가면 탈락일 것이다. 문을 열어도 나가지만 않으면 탈락이 아닐 테지만 종민은 신중하기로 했다.

"이 문 한 번만 열어 봐 주시겠습니까?"

집사라면 규칙 얘길 하며 나가면 탈락 운운했을 테지만, 하녀는 순순히 열어 주더니 두 손을 가지런히 모으고 옆으로 물러났다. 말하는 건 뭐든 들어줄 것 같은 순종적인 모습이 차라리 무서웠다. 바로 그런 얼굴로 시체 옆에 식사를 차리던 여자들 아닌가?

문 너머는 작은 신발 거치대 하나만 있고 현관 같은 것 없이 바로 뒤뜰이었다. 하녀들이 별채에서 여기까지 신고 왔을 슬리퍼만 가지런히 두 켤레 놓여 있었다. 뒤뜰 너머는 산과 나무만 보였다. 인공적인 건축물도 없었고 사람도 없었다.

"고맙습니다. 이제 됐어요."

종민은 설거지대에 꽂혀 있는 과도를 하나 뽑았다. 하녀들은 자기들 도구를 강탈당하면서도 방관했다.

종민은 행주로 칼날을 돌돌 말아 소매 속에 집어넣었다. 그리고 언제라도 꺼낼 수 있도록 손잡이를 소매 바깥쪽으로 향하게 했다. 언젠가 영화에서 주인공이 이렇게 칼을 숨기는 걸 봤다. 그러나 그 주인공처럼 칼을 쓸 자신은 없었다. 어쩌면 칼을 뽑다가 자기 손목을 벨지도 모를 노릇이었다. 그래도 마음은 든든했다. 종민은 수색을 시작했다.

1층 화장실에는 아무도 없었다. 1층 전체에서 그 화장실 외에는 숨을 곳이라고는 없었다. 혹시나 해서 벽난로 안쪽까지 살폈지만 괜한 걱정이었다. 예상대로였다. 1층에는 아무도 없었고 숨을 곳도 없었다. 종민은 확인 도장이라도 찍는 심정으로 거실을 훑어본 다음 천천히 계단을 올랐다. 마치 잠복한 에이스가 덮칠 것을 대비하는 것처럼 발걸음이 조심스러웠다. 아무리 조심해도 나무 계단과 나무 바닥이 삐걱거리는 소리는 어쩔 수가 없었다. 한편으로는 반가웠다. 다른 사람도 이 복도를 이동할 때 소리를 낼 테니까.

조커의 방은 우선 놔두고 제일 처음에는 킹의 방부터 살폈다. 화장실이 열려 있으니 입구에만 서 있어도 안을 자세히 살펴볼 수 있었다. 방의 구조상 도저히 사람 하나가 숨을 수 있는 공간이 나올 수가 없었다. 그래도 종민은 안으로 들어가 문 반대편과 욕실 문 뒤까지 꼼꼼하게 살폈다. 침대 밑도 강아지가 아니고서는 들어갈 수 없을 만큼 좁았다.

에이스의 방도 마찬가지였다. 아까 들어올 때나 지금이나 다를 바가 없었다. 그래도 문 뒤와 침대 아래, 욕실까지 꼼꼼히 살폈다. 살피는 도중에도 종민은 계속 귀를 쫑긋 세우고 있었다. 누군가 복도를 걷고 있다면 들을 수 있도록.

천장에 붙어 가지만 않는다면 말이지. 그 생각을 하자마자 천장을 살피게 되었다. 형광등 세 개가 그리 효율적이지 못한 자리에 배치되어 있었다. 이러니 밤에 불을 켜도 어두침침했던 것이다.

종민은 조카의 방 앞에 섰다. 아까는 무서워서 안까지 제대로 살펴보지 못했지만 지금은 용기를 가져야 할 시간이었다. 시체는 그를 해칠 수 없었다. 시체는 그가 규칙을 어기게 만들지도 않을 것이고 운명 카드대로 하게 만들지도 않을 것이다. 조심해야 할 건 어딘가에 숨어 있을 에이스다. 종민은 그녀가 숨어 있을 가장 유력한 장소를 바로 이곳이라고 생각했다. 어느 누구도 시체가 있는 자리를 살펴보지는 않을 테니까. 그러니 이제부터는 용기도 가져야 하고 과감성도 가져야 했다. 문을 여는 순간 에이스가 뛰어나올 수도 있다. 싸운다면 피하지 말자. 이건 정당방위다.

딱히 죽일 것도 없지 않은가? 칼만 내보이면 싸우지 않고 해결할 수도 있을 것이다.

종민은 문을 열었다. 조커의 시체가 보였다. 매달린 조커는 살짝 움직이고 있었다. 처음 봤을 때도 그랬지만, 방문을 여는 아주 작은 바람에 움직이는 것일 텐데 방금 누가 건드려서 그런 거라는 착각이 들었다. 종민은 시체를 힐끗 올려다본 다음 시선을 내렸다. 여기 시체가 있는 것 자체가 비현실적이긴 했지만, 그것 말고도 어딘가 모르게 앞뒤가 맞지 않는다는 생각이 들었다. 이 시체는 뭔가가 잘못되었다.

종민은 조커가 진짜 조커인지만 확인한 다음, 가급적 조커의 얼굴을 보지 않으려고 애썼다. 지금 와서 조커가 자살인지 타살인지 밝혀낼 아무런 이유도 없었다. 괜히 건드려 봐야 원치 않은 오해나 사겠지.

다른 방처럼 조커의 방도 문만 살짝 열면 안을 전부 볼 수 있었지만, 종민은 이왕 살피기로 마음을 먹었으니 샅샅이 살피기로 결심했다.

조커의 방은 의외로 깨끗했다. 이불도 착실하게 잘 개어져 있었다. 베개를 덮어 두었는지 이불이 불룩 튀어나와 있었다. 한 번 쿡 찔러 보았다. 베개가 맞았다. 책장에는 책 한 권 건드린 흔적도 없고 바닥도 깨끗했다. 욕실 문도 열려 있었다. 자신의 방과 차이가 나는 것은 휴지통이 없다는 것 정도였다.

테이블 위에는 그의 포커 칩이 가지런히 정리되어 있었다. 슬쩍 보니 2천만 원 정도 되어 보였다. 이제 포커 따윈 어찌 되든 상관없었다. 에이스가 올인 되는 순간 다른 네 명에게 포커

치는 시간은 모두 무의미했다. 그럼 결국 한 시간씩 해야 하는 포커는 모두 에이스 한 명만을 위한 시간이라는 뜻이었다. 돈을 모두 잃을 운명 외에 포커와 연관이 있는 운명이 뭐가 있을까? 돈을 모두 딸 운명? 누군가를 올인 시킬 운명? 포커 치다가 잠들 운명?

종민은 욕실로 들어갔다. 킹의 욕실처럼 깨끗했다. 욕실 문 뒤에 숨은 사람도 없었고 욕조 안에 엎드려 기다리고 있는 사람도 없었다. 한 번 물이 찬 흔적이 살짝 남아 있었지만 에이스의 욕조처럼 가득 차 있지는 않았다. 칫솔과 치약도 가지런히 정리되어 있었다. 수납장 안도 그대로였다.

종민은 발자국이 남기라도 하는 것처럼 뒤꿈치를 들고 걸었다. 나중에 연구원 복장의 경찰들이 와서 이곳을 살피고 종민이 들어왔다 나간 흔적을 발견할 수도 있지 않을까 해서였다. 그때는 뭐라고 말할까 살짝 걱정되었다. 그러나 백억이라는 금액을 놓고 게임을 하는 스페이드가 경찰을 이곳에 들일 것 같지는 않았다. 그렇게 생각하니 또 무서웠다.

경찰은 여기 오지 않을 거야. 그러니 여기서 죽으면 증거도, 흔적도 남지 않겠지. 솔직히 이 저택은 스페이드가 작정하고 모두를 죽이겠다고 마음먹으면 얼마든지 죽일 수도 있는 공간이었다. 그런데도 스페이드를 믿을 수밖에 없었다. 이게 공정한 게임이라고, 규칙만 제대로 지키면 상금을 따낼 수 있는 스포츠 같은 거라고 믿어야 했다. 부자의 돈지랄. 그렇게 생각하지 않으면 버틸 수가 없었다. 만약 이게 연쇄살인범의 고약한 장난이라는 생각이 조금이라도 들면, 조금이라도 그런 증거가 발견되면 종민은 창문에서 뛰어내려 뒤도 안 돌아보고 산속으로 달아날 것이다. 그럼 잠시 후 전기톱을 든 사이코패스가 뒤를 쫓아오는 거고.

종민은 조커의 방문을 닫고 자신의 방 쪽으로 향했다. 남은 건 스페이드와 퀸의 방이었다. 퀸의 방은 마지막으로 남겨두었다.

종민은 일단 자신의 방부터 살폈다. 종민이 1층을 갔다 온 사이 누군가 들어올 수도 있으니까.

그의 방은 깨끗했다. 들어온 흔적도, 물건을 건드린 흔적도 없었다. 욕실도 마찬가지. 종민은 다시 복도를 나와 스페이드의 방 앞에 섰다. 잠겨 있었다. 결정을 내려야 할 순간이 왔다. 종민에게는 조커의 방을 들여다보는 게 가장 무서운 일이었다. 그걸 해내고 나니 다른 건 얼마든지 할 수 있었다.

종민은 발로 문을 힘껏 걷어찼다. 생각보다 단단했다. 이곳 저택은 물론, 존재하는지도 모를 별채 사람들까지 다 들을 것 같은 큰 소리가 울려 퍼졌다. 이제 돌이킬 수 없었다. 종민은 계속 발로 문을 찼다. 두 번, 세 번, 네 번, 다섯 번. 여섯 번째에서 문이 열렸다. 나무가 부서지는 소리가 났다. 잠금장치와 함께 경첩까지 부서진 것 같았다. 종민은 소매에서 칼을 꺼내 앞으로 내밀고 안으로 들어갔다. 부서진 문이 열리는 소리는 더욱 기괴하게 들렸다.

아무도 없었다. 스페이드와 상담을 했을 때 모습 그대로였다. 의자 위치 하나 바뀌지 않았다. 테이블 밑 빼고는 숨을 자리가 없었다. 물론 거기엔 아무도 없었다. 종민은 약간 허탈하면서도 한편으로 안도했다. 그리고 이내 두려움이 일었다.

퀸의 방이 남아 있었다.

이곳 전부를 살폈는데 에이스가 나오지 않았다면, 퀸의 방에 에이스가 있다는 뜻이 된다. 이보다 더 말도 안 되는 상황은 없을 것이다. 동시에 이보다 더 말이 되는 상황도 없을 것이다.

에이스와 퀸이 손을 잡았다!

퀸이 에이스에게 지시를 내려 킹을 죽여 탈락시키면 된다. 퀸은 규칙을 어기지 않아도 되고, '남을 시켜 살인을 저지르게 할 운명'의 카드를 든 것만 아니라면 게임에서도 이길 수 있다. 그리고 에이스를 시켜 종민까지 죽이면 혼자서 백억도 챙길 수 있다. 어떤 수령 방식을 택했는지 모르지만, 현금을 가지고 가는 것이라면 헤어지기 전에 에이스에게 얼마 정도 쥐어 주는 것으로 합의를 본 걸 수도 있다.

칩 좀 빌려 줘, 칩 좀 빌려 줘 했던 그때처럼 에이스가 퀸에게 부탁했을까? 오히려 퀸 쪽이 부탁했을 수도 있겠군.

또 하나, 퀸이 에이스를 죽였을 수도 있다. 퀸의 소심한 모습, 힘없는 여성이라는 점을 감안하면 잘 연상되진 않았지만 그 역시 간과할 수 없었다.

"저기요, 퀸."

어느 쪽이든 확인을 해야만 했다.

"이봐요. 열어 봐요."

노크했지만 대답은 없었다.

"잠깐이면 돼요. 문 좀 열어 봐요."

"싫어요."

대답이 돌아왔다. 종민은 문고리에 살짝 손을 올리고 말했다.

"얘기 좀 하게 문 좀 열어 보라고요."

"할 얘기 있으면 밖에서 해요."

종민은 당장 의심이 갔다.

"왜 안 열죠? 안에 뭐 숨기는 거 있어요?"

잠시 대답이 없었다. 왠지 제대로 취조를 해낸 기분이 들었다. 그러니 할 말이 없어진 거야! 종민은 그렇게 생각했지만 엉뚱한 대답이 돌아왔다.

"다, 당신, 나 죽이려고 그러는 거지? 어림도 없어. 난 절대 안 죽어."

"무슨 소릴 하시는 거죠? 죽이다니, 누가 누굴요?"

"당신이 킹 죽인 거 아니야? 킹의 시체 앞에 혼자 서 있던 거 다 봤어. 조커도 죽여 놓고선 자살처럼 꾸몄지?"

한 대 사정없이 얻어맞은 기분이었다. 살해하는 운명 카드를 손에 쥔 그날 생각했던 최악의 시나리오가 떠올랐다. 죽이지 않은 사건의 범인으로 몰리는 것.

'그럼 남학생 반 교실 전체에서 남아 있는 애는……, 그 애 하나뿐인 거구나?'

갑자기 호흡이 떨렸다. 침착해. 그냥 퀸이 겁나서 나오는 대로 내뱉은 말일 뿐이다.

"그, 그건 그냥 제일 처음 발견한 거였어요. 죽은 지 한참 된 모습이었잖아요. 킹은 밤사이 살해된 거였어요. 그래, 퀸, 당신이죠? 당신이 에이스 시켜서 죽였죠?"

퀸의 비웃음이 들렸다.

"미친놈, 되는대로 떠들지 마. 누가 봐도 네 쪽이 더 수상해. 너 방금 방마다 다 돌아다녔지? 왜 그랬어? 너 미친 거 아니야? 조커 방에도 들어갔지? 그랬지?"

아니라고 잡아뗄 수가 없었다. 종민도 만약 문 뒤에서 귀를 기울이고 있는데 누가 조커의 방으로 들어갔다면 발소리만으로 알아챌 수 있었을 것이다.

"스페이드의 방도 문 부수고 들어갔지? 어째서? 거긴 왜 들어가?"

퀸이 소리쳤다.

새삼 옆에서 보기에 자신의 행동이 얼마나 기괴했을지 그려졌다. 문을 확 열어젖히고 흥분해서 발소리를 쾅쾅 울리고 다니다가 급기야 문까지 부수는 소리를 퀸이 방문 너머로 듣고 있었다면, 분명 반쯤 정신 나간 놈이 완전히 미쳐 가는 과정으로 비춰졌을 것이다.

"난 에이스를 찾으려고 했어요."

종민은 자신의 목소리가 절박하게 들리길 바라며 말했지만 그냥 변명으로만 들렸다.

"에이스를 왜 신경 쓰는데?"

"그 사람이 킹을 죽이고 저랑 당신을 죽이려고 할지도 모르니까요."

퀸은 잠시 말을 멈췄다가 말했다.

"킹은 살해당할 운명이었으니까 살해당한 거야. 조커는 자살할 운명이라 자살했고 에이스는 돈을 다 잃을 운명이라 잃은 거고."

"말도 안 돼요. 그 카드가 무슨 예언이라도 된다고 생각하세요? 그럼 킹은 뭐 돈을 다 잃을 운명이라서 잃었나요? 그리고 운명대로 살해당했다면 그 살인자가 여기 어디 있다는 소리잖아요."

"시끄러. 난 운명대로 되지 않을 자신 있어. 너만 방해하지 않으면 돼."

"저도 마찬가지예요. 그러니 문 좀 열어 봐요. 에이스를 숨기지 않았다는 것만 보여 주면 되잖아요."

"싫어."

"문 좀 열어 달라고요!"

"너 왜 그래? 너, 네놈이야말로 에이스랑 똑같은 짓을 하고 있잖아. 네 방문을 손톱으로 긁으면서 저주했던 그 여자랑 똑같아!"

종민은 확 문을 걷어차서 부숴 버릴까 하다가 그 말을 듣는 순간 멈췄다. 퀸이 흥분한 목소리로 말했다.

"그리고 방 뒤에서 네놈이 칼을 들고 있을지 어떻게 알아?"

종민은 뒤로 한 걸음 물러났다. 어느 순간 종민은 칼을 한 손에 쥐고 있었다. 감아 둔 행주도 풀려서 칼날이 고스란히 드러나 있었다. 종민은 서둘러 행주를 주워 칼날에 도로 감은 다음 소매 안에 감췄다.

"제발 날 내버려둬. 50억이면 충분하잖아. 대체 왜 그러는 거야? 난 사실 20억도 필요 없고 10억이면 충분해. 욕심도 안 부릴 거니까 내버려두란 말이야."

퀸은 거의 울먹이는 목소리로 말을 이었다.

"조, 좋아. 아, 알았어. 당신이랑 나랑 둘이 이기면 내가 40억 줄게. 응? 난 20억만 돼도 좋겠다고 생각해서 멍청하게 스페이드에게 전부 현금으로 달라고 했거든? 어차피 다 들고 갈 수도 없고 필요도 없어. 내 과거를 말하면 규칙 위반이니까 말할 수 없지만 난 10억만 가지고 돌아가도 정말 행복할 수 있어. 그러니까 제발, 제발, 제발, 40억 줄 테니까 날 좀 내버려둬!"

"나도 마찬가지예요. 나도······, 나도 이 게임······, 20억이면······."

······좋고, 30억이면 더 좋고, 50억이면 더 좋고, 백억이면······.

종민은 자기도 모르게 문을 걷어차 부수고, 그 순간 놀란 퀸이 저항하고 뒤엉켜 싸우다가 칼로 그녀를 찌르는 모습을 그려 보았다. 그건 결코 정당방위가 될 수 없을 것이다. 카드의 적힌 운명대로 그는 다른 사람을 살해하게 되는 것이다. 퀸은 죽고 전원 탈락, 어딘가 카메라로 찍힌 영상을 보고 있는 스페이드만 즐거워할 것이다.

"알았어요. 갈게요. 점심 식사 때 봐요."

종민은 물러나 방으로 돌아갔다. 그리고 문을 잠갔다. 의자를 가져와 문고리에 대 놓아도 안심이 되지 않았다. 종민은 언제든 들 수 있도록 칼을 테이블에 내려놓았다. 욕실에 가서 세수를 한 번 하고 거울을 보니 퀭한 눈의 정체 모를 사나이가 바라보고 있었다. 자신의 모습이었다. 종민에게 투자를 제안했던 회사 선배의 얼굴과 닮은 것 같기도 했다.

그 선배가 열 명 가까운 회사 동료를 상대로 사기를 친 금액은 경찰 추산 2억 정도였다. 종민이 내일 아침 8시까지 아무도 죽이지 않고 살아남아 있으면 받게 될 돈의 4퍼센트밖에 안 되는 돈을 위해 회사를 그만두고 후배와 동료들을 속였던 그의 마음가짐은 어땠을까? 가벼운 마음은 아니었겠지. 지금도 경찰이 자기를 잡을 걸 걱정하며 시골 어딘가에 숨어 살거나, 중국 어딘가에서 컵라면이나 먹고 있을 것이다.

그런데 종민은 지금 50억을 두고 신경전을 벌이고 있었다. 50억! 로또 복권이 당첨되어 50억을 받아도 실수령액은 훨씬 적을 테지만, 이건 아니었다. 그대로 50억이었다. 너무 비현실적이라 상상도 가지 않는 금액. 50억어치 동전으로 얻어맞아야만 현실감이 느껴질 것 같았다.

그런 면에서 생각하면 퀸은 누구보다 현실적이고 누구보다 냉정했다. 카드 게임에서도, 밥을 먹을 때도 가장 소심하면서도 가장 행동이 빨랐다. 퀸은 누구보다 게임에 집중하고 있었다.

현금으로 받으니까 그중 40억을 주겠다고? 나라고 그 돈 받으면 넣어 둘 곳이 있겠어?

스페이드의 말이 떠올랐다.

'돈은 어떻게 받아 갈 건가?'

현금을 가져가기 힘들기 때문에 나온 질문이라고 생각했다. 스페이드 역시 현금이 무겁다는 언급도 했다. 종민은 반반씩 처리해 달라고 말했는데 이제 그 말은 수정해야 할 필요가 있었다. 50억의 반은 25억, 엄청난 무게가 될 것이다. 만약 성공한다면 그는 사과 박스에 현금 다발을 가득 채워 반지하 월세방으로 돌아가야 할 것이다. 퀸이 방금 내뱉은 말을 만에 하나라도 지킨다면 25억에 40억, 65억을 현금으로 가져가는 사태가 벌어진다. 만 원짜리 지폐로 쌓으면 대체 얼마나 높이 올릴 수 있을지도 상상이 가지 않았다. 처음부터 말이 안 된다고 생각했던 일이 시간이 지날수록 더 말이 안 되고 있었다. 스페이드는 이제 존재하지도 않는 사람처럼 느껴졌다.

종민은 스페이드에게 물었다.

"당신, 나한테 왜 그런 걸 물어봤어?"

그러나 스페이드는 없었다. 당연히 그의 눈앞에는 거울에 비친 자신의 모습만 있었다.

"돈을 어떻게 받아갈지 왜 물은 거냐고?"

종민은 죽는 건 게임이 끝나는 거라고 생각했다. 상식적으로 생각해 봐도 죽음은 모든 것의 끝이었다. 그런데 집사는 죽은 사람을 보고 탈락이라는 말을 하지 않았다. 자살한 조커를 보고도, 살해당한 킹을 보고도 별다른 말을 하지 않았다. 에이스의 탈락 때도 마찬가지였다. 그는 분명 에이스의 운명 카드를 알고 있었는데도 탈락하는 순간 탈락이라고 말하지 않았다. 포커 게임이 끝난 다음에야 한 명이 탈락했다고 말했다. 조커 때도 하루 종일 별말 없다가 탈락이 두 명이라고 말했다. 에이스가 사라진 지금 그녀의 안부는 아예 확인조차 하지 않고 있었다. 종민이나 퀸에게 묻지도 않았다. 왜냐하면 그녀는 탈락자이므로 아예 논외로 취급하고 있는 것이다.

엄밀히 말해 킹도 아직 탈락이라고 선언하지 않았다. 운명 카드를 따랐으니까 당연히 탈락일 텐데 뭔가 다른 게 하나 더 있는 것 같았다.

에이스의 파산.

조커의 자살.

킹의 죽음.

운명 카드 규칙.

돈을 받아 가는 방법.

막연하게 생각했던 요소들이 하나로 합쳐졌다. 죽어서 탈락이 아니라 운명 카드를 따랐으므로 탈락이다. 즉, 죽음은 게임의 끝이 아니라 하나의 요소였다. 죽는다고 규칙 위반이 되는 건 아니었다.

"맙소사."

종민은 입을 가리고 뒤로 물러났다. 그리고 벽에 등을 기댄 채로 주르륵 미끄러져 주저앉았다. 바닥의 차가운 냉기가 엉덩이를 타고 올라왔다.

스스로에게 몇 번이나 물었지만 나오지 않는 답이었다. 게임 하는 사람이 죽으면 그대로 끝인 건가? 끝이 아니다. 계속된다. 그리고 죽는다면 돈은 그대로 지급한다. 만약 종민이 이대로 누군가에게 살해당한다 해도 종민은 운명 게임의 승자가 될 수 있었다.

아무도 안 죽였으니까!

월요일 아침이면 살해당한 종민의 시체 옆에 현금 25억이 떨어져 있을 것이고 남은 25억은 계좌 이체로 날아갈 것이다. 아무도 모르게……. 여동생도, 어머니도 모를 계좌로.

종민에게는 지금 이 자리에서 자살을 하는 게 게임을 이길 수 있는 가장 좋은 방법인 셈이었다.

7

점심 식사 때까지 종민은 온통 그 생각에 빠져 있었다. 여전히 식탁에는 킹의 시체가 엎드려 있었고 겁에 질린 퀸은 가능한 한 종민을 보지 않고 식사를 했다. 식사는 야채가 듬뿍 들어간 수프에, 새우와 조개가 멋진 조화를 이룬 크림 스파게티였다. 역시나 요리는 훌륭했고 같이 나온 화이트 와인은 지금까지 먹은 어떤 술보다 더 맛있었다. 이름이나 알아 둘까? 50억을 받아 가면 저 술만 한 박스 사 두고 일주일에 한 병씩 마시면 좋겠어.

그러나 종민은 맛에 집중할 수가 없었고 술 이름을 외울 정신도 되지 않았다. 죽음이 그의 머릿속을 뒤흔들고 있었다.

만약 자신이 죽는다면 죽은 다음에 돈이 어떤 식으로 어머니에게 전달될 것인지를 알 수가 없었다. 당사자가 죽을 경우

은행에 남아 있는 돈은 어떤 방식으로 유산 상속이 되는 걸까? 애초에 그의 죽음이 외부에 알려지기나 할까?

"어제 킹이 마지막으로 당신 보면서 이런 말을 했어. 취하니까 기억난다면서……."

퀸은 수프를 한 스푼 떴다가 도로 담그면서 말을 이었다.

"당신 킹 알고 있었지?"

"몰라요."

종민은 끝까지 존댓말로 대했다. 너무 긴장한 나머지 의식도 못 하고 있었지만, 퀸은 여자였고 지금 살인자일지도 모르는 남자와 단둘이 식사를 하고 있는 셈이다. 무엇보다 죽은 킹의 최초 발견자가 아닌가? 종민은 그녀를 자극하지 않으려고 최대한 배려했다. 물론 이 여자가 살인자일 수도 있다는 생각에 끝까지 긴장을 늦추지는 않았다.

"그런데 왜 킹이 그런 말을 했지?"

퀸이 물었다.

"나도 몰라요."

"거짓말하지 마."

"모르는 걸 어쩌라고요?"

"이 게임 자체가 뭔가 있어. 우린 과거가 서로 얽혀 있는 관계인지도 모르지."

"더 말해 보시죠. 규칙 어겨서 나 혼자 백억 먹게!"

홧김에 한 말이지만 후회했다. 혼자 상금을 먹겠다는 말은 퀸에게 절대 해선 안 될 말이었다.

퀸은 입을 꾹 다물고 노려보았다. 같은 여자라도 에이스와 퀸이 보내는 증오의 시선이 전혀 달랐다. 분명 더 무서운 건 에이스 쪽이었는데 퀸의 눈빛에는 정체 모를 살벌함이 있었다.

종민은 설득조로 말했다.

"약속했죠? 아무것도 안 하기로. 나도 안 할 거고, 당신도 하지 마요. 아무것도 안 하면 우리 둘 다 50억이에요. 40억 준다고요? 필요 없어요. 나도 50억이면 충분해요. 충분하다 못해 너무 많아서 무서울 정도라고요."

종민은 식탁에 엎드려 있는 킹을 가리키며 말했다.

"이 사람, 누군지 몰라요. 봤잖아요. 술에 엄청 취해 있느라 자기 방어도 못 한 거. 당신은 알아요? 당신이 죽였어요? 그게 아니라면 우리 아무것도 하지 마요."

종민은 갑자기 제안했다.

"오늘 밤 거실에 같이 있을래요? 규칙 위반도 아니고……."

종민은 집사를 돌아보았다. 그는 마치 그 자리에 없는 사람인 양 가만히 서 있었다.

"싫어."

퀸은 즉시 대답했다.

"킹의 말대로 하자는 거예요. 킹은 어제부터 같이 있자고 주장했어요. 그리고 그 말대로 했으면 킹은 살았을지도 모르죠."

"수작 부리지 마."

"이게 왜 수작이에요?"

종민은 소리를 높였다.

"집사가 말했지. 밤에는 여긴 우리 둘밖에 없게 돼. 그런데 살인자일지도 모르는 남자랑 같이 있으라고?"

"우리 둘만 있다고 확신할 수 있어요?"

"또 누가 있는데."

"에이스요."

"그 사람은 탈락자야."

"탈락자라고 사람 못 죽이는 거 아니죠."

"탈락자니까 괜찮아."

"당신 바보 아니에요?"

종민이 답답해서 소리쳤다.

"뭐든 간에 난 싫어. 에이스가 있든지 없든지 알게 뭐야? 집에라도 간 모양이지. 대체 에이스는 왜 상관해? 난 방 안에만 있을 거야. 오늘 밤에 포커만 끝나면 난 방에 들어가 내일 아침 8시까지 문을 잠그고 있을 거야. 건드리지 마. 진짜로 네가 살인자가 아니고 50억으로 만족한다면 너도 그렇게 해. 그게 최선이야. 킹이 왜 죽었냐고? 방이 아니라 여기 나와 있어서야. 나 죽여 주십쇼 하고 나와 있었기 때문이라고."

"조커는 그럼 밖에서 죽었나요?"

"그건 자살이야!"

종민은 퀸을 설득하기 위해 방금 알아낸 중대한 사실을 말해 주고 싶었다. 만약 그녀가 살인자라면, 돈을 혼자 독차지하기 위해 수를 쓰고 있는 거라면 아무 소용없다는 사실을 말해 주고 싶었다. 이봐요, 날 죽여도 당신은 50억밖에 받지 못해요. 왜냐면 난 그 운명이 아니니까!

그러나 그걸 말하는 순간 규칙 위반이 된다. 여태까지 버티고 참아 온 게 그 한마디로 수포로 돌아갈 수도 있었다. 종민은 집사에게 그래도 되는지 묻고 싶었지만 집사에게 묻기 위해 입 밖으로 내뱉는 것조차 규칙 위반이 된다.

퀸은 식사를 끝마쳤다. 첫날부터 지금까지 꿋꿋하게도 그는 식사를 끝내자마자 계단으로 달아났다. 종민도 여기 오래 있고 싶지 않았다. 점점 썩는 냄새가 나기 시작했다.

종민은 자리에서 일어나 집사에게 물었다.

"정말 이게 게임이 맞나요? 우리가 규칙을 지키고 게임에서 승리하면 돈을 주고 약속한 대로 모두 이행하는 게 맞나요?"

집사는 그릇을 치우며 대꾸했다.

"의심을 하고 계시는군요."

"그래요. 다 거짓말 같고 다 사기 같아요."

"제가 해 드릴 수 있는 얘기는 하나뿐입니다."

집사는 문을 가리키며 말을 이었다.

"저 문을 나서면 당신을 태울 운전수가 대기하고 있을 겁니다."

"창문 밖에서 내려다봤더니 운전수가 없던데요."

"당연히 차에 있진 않죠. 별채에서 대기 중입니다. 밤이라면 좀 늦게 나올 수도 있겠죠. 운전수들도 자고 있을 테니까. 하지만 이런 낮 시간에는 항상 대기 중입니다. 당신이 미리 얘기하고 나가든 돌발적으로 나가든 즉시 차를 준비할 것입니다. 그게 전부입니다."

"그게 거짓말이라면?"

"어느 부분이요?"

"사실은 우리를 여기서 살려 보낼 생각이 없다거나."

"재미있군요. 게임의 룰 자체를 믿지 못하겠다면 왜 여기 계신 거죠?"

집사는 접시를 능숙하게 포개 들더니 말을 이었다.

"결국 당신은 게임에 승리해서 돈을 받아 집에 무사히 도착해 그 돈을 마음껏 쓴 다음에야 믿을 수 있다는 뜻 아닐까요? 그렇다면 당신이 할 일은 게임에서 승리하거나 이 집에서 달아나거나 둘 중 하나겠지요. 월요일 아침에 다시 얘기하지요."

집사는 접시를 들고 가 버렸고 하녀들은 킹의 시체를 거들떠보지도 않고 남은 접시와 컵을 치웠다. 종민은 무표정한 하녀들의 얼굴에서 또 한 번 두려움을 느꼈다. 종민은 2층으로 올라와 복도를 걷다가 중간쯤에서 멈춰 섰다.

잭의 방, 즉 종민의 방문이 반쯤 열려 있었다.

종민은 걸음을 멈추고 소매부터 만졌다. 칼은 없었다. 밥을 먹으면서 칼을 지니고 있을 수는 없는 일이었다. 칼은 탁자에 두고 왔다.

종민은 먼저 제 손으로 방문을 열어 놓고 왔는지부터 생각했다. 일상생활 중이라면 얼마든지 실수로 열어 놓을 수 있었다. 누군가 의도적으로 열어 놨다 하더라도 그냥 자기가 실수로 열어 놨겠거니 하면서 별 의식을 하지 않고 이렇게 걸음을 멈추고 심장을 두근거리며 서 있지도 않았을 것이다. 그러나 종민은 분명 문을 닫았다. 누군가 몰래 들어왔다 나가는 걸 대비해 종이를 받쳐 둔다거나 어떤 흔적이 남게끔 조작을 하고 싶어 하면서 문을 닫은 기억이 생생하게 났다.

일단 걸음을 멈추긴 했지만 종민은 되돌아가지 않았다. 저 방에 누군가 들어가 있다면 그 사람은 계단을 올라온 종민의 발소리를 들었을 것이다. 여기서 되돌아갈 수는 없었다.

퀸의 방문은 닫혀 있었다. 부숴 버린 스페이드의 방조차 닫혀 있는데 종민의 방만 열려 있었다.

안에서 걸어 나온 건 퀸이었다. 실수로 잘못 알고 방에 들어간 게 아니었다. 그녀의 손에는 과일칼이 들려 있었다.

온갖 망상 수십 개가 동시에 머릿속에 펼쳐졌다. 종민은 뒤로 몇 걸음 물러났다. 그리고 집사를 부르려고 반사적으로 입을 벌렸다가 다물었다. 그 칼은 종민이 가져온 바로 그 과도였다.

"너……, 너 왜 칼 가지고 있어?"

퀸이 커다랗게 뜬 눈으로 노려보며 물었다. 화장기 하나 없이 매섭게 치켜뜬 눈매가 이상한 매력을 드러냈다. 종민은 뭐라 말해야 할지 몰라 침만 꿀꺽 삼켰다. 퀸은 칼을 앞으로 내민 채 말했다.

"아무것도 하지 말자고 그렇게 말해 놓고 칼을 숨겨 놔?"

퀸의 눈동자에는 실망, 분노, 두려움 같은 복잡한 감정이 가득 차 있었다. 입술이 떨리고 있었고 칼을 든 손도 떨리고 있었다.

"날 지키기 위해서였어요."

종민이 말했다. 그것은 자신의 귀에도 마치 외워 둔 연극 대사처럼 들렸다.

"지켜? 죽이기 위해서가 아니라?"

"그래요! 지금 에이스가 어디로 갔는지 모르잖아요. 그 사람이 킹을 죽인 것 같아요. 그래서 내 몸을 지키려고 칼을 가져온 거예요. 퀸의 방을 보려고 했던 것도 에이스가 그 방에 숨어 있을지 모른다는 이유에서였고요."

"내 방에 에이스가 왜 숨어 있어?"

"두 사람이 짜고 날 탈락시킬 거라고 생각했어요."

"미친놈!"

"당신이야말로 내 방에는 왜 들어갔어요?"

"네놈이 먼저 내 방에 들어오려고 했으니까!"

종민은 숨을 크게 들이마신 다음 말했다.

"좋아요. 내 방 봤어요? 칼이 있다는 거 말고 수상한 거 있었나요? 없었을 거예요. 그럼 이제 당신 방을 보여 줘요. 그럼 공평하겠죠."

종민이 한 걸음 다가가자 퀸은 칼을 두 손에 쥐고 앞으로 내밀었다. 어디선가 들은 말이 떠올랐다. 저렇게 두 손으로 쥐고 칼을 찌르면 오히려 찌른 쪽이 다친다고. 이론상으로는 저런 칼을 상대로 싸우는 건 아주 쉽다는 얘기도 들었다. 더군다나 그 상대가 여자 아닌가? 그러나 막상 칼을 든 사람이 앞에 있자 온몸의 근육이 빳빳하게 굳고 머릿속은 백지가 되어 버렸다. 호신술은 무슨 얼어 죽을!

칼을 든 쪽도, 안 든 쪽도 통나무처럼 굳은 채 서로 노려보기만 했다.

"안 수상하다고? 칼이 있다는 것보다 수상한 게 뭐가 있어? 공평한 거 좋아하시네!"

"말했잖아요! 날 지키기 위해서라고요."

"웃기지 마. 너, 이 칼로 무슨 짓을 할 생각이었어? 다 알아. 넌 킹이랑 무슨 관계가 있었던 거야. 에이스랑도 알고 있던 사이일지도 모르고."

"그거 묻는 거 규칙 위반인 거 알아요?"

"묻지 않았어. 추측을 말한 거지. 그러니까 괜찮아! 봐! 여기 어딘가에서 우리 소리를 도청하고 있을 테지만 나한테 규칙 위반이니 탈락이라는 말 하나 보라고."

종민은 말을 멈췄다. 얼결에 둘은 탈락 선고를 기다리는 모습으로 서 있게 되었다. 종민은 괜히 천장과 뒤를 돌아본 다음 말했다.

"탈락이라도 탈락 선고는 포커 판이 끝난 다음에나 하게 되어 있어요."

"그런 규칙도 있었어?"

퀸이 한쪽 눈을 크게 치켜떴다.

"규칙은 아닌 것 같고……, 여태까지 그랬잖아요. 집사도 그런 말을 한 것 같고……."

종민은 말하면서도 자신이 없었다.

"어쨌든 아무 말도 안 할게요, 퀸. 내가 그 사람들과 관계 있다 없다 말하는 것조차도 탈락 여부에 오를지도 모르니까. 애매한 상황은 아예 만들지 않을 겁니다. 애초에 우리는 대화를 하는 것부터가 위험한 거예요. 첫날 기억 안 나요? 우린 다들 규칙이 어디까지 적용되는지 몰라서 서로 말도 잘 안 했잖아요. 당신이나 나 그때처럼 지내면 돼요. 이제 얼마 남지도 않았어요. 그러니 당신 방 한번 보여 주고 우리 이 싸움 끝내요."

종민은 팔을 휘두르며 소리 질렀다.

"그 칼도 얼른 내려놓고요!"

"안 돼. 못 해. 다 안 돼. 가까이 오면 죽일 거야."

"죽이고 혼자 돈 다 먹으려고요?"

"그래, 네놈이 나한테 접근해서 내 손에 죽고 나면 원하지도 않은 백억이 생기겠지. 그러기 싫으면 저리 꺼져."

퀸은 칼을 앞으로 내밀고 손을 뒤로 내밀어 문고리를 찾았다. 하지만 엉뚱한 곳부터 더듬는 바람에 한참 동안 문고리를 찾아 헤매야 했다. 그런데도 그녀는 뒤를 돌아보지 않았다. 단 1초라도 시선을 떼면 큰일이라도 난다는 듯 종민을 똑바로 바라보고 있었다.

마침내 퀸은 문고리를 찾아 문을 열고 안으로 들어갔다. 열린 문틈으로 퀸의 방 안이 살짝 엿보였지만 그 정도로는 알아낼 수 없었다. 어쨌든 한 뼘 너비로 보이는 방 안으로 에이스가 비웃는 얼굴로 노려보는 것도 아니고 방 안이 피 칠갑이 되어 있는 것도 아니었다. 종민은 확 달려들어 그녀를 밀치고 방 안을 보고 싶은 욕망을 참았다.

퀸은 엉덩이를 집어넣고 몸을 집어넣고 얼굴을 집어넣고 마지막으로 칼을 집어넣는 것으로 사라졌다. 그리고 철컥, 잠기는 소리가 났다.

종민은 잠깐 동안 그대로 서 있었다. 그리고 한 뼘 너비의 발판을 딛고 절벽을 지나는 심정으로, 복도에 등을 붙이고 자신의 방 쪽으로 걸어갔다. 퀸의 방문은 그대로 닫혀 있었고 종민이 자신의 방에 들어가는 순간까지도 닫혀 있었다.

방에는 아무도 없었다. 종민은 문부터 잠갔다.

탁자에는 칼을 쌌던 행주만 놓여 있었다. 이제 퀸에게는 칼이 있고 그에게는 없었다.

'다시 칼을 가지러 가야 돼!'

상황이 원래 계획했던 것에서 너무 많이 변질되었다. 어느 순간부터 에이스를 찾겠다는 계획에서 퀸을 견제한다는 계획으로 바뀌어 있었다.

퀸의 방에 숨어 있는 에이스가 웃고 있을 것 같았다. 난 네 놈 운명 카드를 알지. 알고말고! 종민이 경계한 건 에이스였는데 엉뚱하게 퀸은 종민을 의심하기 시작했다. 마치 에이스가 파 놓은 함정에 종민이 스스로 빠져든 것 같았다.

너 때문에 내가 떨어졌으니까 나도 널 떨어뜨리겠어.

'그게 내 잘못이야? 당신이 자초한 일이야!'

종민은 벽을 주먹으로 한 번 쳤다. 이제는 말하지도 않은,

들리지도 않은 환청과 싸우고 있었다. 환청도 없었고 환영도 없었다. 알면서도 종민은 견딜 수가 없었다.

종민은 머리를 주먹으로 탁탁 쳤다. 뺨을 몇 번이나 때리면서 냉정을 차리려고 애썼다. 그럴수록 혼란이 찾아왔고 의문은 점점 커졌다. 에이스는 어디 갔지? 퀸은 왜 자기 방을 안 보여주려는 거지? 그 여자의 운명 카드는 뭘까? 조커는 정말 자살한 걸까? 킹은 왜 날 아는 척한 거지?

이제 마지막으로 한 번 더 킹의 시체를 옆에 두고 식사를 해야 한다. 그리고 그의 시체를 옆에 두고 한 시간 동안 포커를 쳐야 한다. 단 두 시간 정도의 고역만 참으면 되는 것이다. 그러나 종민은 그 두 시간을 견딜 수 없을 것 같았다. 그 두 시간으로 정신이 나가 버릴 것 같았다. 그것부터 해결해야 한다. 그것만 해결하면 어느 정도 참아낼 것 같았다.

방법이 하나 떠올랐다. 하지만 멍청한 짓이었다.

'멍청한 짓이라고, 이 멍청아!'

종민은 밖으로 나가 킹의 방을 들어가 침대에서 이불을 벗겨 품에 안았다. 그리고 1층으로 내려갔다.

부엌에서 설거지를 하는 물소리가 들렸다. 거기에 하녀가 한 명이 있는지 두 명이 있는지 집사도 같이 있는지는 보이지 않았다. 애초에 그들이 보고 있는 것과 보고 있지 않은 것은 차이가 없었다. 그들이 본다고 규칙 위반이 되는 것도 아니고 그들이 보지 않는 곳에서 규칙 위반을 한다고 해서 숨길 수 있는 것도 아니었다. 천장 어딘가, 벽 어딘가에서 항상 자신의 모습이 카메라로 찍히고 목소리가 녹음되고 있다고 가정하고 움직여야 했다. 이 영상을 보며 흐뭇하게 웃고 있을 스페이드를 위해서 말이지.

'잘하고 있어, 잭! 그렇게 해 줘야지.'

종민은 게임에서 이기는 것, 살아남는 것만 생각했다. 종민은 이불을 거실 벽에 던져 내려놓고 다시 한 번 부엌을 살폈다. 부엌에서는 물소리가 그치지 않았다.

지금 행동이 살아남고 승리하는 것에 별 도움은 안 될 것이다. 그래도 종민은 해야만 했다. 지금은 살아남는 것과 게임에서 승리하는 건 별개의 문제가 되어 버렸고 지금 이건 승리하는 데에 도움을 줄 것 같았다. 그럼 해야지.

종민은 테이블에 엎드려 있는 킹의 시체를 뒤로 잡아당겼다. 죽은 사람은 몸이 굳는다는 말은 들었는데 이건 딱딱하다기보다 무거웠다.

킹의 머리가 의자 뒤로 축 늘어졌다. 엎드려 있을 때는 웃는 것처럼 보였지만 뒤로 몸이 처지자 공허한 눈동자가 무서워 보였다. 종민은 의자째로 킹을 뒤로 당겼다. 이번엔 킹의 상반신이 앞으로 숙여져 푹 고꾸라졌다. 종민은 서둘러 그를 잡으려 했지만 그의 몸은 바닥에 떨어지고 말았다. 등에 박혀 있는 칼이 유독 크게 눈에 들어왔다.

'너무 숨을 크게 쉬고 있어. 진정해!'

종민은 잠깐 호흡을 정돈하며 시체를 내려다보았다. 엉덩이를 살짝 뒤로 빼고 머리만 앞으로 수그리고 있는 모습이 기괴하다 못해 우스꽝스러워 보였다. 여기서 멈출 수는 없었다. 닭목을 비틀었으면 닭 털도 뽑아야지!

어차피 이건 그가 죽인 게 아니었다.

'나도 그 여학생 죽인 적 없어! 그런데 네가 고자질해서 취조를 받고 용의자가 되어서 난 감옥에 간 거야!'

종민은 지금 자기가 자기한테 그런 말을 하고 있다는 걸 알면서도 막을 수가 없었다.

'너 때문에 내 인생은 다 망쳤어. 그래, 난 네가 누군지 알아, 잭. 2학년 7반 32번 신종민! 이제 내 이름을 말해 봐, 잭!'

종민은 의자만 뒤로 잡아당겨 벽에 붙여 놓은 다음 엎어져 있는 킹의 다리를 잡았다. 그리고 당기기 시작했다. 잘하고 있어, 잭. 50억이 멀지 않았다고.

부엌에서 나는 물소리가 그쳤다. 종민은 킹의 다리를 잡은 채로 멈췄다. 하녀들이 이곳으로 나올 것을 기다리며 종민은 부엌문을 쳐다보았다. 문 여는 소리가 났다. 하지만 부엌 안쪽 문이 아니라 부엌 바깥쪽 문이었다. 하녀들이 설거지를 끝내고 별채로 가는 소리인 모양이었다.

문이 닫혔다. 그리고 정적이 있었다. 기다려도 더 이상 다른 소리는 들리지 않았다.

종민은 다시 킹의 발목을 잡고 끌어당겨 왔다. 킹의 옷이 바닥을 스치는 소리가 소름끼치게 들렸다. 그리고 시신을 거실 끝까지 밀어 놓은 다음 그의 몸을 뒤집었다. 킹의 얼굴이 드러났다. 공허한 그 얼굴, 아무리 봐도 아는 얼굴이 아니었다. 죽어서 비틀린 표정을 보니 더더욱 모르는 사람의 얼굴이었다.

종민은 필사적으로 기억을 떠올렸다. 그때 당시, 경찰이 말했던 그 사건의 용의자로 지목했던 그 학생.

'아니야. 그럴 리가 없어.'

종민은 이를 악물고 다른 기억을 떠올렸다. 백 원을 빌려 줬다가 종민을 팼던 녀석. 그 역시 아니었다. 수많은 다른 기억들을 더듬어 보았다. 종민에게 그 정도로 분노할 대상은 오직 그 두 개뿐이었다. 다른 소소한 기억들은 소소하기 때문에 기억나지 않았다. 같이 학교를 다닐 때는 평생 같이할 것 같던 반 친구들의 얼굴은 하나도 떠오르지 않았다.

그 순간 하늘에서 뚝 떨어지기라도 한 것처럼 이름 하나가 종민의 머릿속으로 들어왔다. 2학년 8반……. 박민균.

'그래서 민균이가 마지막까지 안 가고 남아 있는 걸 봤다고?'

'그럼 남학생 반 교실 전체에서 남아 있는 애는 박민균, 그 애 하나뿐인 거구나?'

"아니야."

기억이 나서가 아니라, 기억을 없애고 싶은 마음으로 종민은 말했다. 그리고 킹의 방에서 가져온 이불을 들어 시신을 덮었다.

"넌 그 애가 아니야. 난 너 몰라."

종민은 다시 부엌으로 갔다. 건조대에 세워진 접시에서 물이 뚝뚝 떨어지고 있었다. 종민은 싱크대에서 손을 씻었다. 주방 세제로 손바닥 껍질이 벗겨질 정도로 세게 문질러 거품을 내면서 손을 씻었다. 그리고 손을 닦은 행주는 그대로 쓰레기통에 버렸다. 혹시나 하녀들이 그 행주로 그릇을 닦고 식칼을 닦을 게 걱정되어서였다.

그런 다음 종민은 다시 칼을 찾았다. 커다란 식칼이 네 개나 있었지만 이번에도 과일칼을 들었다. 상대를 죽이기 위해서가 아니라 지키기 위해서라면 이 정도로 충분했다. 종민은 또 행주로 칼날 부분을 꼼꼼하게 감싼 다음 허리춤에 넣어 두었다.

'이상하다?'

종민은 칼을 꽂아 넣은 채로 멀뚱히 부엌에 서 있었다. 커다란 양문형 냉장고에서 나는 윙윙 돌아가는 소리만 정적을 이겨냈다. 계속 이상하다고 생각해 온 어떤 이질감이 그를 쿡쿡 찌르고 있었다. 방금 시체를 만져서는 아니었다. 퀸이 칼을 빼앗아 가서도 아니었다. 그 이질감은 훨씬 더 이전부터였다. 종민은 벽에 손을 짚고 기억을 거슬러 올라갔다.

그것은 조커가 과연 자살을 했을까, 에 대한 의문이었다. 왜 그런 생각이 들었을까? 정황증거 때문만은 아니었다. 종민은 자살한 조커의 시신을 보고 제일 먼저 탐정 소설이나 탐정 만화를 떠올렸다. 누군가 뛰어나와 이건 자살이 아니며 밀실 살인이라고 주장해 줄 천재 탐정이 나오는 바보 같은 상상.

종민은 본인이 그런 추리를 할 수도, 그런 걸 배워 본 적도 없다는 걸 잘 알았다. 그런데도 바로 그 순간 자살이 아니라는 그 증거를 찾고 싶었다. 시체를 보고 싶지도 않았고 만지고 싶지도 않았으니 찾으려 하지 않은 것이었다. 두려움이 더 컸기 때문이었다. 그러나 시체의 발목을 잡아끌고 와 벽에 팽개쳐 두는 작업까지 끝낸 지금은 할 수 있었다.

목을 매고 죽은 사람은 그런 얼굴을 하지 않는다. 어디서 봤는지 기억은 안 나지만 교수형 당하면 혀를 30센티미터 정도 늘어뜨리고 눈알은 빠질 듯이 튀어나와 있으며 얼굴 혈관이 다 터져서 피부가 보랏빛으로 물들며 죽는다고 들었다. 영화나 드라마 같은 미디어로 보여 주기에는 너무 끔찍한 장면이라 그걸 이론적으로 아는 감독도 결코 그런 영상을 만들지 않는다고 할 정도라고 한다. 그게 사실인지, 그것 또한 또 다른 가짜 정보인지 알 도리는 없었다. 컴퓨터도 없는 이곳에서 '목매달아 죽는 사람은 어떻게 죽나요?' 하고 검색해서 검시관 사칭하는 네티즌의 답변을 들어볼 수도 없는 노릇이었다.

직접 확인해 보는 수밖에 없었다. 확인해서 뭘 어쩌자고? 퀸처럼 아무 관심도 두지 않고 가만히 시간이 흘러가게 두기만 하면 게임에서 이기는데 대체 왜 이런 짓을 하겠다는 건가? 확인해서 알아낼 지식도 없었다. 사실 킹의 등에 칼이 꽂혀 있다고 그게 정확한 사인인지도 종민은 구별할 수 없었다. 어쩌면 술에 취해 엎드린 채로 자던 킹이 기도가 막혀 질식해 죽은 것이고 누군가 그걸 살인으로 보이게 바꾼 걸 수도 있는 것 아닌가?

본다고 알 수는 없다. 그리고 조커는 자살한 채로 두는 게

살해하는 운명 카드 225

맞다. 살해당한 거면 그는 규칙을 어긴 것도 아니다. 그래, 어쩌면 지금 조커는 누구보다 확실한 게임의 승자가 된 것인지도 모른다. 종민이 받을 돈은 50억이 아니라 여전히 33억3천3백33만 원이 되는 것이다.

그런데도 종민은 조커의 죽음을 확인해야 했다. 그러지 않고서는 견딜 수가 없었다. 왜 그러는 거야, 알아서 뭐하게? 그냥 두라고! 내버려둬. 뒈진 놈은 뒈진 채로 두란 말이야.

종민은 조커의 방문을 열었다. 방은 약간 어두컴컴했다. 왜 벌써 어둡지? 다리가 아팠다. 거실에서 킹의 시체를 내려다보며 얼마나 오랫동안 서 있었던 걸까? 종민은 얼떨떨했다.

차라리 딱 좋은 조명이었다. 환한 곳에서 시체를 생생하게 마주치는 것보다 나았다. 불을 켜는 건 일단 시체를 바닥에 끌어내린 뒤가 좋을 것 같았다.

종민은 문을 닫지도 않았다. 어차피 퀸이 또 방에서 귀를 기울이고 있다면 지금 그가 이 방에 들어온 것도 다 듣고 있을 것이다. 알게 뭐람! 죽이기만 해 봐. 내 운명은 살해하는 거야. 날 죽이는 걸로는 날 탈락시킬 수 없어. 당신이 받아 갈 돈만 적어지는 거야!

'난 10억이면 충분해!'

조커는 목이 한쪽으로 꺾여 있는 그대로 천장에 매달려 있었다. 처음과 별로 달라지지 않은 것처럼 보였다. 이틀이나 사흘 정도로는 썩지도 않는 건가? 하지만 냄새는 끔찍했다.

종민은 조커의 목을 매고 있는 커튼을 풀었다. 어찌나 매듭

이 잘 묶여 있는지 손톱이 하나 구부러질 정도로 힘을 줘서 당겼는데도 풀리지 않았다. 종민은 칼을 꺼내 커튼을 잘랐다. 잘 안 잘라졌다. 커터 칼이 더 나을 것 같았다. 스무 번 넘게 과도로 칼집을 낸 다음에야 겨우 커튼에 흠집이 났고 거기서 또 스무 번 정도 칼질을 했더니 커튼이 끊어졌다. 조커는 목각 인형처럼 둔탁하게 바닥에 떨어졌다. 방금 충격으로 시체의 뼈가 몇 군데 부러졌을 것 같았다. 여기 처음 들어올 때 작은 흔적 하나도 남기지 않으려고 애쓰던 순간이 떠올라 웃음이 나왔다.

종민은 조커의 팔다리를 잡아당겨 똑바로 눕게 만들었다. 킹보다는 훨씬 자세가 시체다웠다. 그다음 종민은 불을 켰다.

끔찍한 형상이었다. 그러나 그가 알던 지식에 나오는 그런 형상은 아니었다. 얼굴은 보랏빛을 띠고 있었고 비정상적으로 꺾여 있는 목은 원래대로 돌아오지 않아 기이했다. 그러나 타살의 흔적은 찾을 수 없었다. 옷을 다 벗겨 보면 또 모를 일이지만 적어도 겉으로 보기에는 핏자국 하나 없었다.

종민은 발로 밀어서 조커를 엎드리게 했다. 딱딱하고 무거운 나무 판때기를 돌리는 기분이었다. 등이라고 다를 건 없었다. 킹처럼 칼에 찔린 자국 같은 건 없었다. 괜한 짓을 했다는 후회가 들기 시작할 무렵 종민은 목에서 작은 핏자국을 발견했다. 정확히는 목을 조이고 있는 커튼에 묻은 피였다.

종민은 목을 묶고 있는 커튼을 살짝 밀어 올려 보았다. 뒷목에 50원짜리 동전 크기만 한 구멍 뚫린 자국이 있었다. 구멍 주변에 피가 굳어 있었다. 종민은 이런 흔적을 보는 법을 알지 못했다. 그러나 이건 분명 칼 같은 흉기에 찔린 자국이었다.

아무리 검시에 대한 지식이 없어도 이 정도는 알 수 있었다. 조커는 목을 찔린 다음, 즉 죽은 다음 목매달린 것이다.

종민은 잠시 물러서서 시체와 목을 묶은 커튼을 내려다보았다. 아직 납득이 가지 않는 부분이 너무 많았다. 목을 찔렸다면 엄청난 출혈이 있었을 텐데 방에는 핏자국이 없었다.

종민은 침대 위에 이불이 베개를 덮고 있는 것을 발견했다. 물론 아까도 봤지만 그때는 에이스를 찾느라 바빠 대수롭지 않게 넘겼던 부분이었다. 종민은 천천히 이불을 들어 보았다. 베개는 깨끗했다. 이불도 별다른 게 없었다. 종민은 베개를 뒤집어 보았다. 거기에 핏자국이 시커멓게 남아 있었다.

그리 놀라지는 않았다. 예상했던 흔적이었다. 오히려 핏자국이 너무 적다는 것이 이상했다. 종민은 그때 상황을 그려 봤다.

조커가 엎드려 자고 있을 때 누군가 그의 뒷목을 찌른다. 잽싸게 베개나 수건 같은 것을 찌른 자리에 댄다. 그리고 출혈이 멈출 때까지 한 시간이고 두 시간이고 기다린다. 피가 어느 정도 멈춘 다음에는 창문의 커튼을 떼서 목을 묶는다. 그리고 도르래 방식으로 조커를 매단다. 말이 쉽지, 엄청난 인내와 힘과 시간이 소모되는 작업이었을 것이다.

그런다고 피를 이렇게 줄일 수 있었을까? 영화에서는 칼로 찌르면 피가 넘치도록 흘렀는데, 그건 영화적인 효과일까 아니면 정말 그런 걸까? 살인 방법이야 아무렴 어떤가. 종민은 욕실을 살폈다. 피를 씻는다면 욕실밖에 없다. 아까도 그랬던 것처럼 욕실은 깨끗했다. 피 한 방울 보이지 않았다. 어떤 증거도 보이지 않았다. 종민은 다른 방을 살필 때처럼 무의식중에 화장대를 열어 보았다가 수건이 하나도 없다는 걸 발견했다. 조커는 수건을 빨아 달라고 내놓은 적이 없었다. 내놓았다면 집사는 킹의 방처럼 수건을 잘 비치해 두었을 것이다. 그런데 비어 있었다. 누군가 수건은 없고 집사 부리기는 귀찮으니 조커의 방에서 꺼내 간 게 아니라면 수건은 조커가 죽는 날 사용된 것이 분명했다.

종민은 욕실 쪽에서 조커의 시신을 내려다보았다.

자, 타살이 확실해졌다. 이제 어쩐다?

애당초 킹의 시신을 치우고 조커의 타살을 확인한 건 모두 혼란스러운 머리를 정리하기 위해서였다. 정신이 나가 정말로 칼로 누군가를 찌르기 전에 스스로 마음을 다잡기 위해서였다. 그중 가장 큰 의문, 가장 크게 신경 쓰이게 만드는 두 가지 요소를 해결했다. 남은 건 에이스의 존재였다. 그 여자만 찾으면 이제 더 이상 자신을 혼란스럽게 만들 일은 없었다.

'젠장, 차라리 어딘가에서 시체로라도 나타나란 말이다.'

계단을 올라오는 소리가 들렸다. 종민은 불을 끄고 나가서 문을 닫았다. 집사가 올라오고 있었다. 그가 어디에서 나오는지 뻔히 보고 있었음에도 집사는 역시나 아무 말도 하지 않았다.

"식사 준비되었습니다."

"벌써요?"

종민의 말에 집사는 자신의 손목시계를 확인했다.

"늘 드시던 시간입니다."

종민은 대체 얼마나 긴 시간 동안 저 방에 있었는지 감이 오지 않았다. 한 시간? 두 시간? 킹의 시체를 치울 때도 그러더니 점점 시간 개념을 잊어버리게 되었다. 만약 어딘가에 카메라가 있고 자신의 모습이 녹화되어 있었다면 두세 시간 동안 아무것도 하지 않고 시체를 내려다보고 있는 무서운 광경이 찍혀 있을 것이다.

집사는 퀸을 불렀다. 퀸은 역시나 경계하는 얼굴로 방을 나왔다. 느낌뿐인지 모르겠지만 처음 봤을 때보다 머리가 더 단정했다. 항상 헝클어진 머리를 조금 빗은 것에 불과할지 모르지만 유난히 눈에 띄었다. 그러나 피곤해 보이는 얼굴은 그대로였다.

집사는 다시 복도를 되돌아와 종민을 지나쳐 거실로 내려갔다. 퀸도 집사를 따라오다가 종민을 발견하고 천천히 걸음을 늦추더니 계단 앞에서 멈췄다. 계단을 반쯤 내려가 있던 종민을 보고 퀸이 말했다.

"먼저 가."

"먼저 가시죠."

"네가 먼저 가."

"난 화장실 좀 들렀다 가야겠어요."

"1층에도 화장실 있어."

"내 방 화장실이 편해요."

종민이 계단을 올라가려는 순간 퀸은 허리 뒤에서 칼을 꺼냈다. 종민이 가져왔다가 퀸에게 빼앗긴 그 과일칼이었다.

종민은 두 손을 들어 보이며 말했다.

"이러지 마세요."

"너나 이러지 마."

"화장실 간다고 그런 것뿐이잖아요."

"그런 뻔한 거짓말에 속아 달라고?"

"무슨 거짓말요?"

"넌 내 방에 가려는 거야."

"안 가요."

"그럼 올라갈 이유가 없어."

"당신이야말로 뻔한 거짓말 하고 있는 거 아닌가요? 방을 안 보여 주려고 하잖아요."

"수작 부리지 마. 난 지금까지 머리가 나빠서 너무 많은 일을 당해 왔어. 이런 곳까지 와서 당할 수는 없어. 이번만큼은 안 돼. 네가 무슨 수작을 꾸미는지 모르지만 네 뜻대로 되지는 않을 거야."

"수작 같은 거 안 부려요. 방에 에이스를 숨기지 않았다는 것만 보여 주면 돼요."

"대체 너 왜 그러는 거야? 에이스는 무슨 에이스? 대체 나한테 뭘 하려고 이러는 거냐고!"

흥분한 퀸이 칼을 살짝 앞으로 내밀었다. 종민은 한 걸음 뒤로 물러났다.

"아무것도 안 해요."

"그래! 아무것도 하지 마. 아무것도! 에이스가 어디 있냐고? 내가 죽여서 지금 욕조에 담가 뒀어. 조커랑 킹도 내가 죽였어. 조커는 내가 커튼으로 목 졸라 죽였고 킹도 내가 칼로 찔러서 죽였어. 무섭지?"

솔직히 말해 무서웠다. 그래도 퀸은 살인자가 아닐 것 같았다. 만약 정말 살인자라면 무의식중에 조커를 칼로 찔러 죽였다고 말했을 텐데 목을 졸랐다고 말했다. 조금 안심은 되었지만 어쨌든 퀸은 현시점에서 가장 유력한 살인 용의자였다.

"그럼 지금부터 네가 할 일은 단 하나야, 잭. 집사의 눈에 띄는 곳에서 조용히 밥을 먹고 포커를 친 다음 내일 아침 8시까지 네 방에 처박혀서 나오지 마. 그럼 돼. 살인마 퀸으로부터 살아남아 50억을 버는 엄청난 일을 해낼 수 있어. 됐지? 이제 걸어."

퀸은 칼을 획획 내지르며 명령했다. 종민은 뒤로 물러나 1층으로 향했다.

거실에는 마지막 만찬이 준비되어 있었다.

칠면조 통구이 요리였다. 부엌에 오븐이 없었으니 어디 다른 곳에서 구워 온 모양이었다. 몇 시간이고 시체와 다툼을 하다 보니 허기가 졌다. 기름진 칠면조를 보자 식욕이 돌았다.

퀸은 킹의 시체가 거실 옆으로 치워져 있는 모습을 보고 의아해 하며 집사에게 물었다.

"저거 집사가 치운 건가요?"

"아닙니다."

"그럼 누가……?"

퀸은 묻다가 멈췄다. 그리고 슬쩍 종민을 쳐다보더니 입을 다물었다. 종민도 굳이 말을 꺼내지 않았다.

칠면조 요리는 처음이었다. 종종 마트에서 할인할 때 사서 먹어 본 적은 있었지만 이렇게 고급스러운 맛은 처음이었다. 퀸은 이 맛있는 요리를 먹으면서도 쉬지 않고 종민의 눈치를 살폈다. 종민을 한 번 보고 계단을 한 번 보고, 입에 칠면조를 넣은 다음 계단을 봤다가 종민을 살폈다.

"안 갈 테니까 그만 봐요."

종민은 참다못해 말했다. 퀸은 들은 척도 하지 않았다. 대신 숨기고 있던 칼을 식탁 위에 꺼내 놓았다. 이제 말도 꺼내기 힘들었다. 식사가 끝나자마자 퀸은 그야말로 달려서 올라가 버렸다.

뭔지 모르지만 허탈한 기분이 들었다. 흔한 말로 밥을 입으로 먹는지 코로 먹는지도 모를 지경이었다. 종민은 기름기 묻은 손을 닦다가 물었다.

"집사님."

"네."

"만약 당신 앞에서 우리 둘 중 한 명이 다른 한 명을 죽인다면 어떻게 하시겠습니까?"

"곤란한 질문입니다. 저 역시 대답할 수 있는 부분이 한정되어 있으니까요. 제가 드릴 수 있는 답변은 규칙대로 시행한다, 정도겠군요. 일일이 그런 규칙을 꼼꼼하게 적용하려면 여러분은 게임 시작하기 전에 법률 서적부터 공부해야 할 겁니다."

"애매한 답변이네요."

"과격한 질문이기도 합니다."

종민은 잠깐 앉아서 반의반도 먹지 못한 칠면조를 바라보고 있다가 자리에서 일어났다.

"칩을 가져와야겠네요. 마지막 포커 판이 되는 거죠?"

"그렇습니다. 준비되면 말씀하십시오."

종민은 다시 올라가 방으로 향했다.

지금 생각해 보니 우스운 일이었다. 에이스는 몰래 다른 사람의 방으로 숨어들어 가 칩을 훔칠 수도 있었다. 훔치면 안 된다는 규칙은 없었으니까. 그러나 정작 그 생각은 못 한 모양이었다. 종민도 그 순간에는 다른 사람의 방을 들어가면 안 된다고 막연히 생각했다. 칩만이 아니었다. 이 게임에는 너무도 많은 자유가 있었다. 커다란 명제 한두 개만 빼면 다른 뭘 해도 상관없었다. 어쩌면 이 게임에 참가한 다섯 명은 너무들 얌전했던 것인지도 모른다. 다섯 명 중 단 한 명이라도 사이코패스가 있었다면 그는 순식간에 네 명을 죽이고 백억을 챙겼을 것이다.

'그런 작자를 스페이드가 초대했을 리가 없겠군.'

조커의 방 앞에서 종민은 또 한 번 걸음을 멈췄다. 조커는 자살이 아니라 타살이었으니 결국 그는 운명 카드의 룰은 지킨 셈이다. 33억을 받는 또 한 명의 승자. 만약 그가 계좌 이체로 돈을 받겠다고 선언했다면 그 계좌로 돈이 들어가는 걸까? 죽었는데도 돈을 받을 수 있는 상황인가? 이건 정말 탈락이 아닌 승자인가?

종민은 문득 집사가 확실하게 조커가 탈락이라고 말했음이 떠올랐다. 현재까지 탈락자 두 명, 에이스와 조커. 그 말을 들었을 때 종민은 당연히 둘 모두 운명에 거스르지 못했기 때문에 탈락이라고 단정 지었다.

'……원칙대로라면 제가 탈락자를 선언하는 시점은 이 포커 판이 끝날 때입니다.'

집사는 분명 그렇게 말했다. 왜 꼭 그래야 할까 생각해 본 적은 없었다. 그냥 하루를 마감하는 시점이라서 그렇다고 생각했을 뿐이었다. 그러나 아니었다. 집사는 결코 조커가 운명에 거스르지 못해서, 또는 죽어서 탈락이라고 말한 적이 없었다.

포커.

매일 한 시간씩 해야 하는 포커. 다리가 부러져 못 움직이는 게 아닌 한 식사 시간은 꼭 지키라고 했다. 거꾸로 말해 다리가 부러지면 그 자리에서 식사는 하지 않아도 된다. 그러나 스페이드는 분명히 어떤 상황에서도 포커는 반드시 해야 한다고 말했다. 다리가 부러지면 집사가 데려다 준다는 말까지 하면서.

종민도 지금 이 마지막 포커 판을 빠질 방법이 있다면 빠지고 싶었다. 퀸과 일대일로 한 시간 동안 대면해야 하다니! 지금 에이스가 돌아와 일대일로 포커를 치자고 제안하면 종민은 차라리 에이스와 하고 싶었다. 계속 그 여자가, 너 때문이야, 라고 협박하는 말을 들으면서 하는 포커가 나을 것 같았다. 그런데도 종민은 해야 했다. 규칙을 지켜야 하니까.

조커는 포커 판을 모두 빠지고 있었다. 죽었으니 당연했으나 죽었기 때문에 규칙 위반을 하고 있는 것이다. 결국 집사가 조커도 탈락이라고 말한 건 운명 카드 때문이 아니라 그날 포커 판에 참가하지 않았기 때문인 것이다. 칩을 다 잃는다 해도 자리에 앉아 있어야만 하는 것이 룰이니까.

잘못 생각하고 있었다. 종민은 자신이 언제 죽어도 운명 게임에서 승자가 되는 거라고 착각하고 있었다. 하지만 여기서 죽으면 마지막 포커 판을 참가할 수 없다. 그럼 규칙 위반으로 탈락이 된다.

종민은 갑자기 걸음을 빨리해 자신의 방으로 향했다. 그러나 또 한 번 종민은 걸음을 멈춰야 했다. 퀸의 방문이 열렸다. 어두운 복도에서 퀸의 머리가 밖으로 나왔다. 복도에 불을 켜지 않으니 역시나 잘린 머리가 둥둥 떠 있는 착각이 들었다. 또 한 번 느낌뿐인지 모르겠지만, 머리카락만이 아니라 얼굴도 단정해진 것 같았다. 화장기 없어 아파 보이는 얼굴에서 붉은 입술이 도드라져 보이는 말끔한 얼굴로 변한 것이다. 드디어 내가 미쳤구나. 종민은 퀸이 예뻐 보였다.

그녀는 종민을 힘껏 노려보더니 물었다.

"너, 조커 방에서 뭐 했어?"

"내가 뭘요?"

"밥 먹기 전에 저 방 들어가 봤지? 시체가 바닥에 떨어져 있었어."

"그건 즉 퀸도 들어가 봤단 소리네요?"

종민은 지지 않고 말했다.

"네가 들어간 소리를 들었으니까. 여기 있으면 모든 소리가 다 들려."

"모든 소리는 아닐 테지요. 조커가 저 방에서 살해당할 때 어느 누구도 그 소리를 듣지 못했으니까요."

"그래. 난 소리 없이 저 방에 들어가서 조커를 죽여 매달았고 넌 소리 없이 저 방에 들어가서 조커를 도로 끌어내려서 뒤집어 놓았지."

"비아냥거리지 마요. 이런 말다툼은 아무 쓸모없으니 그만하죠."

"너나 그만해. 왜 자꾸 시체들을 살펴보고 시체들을 치워 놓는 거야?"

"왜 죽었는지 알아내야 했으니까요."

"그래서 알아냈어?"

"그래요. 당신이 죽였다는 증거를 백만 개쯤 발견했죠."

"그거 잘됐네. 얼른 나가서 경찰이나 불러오지 그래? 난 여기 얌전히 앉아서 구속영장이나 기다릴 테니까."

"아아, 안 그래도 불렀어요. 지금 희대의 살인마를 잡으려고

2개 사단 정도 군대가 몰려오고 있다고 하더군요. 전경들이 너무 무서워서 대포로 일단 여기부터 날려 버린다고 하던데요? 그 소리 잘 들리는 방에 처박혀서 잘 듣고 계세요. 어디서 탱크 굴러 오는 소리 들리면 창문으로 뛰어내려야 할 테니까."

종민의 말이 채 끝나기도 전에 퀸은 방에 들어가 버렸다. 억지로 세게 닫은 티가 역력했다. 유치한 말싸움에서는 이겨 봐야 분이 풀리는 게 아니라 더 화가 나기 마련이었다. 차라리 다행이었다. 공포보다는 분노가 더 견디기 쉬운 감정이었다.

약간 후련하기도 했다. 칩을 가지고 내려와 테이블에 앉을 때도 평소와 같았다. 호흡은 차분했고 마음도 가라앉아 있었다. 칩을 테이블에 내려놓는 손길만 떨리지 않았다면 평상심을 유지하고 있다는 연기를 해낼 수 있었겠지만, 잘 되지 않았다. 종민은 두 손을 다리 사이에 끼우고 손을 따뜻하게 데웠다.

"벽난로를 더 세게 할 수 있을까요?"

종민이 물었다. 집사는 할로겐 히터 방식의 벽난로를 바라보며 말했다.

"이게 최대치입니다."

"다른 히터는 없나요?"

"이 집에는 저게 유일한 난방 기구입니다. 추우십니까? 무릎 덮개라도?"

"아니요. 그냥 좀……. 뭐, 됐습니다."

종민은 벽난로 앞에 서서 손을 데웠다. 좀 나아졌다. 이제 긴장하지 않은 척 연기를 할 수 있는 정도는 되었다.

퀸이 내려와 자기 자리에 앉았다. 화장을 한 얼굴이었다는 건 착각이 아니었다. 아무렇게나 묶고 있거나 헝클어진 머리카락이 아니라 잘 빗어 어깨 뒤로 넘겼고, 옅은 화장기가 주황빛 조명을 받아 선이 가는 미녀로 둔갑시켜 주었다. 옷차림은 평소와 같았지만 어쨌든 단정했다. 정장이라도 입으면 상당한 미모를 보였을 것 같았다. 그렇기에 오히려 종민은 긴장했다. 뭔가 저지를 것 같은 비장함이 보였다.

다른 건 평소와 같았다. 평소처럼 소심하고 겁을 먹은 얼굴에, 눈은 상대와 마주치지 않으려고 애썼다. 그녀는 겁먹은 모습으로 상대를 기죽이고 있었다. 저게 연기라면 죽은 조커나 킹보다 더 대담했고 욕설을 퍼붓는 에이스보다 무서운 것이었다. 저게 연기가 아니라면 종민이 보여야 할 자세는 바로 저런 식이었다. 솔직하게 겁을 내자. 난 이 여자가 두렵고 게임의 진행이 두렵다, 그러니 그걸 차라리 드러내면 더 마음이 편할 거야.

종민은 의자를 세게 끌어당겨 세게 앉았다. 그리고 칩을 담은 상자를 테이블 바닥에 탁탁 부딪치며 헛기침을 했다. 허세로 퀸이 어깨를 살짝 움츠리는 모습만 보아도 쾌감이 전해졌다. 그리고 마음은 더 무거워졌고 더욱 겁이 났다. 그럴수록 종민은 더욱 허세를 부렸고 연기를 하게 되었다. 솔직하자는 다짐은 수증기처럼 사라졌다.

포커가 시작되었다. 킹의 시체를 치워 둔 건 아무런 도움도 되지 않았다. 아니, 더 최악이었다. 벽난로의 불빛 때문에 시체를 덮어 둔 이불이 자꾸 움직이는 착각이 일었다. 킹의 다리 쪽이 이불 바깥으로 드러난 게 더 문제였다. 다리가 자꾸 움직이는 것 같았다. 킹의 이마와 머리카락도 보였다 안 보였다 했다. 머리라도 좀 더 덮어 두는 게 나았을 텐데…….

'아니야. 난 머리 위를 완전히 덮었어. 누군가 저걸 벗겨 낸 거야!'

한심한 노릇이었다. 그렇게 오랫동안 시체를 관찰하고 조심조심한다고 해 놓고선 그때 그 순간 머리를 제대로 덮었는지, 반만 덮었는지, 안 덮었는지 전혀 기억이 나지 않았다. 기억이 통째로 날아간 것 같았다. 학교 시험문제에서 3번인지 4번인지 헷갈려서 고민에 고민을 거듭하다가 뜬금없이 2번을 찍는 실수를 저지르는 꼴이었다. 2번을 마킹하면서 생각한다. 아아, 이런 쉬운 걸 두고 3번과 4번 중 하나라고 헷갈리다니! 출제자의 의도를 생각하면 당연히 2번이 답이잖아! 그러나 답은 처음 생각했던 3, 4번 중 하나였고 시험이 끝난 다음에야 2번을 왜 찍었는지 도무지 이해가 가지 않는, 그런 순간이었다.

내가 왜 시체를 치웠을까? 뭐하러 조커의 자살이 타살인 걸 확인하러 갔을까? 그걸 확인하러 가는 순간은 이보다 더 현명한 판단은 없을 거라고 생각했지만 시간이 지나니 후회스러웠다.

킹의 시체에는 확실하게 이불을 덮어 두었다. 그런데 머리와 다리가 드러나 있었다. 내가 그랬나 다른 사람이 그랬나 혼란스러웠다. 또 손이 떨렸다.

"두 장 받았어."

퀸이 말했다. 종민은 카드를 나누던 손을 멈췄다.

"네?"

"두 장 받았다고."

퀸이 다시 한 번 말했다. 종민은 바닥 패를 확인했다. 자신은 여섯 장이고 퀸은 네 장이었다. 베팅도 하지 않고 카드를 나누고 있는 것도 모자라 카드까지 더 받아 가고 있는 것이었다.

종민은 손을 멈추고 잠깐 판돈을 확인했다. 둘이 하는 판이라고 하기에는 너무 큰 금액이 걸려 있었다. 5백만 원가량 되었다. 포커는 여러 사람이 베팅을 해야만 판이 커지는 특성상 둘이 할 때는 판돈이 올라가지 않는 경우가 많았다. 어느 한쪽이 의도적으로 판을 키우려고 마음을 먹어도 다른 한쪽이 받아 주지 않으면 싱거운 판이 된다. 그래서 서로 풀하우스를 들고도 콜만 외치다 끝나는 경우도 많았고 원페어로 풀베팅을 하는 경우도 많았다. 그런데 지금은 둘이서 만 원짜리 판을 하던 중에 5백만 원까지 올라가 버린 것이었다. 그것도 다섯 장도 채 돌리기 전에.

종민은 자신의 칩을 확인했다. 1억 정도 있었다. 종민은 퀸이 올인 되기를 원하지 않았다. 만약 퀸이 빠른 시간 안에 게임을 끝내 버린다면 남은 시간 동안 아무것도 하지 않고 서로를 노려보는 사태가 벌어질 것이다.

"제 실수니까 이 판은 제가 진 걸로 하겠습니다."

종민은 딜러를 포기하고 쥐고 있던 카드와 함께 자기 카드도 모두 퀸에게 물려주었다. 판돈도 포기했다. 하지만 퀸은 바닥에 깔린 칩들을 긁어 가지 않고 말했다.

"이건 내 실수이기도 해. 나도 딴생각을 하고 있느라 딜러가 카드를 돌리는 걸 막지 못했어."

퀸은 자기 패를 다른 카드와 섞어 빠르게 셔플하더니 두 장씩 나누었다. 종민은 퀸의 말과 행동이 너무 빨라서 반박하지 못했다.

"이 돈은 그대로 판돈으로 두고 베팅하기로 하지."

종민은 엉겁결에 퀸의 제안을 수락해 버렸다.

"체크."

종민은 상황을 진정시키기 위해 베팅을 하지 않았지만 퀸은 했다.

"백만."

"콜."

공교롭게도 종민은 시작하자마자 K 두 장이 들어왔고 그다음 카드로도 K가 들어왔다. K 트리플. 퀸에게도 기회가 왔다. 보이는 카드 두 장이 3 클로버 5 클로버였는데 네 번째 장은 6 클로버였다. 플러시도 스트레이트도 가능했다. 종민의 다음 카드는 빌어먹을 스페이드 A. 또 이 카드네. 하지만 지금은 상관없었다. 이겨도 그만, 져도 그만인 카드 게임.

종민은 차분하게 카드를 내려다보았다. 다음 카드에서는 풀하우스도 가능했지만 둘이서 하는 파이브 포커에서 그런 확률은 거의 없었다.

종민은 퀸에게 잃어 주기 좋은 기회라고 생각하며 돈을

걸었다.

"백만."

"백만 받고 2백만."

퀸에게도 좋은 기회지만 그녀는 다섯 번째 카드를 위해 올인을 하는 스타일은 분명 아니었다. 그녀는 항상 신중했고 조금이라도 위험한 상황이면 판을 키우지 않았다. 설사 자기가 이길 확률이 아주 높아도 판돈이 너무 올라간 판에는 끼지 않았다. 지금도 판을 키울 이유는 없었다. 그런데 갑자기 퀸이 엄청난 기세로 베팅을 하기 시작했다.

네 장이 거의 완성된 게 틀림없었다. 이게 제대로 된 포커라면 종민은 얼마든지 따라갔을 것이다. 길지 않은 포커 경험이었지만 히든카드에 승부를 거는 사람의 돈을 따기가 제일 쉬웠다. 더구나 그게 다섯 장 포커라면 더더욱.

그러나 이건 그냥 포커가 아니었다. 무슨 이유에선지 퀸은 지금 돈을 잃으려 하고 있었다.

'죽어야 해. 죽어서 퀸에게 판돈을 몰아줘야 해. 저 여자의 의도대로 끌려가선 안 돼.'

종민은 칩도 많은 데다 내일 받을 상금을 생각하면 고작 천만 원의 돈은 깃털처럼 가벼웠다. 이상한 의심도 받지 않을 것이다. 드러나 있는 패가 K 원페어에 불과하니 퀸의 플러시나 스트레이트가 무서워서 죽었다고 말하면 그만이었다. 만약 종민이 딜러였다면 그런 핑계로 죽었을 것이다. 그러나 딜러는 퀸이었다. 보통 상황이라면 딜러는 죽은 사람의 카드를 보지 않고 섞는 게 예의였지만 지금은 예의를 지키지 않고 볼 수도 있었다. 그리고 따질 것이다. 트리플에서 죽었다고? 너 또 무슨 수작이야?

종민은 생각을 바꿨다. 히든카드를 받자. 그리고 트리플로 끝나면, 필시 그렇게 되겠지만, 소심하게 체크를 한다. 지금 잃고자 마음먹은 퀸은 올인을 할 것이다. 그때 죽으면 된다.

트리플로 왜 죽었어?

당신이 플러시 같아서요!

포커 판에서 액면 플러시를 보고 무서워할 거라면 포커를 치지 말라는 말까지 있었다. 그러나 실전에서 액면 플러시를 보면, 그것도 큰돈이 걸려 있을 때는 굉장히 무서운 패였다. 얼마든지 죽을 수 있는 공포의 패다.

훌륭한 변명이었다. 그럼 상대는 판돈이 많아지고 밤새 포커를 쳐도 올인을 당하지 않을 금액이 될 것이다.

종민은 마지막 카드를 받았다. 맙소사. 그리고 속으로 비명을 토해 냈다.

K가 들어왔다. K 포카드!

망할, 나오라고 빌 때는 그렇게 안 나오던 게 왜 지금 나와?

이제 죽으려야 죽을 수가 없게 되었다. 세상 어떤 미친놈이 포카드를 들고 죽는단 말인가? 역시나 종민이 딜러였다면 죽었을 것이다. 그리고 잽싸게 섞어 버리면 그만이다. 그러나 딜러는 퀸이었다. 처음부터 저러려고 딜러를 잡았나 싶을 정도로 그녀가 딜러라는 게 무거운 짐이 되었다.

속임수일지도 모른다. 알고 보면 포커의 고수라거나…….

"체크."

종민이 말했다. 퀸은 종민을 힐끔 올려다보더니 예상대로 올인을 했다. 종민이 기억하는 한 지난 6일 동안 처음으로 퀸은 당당하게 어깨를 펴고 눈을 아래로 내리깔고 있었으며 목소리에는 자신감이 묻어났다. 도도하게 유혹하는 모습 같기도 했고 지질한 남자를 짓밟는 악녀의 모습 같기도 했다.

"이 돈 전부에……."

퀸은 눈을 가린 긴 머리카락을 귀 뒤로 넘기더니 그 손으로 턱을 괴었다.

"내가 받을 상금 50억 전부."

종민은 하마터면 자리에서 벌떡 일어날 뻔했다. 포커를 하면서 겨우 가라앉혔던 마음이 순식간에 무너져 버렸다. 돈을 잃을 운명의 에이스가 등 뒤에서 속삭인다. 걸어, 병신아! 좋은 기회야. 살해당할 운명의 킹이 일어나 말한다. 퀸, 저년이 날 죽였어. 복수해 줘. 자살할 운명의 조커가 말한다. 걸어. 운명의 한판이야!

종민은 오줌 참는 사람처럼 목을 까닥여 보인 다음 말했다.

"포커의 기본은 테이블 머니로만 거는 거예요. 아직 있지도 않은 돈으로 베팅하는 법은 없어요."

"기본? 언제 테이블 머니로만 치자고 한 적 있었나? 집사, 그런 규칙 있었나요?"

집사도 고개를 갸웃거리더니 말했다.

"지금 포커의 규칙 정도는 두 분이 합의하셔도 될 것 같습니다."

"거봐. 이런 걸 하우스룰이라고 하지. 너만 수락하면 돼. 에이스는 뭐가 멍청했는지 알아? 그 작자가 운명 게임에서 탈락되지 않으려면 누구한테든 칩을 빌렸으면 됐어. 여기에서 잃어달라고 징징댈 게 아니라!"

퀸은 눈을 치켜뜨고 말을 하다가 고개를 저었다. 이제 보니 살짝 눈 화장도 하고 있었다.

"아아, 아니지. 빌려 달라고 했지. 너한테. 하지만 넌 안 빌려 줬지. 너 에이스의 운명 카드가 뭔지 알았어? 몰랐겠지. 몰랐는데도 안 빌려 줬지. 에이스가 괴롭힌다고 질질 짤 게 아니라 그냥 빌려 줬으면 해결되는 거 아니었어? 쪼잔한 새끼. 너 학교 다닐 때 친구들한테 백 원도 안 빌려 줬던 놈이지?"

종민은 눈을 부라렸다.

"방금 뭐랬어?"

"이 운명 게임의 비밀을 알려 주지. 다섯 명 모두에게 각자의 사신이 있는 거야. 에이스에게 있어 죽음의 신은 너였던 거지. 어쩌면 킹과 조커의 죽음의 신도 너일지도 모르고."

"방금 뭐랬냐고?"

"걱정 마. 너의 사신은 내가 될 거야. 걸어, 이 쪼잔한 새끼야! 50억 걸라고!"

"방금 뭐랬냐고!"

종민은 테이블을 쾅 내리치며 자리에서 일어났다. 퀸은 비웃으며 올려다보았다.

"다 들었으면서 뭘 물어? 걸 건지, 말 건지 그것만 말해."

"못 걸어."

"죽은 거지? 그럼 이 판은 내가 이긴 거야."

"못 죽어. 테이블 머니로만 하는 건 포커의 기본이야. 동네 섯다 판에서도 장롱 속에 있는 땅문서는 못 걸어. 꺼내 와야 걸 수 있는 거지. 그리고 50억을 걸어서 내가 따면 당신 정말 50억을 줄 거야?"

"네가 준다고 약속하면 나도 줄 수 있지."

"그런 돈을 놓고는 어느 누구도 약속할 수 없어."

"집사를 공증으로 세우면 될 거 아니야?"

"안 돼."

종민은 집사를 돌아보며 물었다.

"혹시 집사님이 공증을 설 수 있나요?"

"못 합니다. 전 포커에는 일절 관여할 수 없습니다."

집사가 대꾸했다.

"봤지? 테이블 머니로만 해. 하우스룰이라고? 내가 제안하는 하우스룰은 테이블 머니로만 한다, 야."

퀸은 한참 동안 종민을 노려보았다. 거의 5분을 노려보는 기분이었다. 실제로 5분 동안 노려본 것인지도 몰랐다. 퀸이 신경질적으로 자기 칩을 밀었다.

"올인이다. 됐지?"

퀸이 말했다.

종민은 정확히 얼마인지 모르는 퀸의 칩에 대충 맞춘 칩을 내밀었다. 퀸도 정확한 액수는 그다지 신경 쓰지 않았다.

"콜."

"펴 봐."

종민은 포카드를 열었다. 퀸은 기묘한 미소로 한참이나 포카드를 내려다보더니 웃음을 터트렸다.

"포카드? 포카드라고?"

퀸은 깔깔대고 웃더니 이마를 짚고 고개를 숙였다. 머리카락이 자연스럽게 그녀의 얼굴과 손을 덮었다. 어깨가 흔들리는데 웃고 있는 건지 우는 건지 알 수가 없었다. 어딘지 모르게 소름끼치는 모습이었다.

"그래, 그런 거였어. 그렇게 될 예정이었던 거야."

종민은 순간 퀸이 운명에 대해 뭔가를 말한 거라 생각했고 슬쩍 집사를 보았다. 정확히 운명 카드의 운명을 말한 건 분명 아니었다. 이 게임에서 탈락이라는 건 야구에서 심판의 스트라이크존처럼 애매한 판정이 나올 리 없었다. 운명 카드의 문구처럼 명확해야 한다.

종민이 퀸의 정체 모를 웃음을 파악하려 애쓰며 말했다.

"웃기지 마. 방금 넌 거짓말을 했어. 내가 설사 50억을 걸었더라도 네가 내일 아침에 50억을 줬겠어?"

"왜, 내가 못 이겼을까 봐?"

종민은 순간 움찔했다. 퀸은 자기 패를 보였다.

그냥 클로버 플러시였다.

"그래, 못 이겼어. 잭, 넌 방금 50억을 날린 거야."

게임이 끝났다. 퀸은 분해서인지 아니면 통쾌해서인지 카드를 확 밀어 버리고, 의자 위로 다리를 끌어당겨 쭈그리고 앉았다.

종민은 쌓여 있는 판돈과 두 사람의 카드를 내려다보았다. 퀸이 말했다.

"포카드로 베팅을 안 받아? 너 또 무슨 수작을 부리려고 했던 거야?"

종민은 그녀를 노려보며 말했다.

"너야말로 무슨 짓을 하려고 했던 거야? 고작 플러시로 50억을 걸어?"

"난 이길 자신 있었어."

"포커의 기본만 알아도 내가 이길 판이었어. 세상 어떤 미친 놈이 플러시로 50억을 걸어?"

"기본? 방금 기본이라고 말했어? 넌 기본 알아서 포커 판 다 쓸고 다녔어? 네가 타짜라도 돼? 하긴 에이스도 그런 식으로 올인 시켰지."

"내가 속임수라도 쓴 것처럼 말하지 마."

"칩이나 챙겨 가."

다 모으니 대충 1억4천 정도 되는 돈이었다. 다른 곳에서 이런 돈을 땄다면 숨도 못 쉬고 좋아 죽을 금액이지만 지금은 아니었다.

'일부러 잃은 거야. 일부러.'

집중해서 보지 않았으니 퀸이 속임수를 썼더라도 보지 못했을 것이다. 하지만 상대에게 포카드를 주고 자기가 플러시를 갖는 속임수라는 게 뭔지 종민은 상상도 할 수 없었다. 또 속임수로 그런 걸 할 수 있는 사람이라 해도 왜 상대에게 포카드를 준 다음 굳이 또 50억을 건단 말인가. 이해가 안 되는 일이었다. 그냥 우연이었다고 생각해 버리면 간단했지만 종민은 지금 벌어지는 모든 일이 우연이라고 생각되지 않았다.

에이스 때도 그랬다. 그때도 카드를 돌린 건 에이스였는데 딴 건 종민이었다. 만약 계산대로 종민이 올인을 당해 버렸다면 모든 것이 달라졌을 것이다. 에이스는 돈을 잃지 않았으니 아직도 운명 게임에 참가하고 있을 것이고 어쩌면 자살도, 살인도 벌어지지 않았을 것이다. 다섯 명 전부가 조용히 카드 게임이나 하고 있을 것이다. 다들 내일 받을 20억을 어디 쓸까 꿈꾸며 화기애애하게 건배하며 와인이나 마셨을지도 몰랐.

게임 시간은 30분이 남아 있었다. 가장 피하고 싶었던 시간이 왔다. 퀸의 숨소리가 커졌다. 종민은 그 소리가 듣기 싫어 말했다.

"처음 에이스가 올인 당한 게 너무 이상하지 않아요?"

퀸을 조금이라도 진정시키고 싶어 말투도 고분고분하게, 그리고 다시 존댓말을 붙여 가며 말했다.

"뭐가?"

"에이스, 꼭 일부러 올인 당한 것 같았어요. 지금의 퀸처럼요."

종민은 할 필요 없는 뒷말을 덧붙였다. 퀸은 피식 웃었다.

"그래서? 그게 에이스한테 무슨 이득이 되는 거지?"

"아무 이득도 되지 않겠죠. 대신 우리를 혼란에 빠뜨리고 이 쉽디쉬운 게임에서 탈락될지도 모른다는 공포에 빠지게 했지요."

종민은 두 손을 앞에 모으고 깍지를 꼈다.

"어쩌면 에이스는 스페이드와 한패인지도 몰라요."

물론 당신이 에이스를 숨겨 둔 게 아니라면 말이지, 라는 말을 덧붙이려다가 이번에는 참았다.

"에이스는 처음부터 게임 참가자가 아니었던 거예요. 우릴 혼란 속에 빠뜨리기 위해 스페이드가 던져 놓은 미끼였던 거죠. 그래서 자유자재로 이 집을 나갔다 들어올 수 있고 이 집을 나가면 다시는 들어올 수 없다는 규칙에 따르는 척하면서 지금도 창밖 어딘가에 숨어서 우리를 노리고 있는 겁니다."

"정말 똑똑하군. 그럼 그 똑똑한 머리로 내일까지 안전하게 있을 방법 좀 생각해 내 봐. 모르겠지? 네 똑똑한 머리로도 모르겠지? 내가 가르쳐 줄게. 그 빌어먹을 에이스 타령은 그만하고 게임 끝나면 네 방에 올라가. 그리고 내일 아침까지 나오지 마. 이 집에 무슨 일이 벌어지든 방문만 잘 잠그고 있으면 아무 일도 벌어지지 않을 테니까 제발 그렇게 해. 알겠어?"

퀸은 칼을 들고 손가락 대신 휙휙 저으며 말을 이었다.

"이 칼 잘 봐. 내가 여자라서 얕잡아 보여? 까불지 마. 난 언제든 널 죽일 수 있어. 그러니 제발 좀 닥쳐. 나한테 죽고 싶지 않으면 아무 말도 하지 말고 제발 좀 아무것도 하지 말란 말이야! 나한테 죽고 싶어? 날 죽이고 싶어? 아니라며? 아니라고 몇 번이나 말했잖아! 그럼 그만 좀 해."

퀸의 목소리도 떨렸다. 그녀는 울먹이고 있었다. 종민은 그녀가 말하는 동안 허리춤에 숨겨 두었던 칼을 몇 번이나 꺼내고 싶었지만 참았다. 그리고 참길 잘했다. 퀸도 칼을 내려놓았다. 그냥 그렇게 끝이 났다.

종민도 방금 꺼낸 에이스와 스페이드 한패설은 헛소리라는 걸 알고 있었다. 만약 그렇다면 에이스의 여러 가지 행동들이 전혀 앞뒤가 맞지 않았다. 특히 종민의 셔츠 주머니에서 운명카드를 꺼낸 것은 그야말로 엉뚱한 짓이었다. 너무 엉뚱한 짓이라 이 게임을 준비한 사람조차 놀랐을 것이다. 그건 결코 계획된 행동이 아니었다. 심지어 에이스 본인조차 돌발적이었을 것이다.

퀸은 숨을 크게 들이마셨다 내뱉기만 반복했다. 시간은 끈적한 풀처럼 흘러가지 않았다. 종민은 인내했다. 마치 이 일과 아무 상관없는 듯 벽에 서 있는 집사의 심정으로 그는 인내했다. 지난 일주일 동안 누구보다 인내했을 사람은 집사였다. 심지어 그는 게임 내내, 식사 내내 서 있었다. 그의 인내심을 생각하면 이 정도는 아무것도 아니었다. 버틸 수 있다.

퀸의 시선을 피하니 대신 치워 둔 킹의 시체에 눈이 갔다. 좀 더 잘 덮어 둘걸. 지금이라도 가서 덮어 두면 안 되나? 포커 게임 중에 단 한 번이라도 일어나면 안 되는 규칙은 없었다. 게임 중에 화장실 다녀오는 것도 허용됐으니 지금 잠깐 가서 이불을 덮고 오는 것도 좋겠다 싶었다. 시간은 아직도 20분이나 남아 있었다. 여전히 그 영겁의 시간 동안 시체의 머리카락을 보고 있는 것보다는 잠깐 일어나 덮고 오는 게 나을 것이다.

"집사님, 잠깐 일어나도 됩니까?"

"게임 중에는 일어나실 수 없습니다."

"화장실 정도는 갈 수 있지요?"

"그야 물론입니다."

집사가 친절히 말했다. 종민은 테이블을 잡고 일어나려고 했다. 그 순간 퀸이 칼을 들었다.

"안 돼. 일어나지 마."

"왜요?"

종민은 겁먹지 않고 말했다.

"내가 엉뚱한 수작 부리지 말랬지?"

"화장실 가는 것도 엉뚱한 수작인가요?"

"잠깐 참아. 이제 20분도 안 남았으니까."

"싸겠어요."

"그럼 싸. 오줌 좀 싼다고 탈락하지 않잖아."

"큰 거면?"

"오늘 밤중에 할 일 많아 좋겠네. 어차피 마지막 날이라 잠도 잘 안 올 텐데……. 나도 벌써 밤새 할 일을 생각하느라 바빠."

"화장실도 목숨 걸고 가야겠군요."

"지금 하는 모든 행동에 목숨을 걸어야 할걸. 제대 하루 앞둔 병장은 떨어지는 낙엽도 피한다면서?"

"왜 못 일어나게 하는 건데요?"

"넌 지금 내 방을 가고 싶어 하니까."

"안 가요."

"그럼 뭘 하려고?"

"화장실 간다고 했잖아요."

"거짓말하지 마."

"좋아요. 사실대로 말할게요. 저 킹의 시신이 좀 안 보이게 이불을 덮어 두려고 그래요."

"너 왜 자꾸 시체에 신경을 쓰는 거야?"

"눈에 자꾸 밟혀서 그래요. 퀸이야말로 왜 내가 방에 들어가는 걸 무서워하는 거죠? 숨길 게 없다면 보여 줘도 되는 거잖아요."

"안 돼. 넌 뭔가 하려고 하고 있어. 그걸 하게 두면……, 안 돼. 그럴 수 없어. 분명 넌 내가 생각하는 뭔가를 할 거야."

"몇 번이나 말해야 알아요? 아무것도 안 해요. 그냥 잠깐 보려는 거예요."

"아직도 내가 에이스를 숨겨 뒀다고 생각하는 거야?"

"아니요. 하지만 확인 좀 하게 해 주면 안 돼요? 그럼 난 정말 마음 편히 있을 수 있을 것 같아요."

"목매단 시체를 끌어내리고 시체에 이불을 덮어 놓는 놈을 내 방에 들인다고? 어림도 없어. 안 돼."

도저히 설득이 되지 않았다. 종민은 답답했지만 설득할 수 없는 자신의 말솜씨에도 답답했다. 다시 기나긴 시간이 흘렀다. 어쨌든 시간이란 흐르는 법이었다. 게임 종료 시간이 됐고 집사는 선언했다.

"마지막 포커 시간이 끝났습니다."

종민은 초조하게 집사의 뒷말을 기다렸다. 집사는 평소와 똑같은 톤과 똑같은 속도로 말했지만 종민을 초조하게 만들려고 일부러 늦게 말하는 것처럼 들렸다.

"현재까지 탈락자는 에이스와 조커, 킹, 세 명입니다."

종민은 그 이름에 잭이 없다는 것에 안도했다. 그러나 퀸은 전혀 개의치 않았다. 그리고 평소처럼 벌떡 일어나 계단으로 달려가지도 않았다. 집사는 정해진 뒷말을 이어 갔다.

"그리고 내일 아침 8시 정각에 운명 게임이 끝납니다. 더 필요한 것 없으십니까?"

집사는 형식적으로 대답을 조금 기다려 주었다.

"그럼 좋은 밤 되십시오."

그리고 집사는 두 명이 있는 것에 개의치 않고 거실 조명을 차례로 껐다. 벽난로로 쓰는 할로겐램프만 남겨 놓더니 그는 언제나 그랬듯이 오늘도 부엌에 있는 문을 통해 퇴근했다. 밤 동안 이 집에는 집사도, 하녀도 없었다. 종민과 퀸, 단둘뿐이었다. 에이스만 없다면 그랬다.

집사가 떠났는데도 퀸은 달려 올라가지 않았다. 대신 칼을 들었다. 칼끝이 종민의 코끝을 향하고 있었다. 종민은 허리 뒤로 손을 가져갔지만 칼을 꺼내지 않고 참았다.
"경고했어."
퀸은 뒷걸음질로 계단을 향했다.
"아무것도 하지 마."
종민은 그냥 앉아 있었다. 그렇게 퀸은 2층으로 올라갔다. 복도를 달리는 소리가 들렸다. 문 열리는 소리. 닫히는 소리. 그리고 정적.
거실에는 시계 돌아가는 소리만 들렸다.
11시 3분. 채각채각.

8

종민은 12시가 될 때까지 테이블에 앉아 있었다. 피곤했지만 전혀 졸리지 않았다. 사방이 정적에 싸여 있었고 시계 소리 외에는 아무 소리도 들리지 않았다. 산속인데 자연의 소리 같은 게 전혀 들리지 않았다. 그러고 보니 이곳에 온 뒤로 그런 소리를 거의 들어 본 적이 없었다. 2층 자신의 방 창문은 외부의 소리가 조금 들리긴 했지만 1층에서는 방음이 거의 완벽했다.

종민은 그런 방음이 왜 필요한지조차 의심스러웠다. 이런 곳에 멋진 저택을 짓고 살기로 결정했다면 당연히 자연의 소리와 풍경을 즐겨야지! 자신이었다면 2층 방 한 곳은 천장을 유리로 만들 것이다. 그리고 항상 별을 보며 잠드는 거야. 50억이 생기면 그럴 수 있겠어.

50억이면 뭘 할 수 있을까? 종민은 그런 상상으로 버텨 보기로 했다. 자꾸 안 좋은 생각만 하는 것보다 그게 나을 것이다.

빌딩을 하나 산다. 50억이면 어느 지역의 몇 층짜리 빌딩을 살 수 있을지 모르겠다. 그리 목 좋은 곳을 살 필요는 없다. 자길 알아보는 사람이 없는 곳이 좋겠다. 5층짜리면 좋을 것이다. 5층은 독서실이나 학원을 임대한다. 4, 5층에 어떤 직종을 임대하느냐에 따라 2, 3층을 정하자. 병원도 좋겠다. 1층은 편의점이나 약국이 좋을 것이다. 2층에 병원이 없어도 약국이나 건강식품 판매하는 곳이 있으면 좋으려나. 만약 병원이 들어서지 않으면 삼겹살 구이집이나 치킨 집이 좋을 것이다. 어디서 들은 얘긴데, 자영업 중에서 제일 안 망하는 게 그 두 가지라고 한다. 하지만 5층에 독서실이 들어서거나 3층에 병원이 들어서면 둘 다 안 되지. 그 경우에는 커피 집이 좋겠다. 스타벅스나 커피빈 같은 건 어떨까? 그런 가게라면 부동산 가치도 올려 줄 거야. 맥도날드나 버거킹도 좋다. 윗집에 뭘 임대해도 부자연스럽지 않은 가게야. 자가 배전을 하는 작은 커피 집은? 1층에서 원두를 볶는 향이 위층에 임대해 사는 사람들 모두를 행복하게 해 줄 것이다.

종민은 머리를 헝클이며 테이블에 엎드렸다.

'그러니까 왜 방음이 되어 있지? 왜냐고? 왜?'

위층 복도는 나무로 만들어서 아래층에서 다 들리게 해 놓고 말이야.

'그냥 별거 아닌 평범한 건축 구조야. 우연이겠지. 문외한인

내가 건축 설계에 트집을 잡아 봤자 뭘 알겠어?'

그런데도 종민은 의심을 하지 않을 수가 없었다.

바깥의 소리를 안에서 차단하는 게 아니라 안의 소리를 밖에서 들리지 않게 하는 방음은 아닐까?

쾅!

큰 소리가 들렸다. 종민은 어깨를 흠칫 떨었다. 그런 생각을 하고 있어서인지, 안 그래도 충분히 놀랄 큰 소리에 종민은 갓난아기 경기 일으키듯 몸을 쭉 폈다. 어느 순간부터 칼을 꺼내 놓고 있었던 모양이었다. 바닥으로 과도가 달그락 떨어졌다. 칼날이 바닥을 향하고 있어 하마터면 발등에 꽂힐 뻔했다.

소리는 한 번으로 그치지 않다. 쿵쾅, 덜그럭, 쾅.

위층에서 정체를 알 수 없는 소리와 함께 문이 열렸다 닫혔고 뭔가 부서지는 소리, 발걸음 소리가 들렸다. 삐걱삐걱, 쿵! 그리고 소리가 멈췄다.

종민은 귀를 기울이고 청각에 신경을 집중했다. 더 이상 아무 소리도 나지 않았다. 방금 소리가 환청이었나 싶을 정도로 거짓말처럼 소리가 사라졌다.

종민은 떨어진 과도부터 집어 들었다. 심장이 폭발할 지경이었다. 정적 속에서 들리는 건 그의 심장 소리밖에 없는 것 같았다.

위층에 있는 건 퀸 한 명뿐이었다. 에이스가 있을 수도 있었다. 그 외의 다른 사람의 침입은 생각할 수 없었다. 지나가는 연쇄살인마가 재미있겠다 싶어 창문 밖에 숨어서 한 명씩 살해하고 있는 게 아닌 이상에야.

'그것 말고는 아무것도 없어. 없어야 해. 아무도 계단으로 올라가지 않았으니까 위층에는 퀸과 에이스만 있어. 퀸의 방에만 비밀의 계단이 있는 건 아닐 거 아니야?'

몇 번이나 같은 생각을 거듭했다. 그리고 또 똑같은 고민에 빠졌다. 어쩌지? 뭘 해야 하지?

종민은 이 순간 자신이 얼마나 겁쟁이인지 깨달았다. 시체를 살피고 칼을 들고 이 방 저 방 돌아다니면서 그는 자기가 마침내 용기라는 걸 냈다고 스스로를 부추겼다. 하지만 그건 모두 정지된 상황을 관찰하는 수동적인 일에 불과했다. 시체를 보면서 저건 무섭지 않아, 라고 자신을 위로했던 것뿐이다.

종민은 계단을 올라가지 못했다. 지난날 언제나 그랬던 것처럼, 막상 일이 터지자 그는 아무것도 하지 못했다. 조커의 죽음이 자살이 아니라는 걸 밝힌 건, 아버지의 빚을 갚는답시고 포커 판에 뛰어들고 선배가 투자해 주겠다는 말에 속아 더 많은 빚을 낸 것과 하나도 다를 게 없는 쓸데없는 짓이었다.

지금 모습이 스스로도 한심했지만, 더 한심한 건 그걸 알면서도 발걸음을 떼지 못한다는 것이었다.

새벽 1시였다. 소리가 들린 지 거의 한 시간이 지났는데도 종민은 움직이지 못했다. 이대로 있어, 이대로 있어.

두 시간 전의 자신이 원망스러웠다. 대체 무슨 생각으로 1층에 남아 있었을까? 킹은 호기를 부리며 1층에 남아 있다가 살해당했다. 이제 종민의 차례였다.

'아니야. 내 운명은 살해당하는 게 아니라 하는 쪽이야.'

종민은 테이블을 벗어나 계단 쪽으로 한 걸음 내디뎠다. 거실의 어둠이 그를 짓눌렀다. 이런 순간 만약 벽난로의 불빛이 사라진다면 아마 미쳐 버릴 것이다. 그 빛만큼은 꺼지지 않기를 빌며, 그 빛을 등 뒤에서 지켜 주는 후원자로 두고 종민은 계단을 하나씩 밟아 올라갔다.

2층 복도는 놀라울 정도로 어두웠다. 밤이니 그게 당연한 일이었지만 의도된 것인 양 사악해 보였다. 종민은 계단 중간에서 걸음을 멈췄다.

'그래서 뭐? 살해하는 쪽이 되려고? 그게 운명이니까? 멍청한 짓이야. 어서 거실로 돌아가. 화장실에라도 숨어 있으면 되지! 아무것도 하지 마.'

종민은 2층으로 단숨에 뛰어 올라가 복도의 스위치를 켰다. 그러나 켜지지 않았다. 천장 형광등이 빠져 있거나 깨져 있거나……. 이제 확실해졌다. 이 어둠은 의도된 것이다. 그래, 그렇겠지. 난 다 알고 있었어. 이렇게 될 줄 알고 있었어. 안 그래, 이 쪼잔한 새끼야!

종민은 계단에서 제일 가까운 조커의 방문을 열고 손만 안으로 뻗었다. 형광등 스위치는 각 방마다 비슷할 것이다. 그런데도 의외로 찾기가 어려워 한참을 더듬어야 했다. 고작해야 2~3초가량 더듬은 것뿐이었지만, 살인마가 스위치의 위치까지 바꿔 버렸다는 상상을 하기에 이르렀다. 스위치를 올렸다. 방 안에 불이 켜졌다. 덕분에 복도에도 살짝 빛이 들어와 어둠을 몰아냈다.

어두침침하게나마 복도에 위치한 방이 모두 시야에 들어왔다. 모든 방이 다 닫혀 있었다. 종민의 방만 열려 있었다. 그는 복도에 잠시 서 있었다.

'만약 살인마가 나타나면 난 싸울 거야. 그게 에이스든, 퀸이든 난 싸울 거야. 설사 상대를 죽이게 된다 해도 그건 괜찮아. 그건 정당방위야. 그렇지 않아, 스페이드? 이 망할 영감탱이야. 당신이지? 당신이 지금 칼 들고 설치는 거지? 다 알아. 항상 지붕에서 우리를 내려다보며 한 명씩 죽이면서 우리가 겁먹는 걸 보고 즐기고 있었던 거. 난 다 알아. 다 알고 있었어.'

종민은 낮에 했던 일을 한 번 더 하기로 하고 먼저 조커의 방을 슥 살펴보았다. 자살하는 운명의 조커는 종민이 끌어내려 놓은 그대로 엎드려 있었다. 방은 비어 있었다.

그다음은 킹의 방에 들어가 형광등을 켰다. 방의 구조는 간단하니 낮에 했던 대로 슬쩍 훑어보기만 해도 전부 살필 수 있었다. 아무도 없었다. 그다음은 에이스의 방. 역시 없었다.

퀸의 방은 굳게 닫혀 있었다. 생각 같아서는 먼저 그녀의 방부터 뛰어들어 가고 싶었다. 발로 걷어차면 부술 수 있다는 건 스페이드의 방에서 증명되었다. 그러나 지금은 종민의 방이 먼저였다. 열려 있다는 게 무척 신경에 거슬렸다. 안은 시커먼 어둠으로 가득 차 있었다. 어둠은 마치 질감이 있는 무거운 물질처럼 보여 도저히 뚫고 들어갈 자신이 없었다.

또 손만 집어넣어 불을 켤까? 아니면 확 뛰어들어 버릴까?

종민은 양쪽 어느 쪽도 하지 못하고 열린 문을 더 활짝 젖혔다. 전에는 나는 것 같지도 않게 작았던 문소리가 지금은 유난히 큰 소리로 삐걱거렸다.

종민은 불부터 켰다. 안은 금방 환하게 밝혀졌다. 모든 것이 그대로였다. 1층에서 들렸던 요란한 소리의 증거가 될 만한 건 아무것도 없었다. 딱 하나 침대에 놓인 것만 아까 나올 때와 달라진 것이었다. 그러나 이 역시 소음의 증거라고 할 수는 없었다. 대신 모든 비밀을 풀 수 있는 열쇠였다.

종민의 침대에는 에이스가 누워 있었다.

에이스는 커다랗게 뜬 눈으로 원망하듯 천장을 올려다보고 있었고 두 손은 뭔가를 붙잡고 싶은 듯 갈퀴처럼 쥔 채 가슴과 배 위에 살짝 얹혀 있었다. 만져 보지 않아도 그녀의 몸이 굳어 있다는 건 알 수 있었다. 죽은 지 꽤 됐다는 것도 짐작할 수 있었다. 이런 것에 사전 지식이 전혀 없는 종민으로서는 이게 사후 몇 시간, 또는 며칠 후의 모습인지 감이 오지 않았다. 방금 죽은 게 아니라는 것만 알았다. 한 시간 전 우당탕 울렸던 소음과 전혀 상관없는 것이었다.

"내가 안 죽였어."

종민은 자기도 모르게 중얼거렸다. 머릿속의 누군가가 대꾸했다.

'나는 그 여학생 죽여서 잡혀간 줄 알아? 네 고자질 때문이잖아!'

"닥쳐!"

종민은 턱이 아프도록 이를 꽉 물었다. 이제야 알 것 같았다. 에이스가 퀸에게 접근해 종민의 운명 카드를 말해 버린 것이다. 그건 퀸이 알아내려고 한 게 아니었으므로 규칙 위반은 아니다. 그걸 아는 퀸이 에이스를 살해한 다음 적당히 때를 봐서 종민의 침실에 갖다 놓은 것이다.

하녀들은 칼을 가져가는 종민의 모습을 보았다. 그리고 필시 에이스를 죽인 건 그 칼일 것이다. 그리고 이제 시체는 종민의 침대에 있다. 지금부터 서둘러 치우면 되겠지만 완벽하게 흔적을 지울 방법이 떠오르지 않았다. 시체를 둘 자리도 떠오르지 않았다. 그리고 이미 퀸은 아무도 보지 않는 곳에서 모든 정황 증거를 종민이 에이스를 죽인 것으로 맞춰 놓은 게 분명했다.

"아니야. 내가 안 죽였어. 내가 안 죽였어!"

종민은 복도로 나와 퀸의 방으로 성큼성큼 걸어갔다.

"내가 안 죽였다고! 내가 죽인 게 아니야!"

종민은 퀸의 방을 발로 걷어찼다.

"이거 열어! 당신이 속임수를 쓴 거 다 알아! 아까 포카드도 속임수 쓴 거지? 스페이드가 바보인 줄 알아? 이곳은 모두 카메라로 찍히고 있고 다 녹음되고 있어. 내가 죽이지 않았다는 증거가 다 있을 거라고. 네가 틀렸어. 내 운……."

하마터면 종민은 자신의 운명을 말해 버릴 뻔했다. 게임은 끝나지 않았다. 규칙은 아직 살아 있었다. 종민은 발길질을 멈추고 문고리를 잡았다.

찰칵.

퀸의 방문이 열렸다.

삐걱, 문은 천천히 뒤로 물러났다. 어둠이 기다리고 있었다. 종민은 서둘러 형광등부터 켰다. 처음 보는 퀸의 방이었다. 구조는 다른 방과 전혀 다르지 않았다. 단 하나, 바닥에는 피가 물들어 있었다. 한두 방울 수준이 아니었다. 흥건했다. 이게 토마토 주스나 와인을 흘린 게 아니라면 분명히 피였다. 악취도 심했다.

피는 침대에도 묻어 있었다. 벽에도, 천장에도!

욕실은 그야말로 피로 범벅이 되어 있었다. 세면대에는 피로 물든 수건이 담겨 있었다. 수건이 하나, 둘, 셋, 넷, 다섯, 여섯, 일곱, 여덟 개. 조커의 방에서 사라졌던 수건이 모두 여기에 있었다. 조커의 방에 없는 휴지통이 여기에만 두 개가 있었다.

욕실 거울에는 정체 모를 멍청한 노인이 자기를 바라보고 있었다. 자신의 모습이었다. 한 손에는 과도를 들고 퀭한 눈으로 노려보고 있는 모습이 소름끼쳤다. 종민은 신음했다.

그 순간 누군가 복도를 달렸다. 쿵, 쿵, 쿵, 쿵, 쿵, 쿵. 나무 바닥을 울리는 소리가 퀸의 욕실을 울렸다. 종민은 반사적으로 칼을 내밀고 어깨를 움츠렸다. 그러나 소리는 빠르게 멀어졌다.

종민은 서둘러 방을 나갔다. 계단을 내려가는 누군가의 뒷모습이 순식간에 시야에서 사라졌다. 복도의 불이 꺼진 상태라 뒷모습만으로는 정확히 누구인지 알 수 없었다.

'퀸이야. 당연하지. 지금 이 집에 그 사람밖에 없잖아.'

그런데도 확신이 서질 않았다. 종민은 복도를 달려 계단을 향했다. 그가 계단에 도달하는 순간 1층에 하나 남은 조명인 벽난로의 빛이 사라졌다. 1층은 어둠으로 잠겼다.

종민은 조커와 킹의 방문을 활짝 열었다. 안의 불빛이 그에게 위안을 안겨 주었지만 각도상 이 빛이 1층을 모두 밝히긴 힘들었다.

종민은 뒤를 돌아보았다. 방금 달려간 게 누구였든 그자는 스페이드의 방에 숨어 있었던 것이다. 그리고 종민이 퀸의 방으로 들어가자 거기에서 나와 기회를 봐서 달린 것이다. 복도는 어두우니 정체를 들키지 않고 움직일 수 있었을 것이다.

"퀸, 이런 짓 해 봐야 소용없어."

종민은 계단을 한 칸씩 내려갔다. 왜 불을 끄고 자기 정체를 숨기려고 했을까? 에이스는 죽었다. 빼도 박도 못 할 증거가 그의 침대에 누워 있었다. 이제 이 집에 남아 있는 건 진짜로 퀸과 종민뿐이었다. 만약 혼자 돈을 독차지하기 위해 종민에게 살인을 덮어씌우려면 그다음 할 일은 종민을 죽이는 것이다. 그런데 뒤에서 덮친 게 아니라 그냥 복도를 달려가 버렸다.

종민은 1층 거실에 내려선 다음에야 스페이드의 방을 확인하지 않고 온 것을 후회했다. 낮에 그랬던 것처럼 지금도 차근차근 확인하면서 가야 할 것 같았다. 지금이라도 갔다 올까?

삐걱삐걱. 종민은 전진했다. 지금 2층으로 돌아가는 건 아무 의미도 없다. 2층 방에는 아무도 없을 것이다. 그리고 거기에 누가 있다면 이미 죽어 있을 것이다. 애초에 여기 다섯 명만 있어야 성립되는 게임이다. 다섯 명 이상이 있다면 이건 이미 게임이 아니다. 그렇다면 게임의 룰에 따라야 할 이유도 없게 되고 여기서 할 일은 게임의 승자가 되는 것이 아니라 살아남는 것이다.

"혼자서 돈을 다 따려고 무슨 작전 쓰는 거지?"

반대로 아직도 지금이 게임 상황이라면 그 방에는 아무도 없다. 그러니 가 볼 필요가 없다. 어떤 쪽이든 돌아가는 것은 의미 없는 행동이다. 지금은 전진해야 한다.

사실 한 가지 선택이 더 있었다. 에이스의 시체가 있는 자신의 방에 숨어 문을 잠그는 것이다. 부수는 게 걱정되면 의자를 걸어 놓으면 된다. 밤새 두들겨 봐라, 열리나! 시체 있는 게 싫으면 다른 방도 좋다. 문을 잠그고 의자를 대놓고 침대에 누워 내일 아침 8시까지 신나게 잠이나 자자. 폭죽이 터지고 야호! 우승하셨습니다. 소감이 어떠신가요? 지금까지 몰래카메라였습니다!

"지금 수작 부리는 건 네 쪽이잖아. 나와 봐."

삐걱삐걱. 어둠 속에서 종민의 목소리와 발소리만 울렸다. 계단에서 새는 희미한 형광등 빛은 거실 중앙에 있는 테이블까지밖에 비춰 주지 않았다. 그나마도 테이블의 윤곽선 정도만 보였고 거기에 아무도 없다는 걸 보여 주는 게 고작이었다.

거실의 조명이 어디 있더라? 거실 불은 한 번도 켜 본 적이 없으니 스위치 찾기가 쉽지 않았다. 계단 옆 벽을 더듬었지만 스위치는 없었다. 생각해 보니 집사는 거실 모서리에 있는 조명등을 일일이 하나씩 껐다. 그걸 찾아 켜기보다는 어디 있는지 확실히 아는 벽난로를 켜는 게 더 안전했다.

"이런다고 내가 무서워할 줄 아셨나? 어두워서 안 보이는 건 그쪽도 마찬가진데?"

종민은 테이블 앞으로 다가가며 말했다. 벽난로까지는 얼마 남지 않았다. 그 몇 걸음이 터무니없이 멀어 보였다.

종민은 망설였다. 벽난로를 켜려면 그 몇 걸음을 다가가야 하는데, 종민은 벽난로를 켤 줄 몰랐다. 항상 내려오면 할로겐 램프가 켜 있었고 낮에는 꺼져 있었다. 뭔가 조작하는 버튼이 있을 것이다. 열풍기처럼 손으로 돌리는 조절기 같은 게 있을지도 모르고.

종민은 한 걸음 다가가 벽난로 앞에 섰다. 눈이 어둠에 익숙해졌지만 부엌 쪽은 아예 보이지 않았다. 화장실 문도 살짝 열려 있었다. 하지만 근방 3미터 안에는 아무도 없는 것 같았다.

종민은 몸을 수그려 칼을 쥔 손을 바닥에 대고 벽난로를 살폈다. 그런 다음 다시 부엌을 살폈다. 아직 누군가 접근해 오는 기미는 없었다. 종민이 몸으로 가리는 바람에 계단 쪽 조명이 벽난로에 전혀 닿지 않았다. 종민은 몸을 살짝 틀어 빛이 닿게 해 보았다. 다이얼 같은 게 보였다.

부엌을 다시 확인했다. 화장실도 살폈다. 아무도 없었다. 걸어오는 소리 같은 것도 없었다. 2층 복도를 걷는 소리도 없었다. 채각, 채각, 벽시계 소리뿐이었다.

종민은 다이얼을 돌렸다. 타이머 돌아가는 소리가 들렸다.

하지만 불은 들어오지 않았다. 종민은 다시 그 옆에 있는 다이얼을 돌렸다. 달칵. 할로겐램프에 즉시 불이 들어왔다. 달칵, 달칵. 3단계가 최대였다. 램프에 불이 들어오며 벽난로는 다시 환하게 빛이 생겼다. 종민은 즉시 자리에서 일어나 주변을 훑었다.

극적으로 밝아지진 않았다. 거의 안 보이던 부엌 쪽이 조금 더 보일 뿐이었다. 부엌 입구 쪽에 누군가 서 있었다. 그림자처럼 뿌연 검은 윤곽이었다. 긴 머리를 늘어뜨리고 어두워서 회색으로밖에 보이지 않는 옷을 치렁거리는 모습이 소복 입은 처녀 귀신 같아 보였다.

종민에게는 불리한 위치였다. 상대는 벽난로 옆에 있는 종민의 모습을 확실하게 보고 있었고 종민은 상대의 모습을 제대로 볼 수 없었다. 그림자는 슬금슬금 앞으로 움직였.

종민은 과도를 쥔 칼을 허리 뒤로 감췄다. 그리고 그 자세가 부자연스럽지 않게 벽 쪽에 살짝 붙어 섰다. 과연 그게 상대가 보기에도 부자연스럽지 않은지는 모를 노릇이었다.

"퀸? 당신이지?"

종민은 침묵을 견디지 못하고 먼저 입을 열었다. 그림자가 건들거리며 조금씩 다가왔다. 마치 제자리에서 움직이는 것처럼 좀처럼 다가오지 않았다. 그러다 마침내 조금씩 얼굴이 보였다. 퀸이었다. 그거야 당연하지. 여전히 조명을 잘 받지 않는 어두컴컴한 자리였다.

퀸은 얼굴만 살짝 보일락 말락 하는 자리에 우뚝 멈춰 섰다.

그녀는 아무 말도 하지 않았다. 꼭 죽은 사람 얼굴 같았다. 복도에서 방문을 살짝 열고 머리만 내밀었을 때 잘린 목만 둥둥 떠 있는 것처럼 보였던 모습이 떠올랐다.

"왜 거기 있는 거지?"

하필 부엌 쪽에서 나왔다. 부엌이란 공간은 따지고 보면 흉기가 너무 많은 곳이었다. 칼은 기본이고 무기로 쓸 둔기나 칼 외의 다른 뾰족한 것들도 있었다. 하지만 굳이 부엌에 가지 않았더라도 종민에게서 빼앗은 칼을 가지고 있을 것이다. 그런데 왜 부엌을 간 걸까? 뭐가 더 필요해서?

"뭐라고 말 좀 해 봐! 왜 거기 있었어?"

"선택의 여지가 없었어."

마침내 퀸이 입을 열었다.

"무슨 선택의 여지? 에이스를 죽인 것도 선택의 여지가 없어서인가?"

종민이 물었다.

"어쩔 수 없었어."

퀸이 한 걸음 앞으로 다가왔다. 여전히 그녀의 표정도, 몸짓도 잘 보이지 않았다.

"에이스는 왜 죽였어?"

"어쩔 수 없었어."

"그게 대답이야?"

"……."

"대답 안 할 거야?"

퀸의 모습이 조금씩 자세히 보이기 시작했다. 그녀는 손을 뒤로 감추고 있었다. 종민이 그러고 있는 것처럼.

"뒤에 뭐 감추고 있어?"

종민이 물었다.

"그러는 너는?"

퀸이 물었다.

"아무것도."

"거짓말."

퀸은 웃었다. 꼭 우는 것처럼.

"넌 항상 거짓말을 했지. 하지만 괜찮아. 나도 거짓말을 조금 했어. 하지만 다 어쩔 수 없었어."

"좋아. 다 용서할게. 그러니 이제 그만해."

종민은 왼손을 앞으로 내밀고 말했다. 오른손에 쥐고 있는 칼이 땀으로 미끄러워 떨어뜨릴 것 같았다. 퀸이 말했다.

"뭘 감추고 있어? 두 손을 다 보여 봐, 잭."

"싫어. 당신 먼저 보여 봐."

"너부터 보여 봐."

"당신부터요."

"난 아무것도 없어."

"그럼 잘됐네. 아무것도 없는 걸 보여 봐. 못 보이지? 방에 에이스 시체 감춰 놓고 마냥 보여 주기 싫다고 억지 부렸던 것처럼! 이건 또 무슨 짓이지? 에이스의 시체를 내 방에 던져 넣고 이렇게 어둡게 만든 다음에 뭘 어쩌려고? 이게 수작이 아니면 뭐야? 내가 그렇게 얄잡아 보여? 내가 여자 하나 못 이길 것 같아?"

"뭘 무서워하는 거야, 잭? 난 그냥 널 안고 싶을 뿐이야. 좀 춥지 않아?"

퀸이 한 걸음 다가왔고 종민은 한 걸음 물러났다. 퀸은 입을 다물었다. 종민은 마른 입술을 적시고 물었다.

"부엌에서 뭘 가지고 왔지?"

"춥지 않냐고? 네가 내 몸을 데워 줄 수 있을 것 같은데 어때?"

퀸이 한 걸음 한 걸음 다가왔고 종민은 벽에 막혀 더 이상 물러나지 못했다.

"응? 난 준비됐어. 날 안아 줘."

"뭘 가지고 온 거냐고!"

종민이 물었다.

"마지막으로 한 번만 안아 달라니까 뭐라는 거야?"

퀸이 갑자기 달려들어 힘껏 껴안았다. 한 손으로 종민의 등을 감싸고 허리 뒤에 감추고 있는 손을 뻗어 종민의 배를 찔렀다. 날카로운 통증이 배를 관통했다. 두 번째 찌르는 순간 기절할 정도의 통증이 전해졌다. 종민도 더 망설이지 않고 감춰 둔 칼을 들어 퀸의 배를 찔렀다. 푹 파고드는 느낌이 손에 전해졌다. 그러자 퀸은 고함을 지르며 한 번 더 종민의 배를 찔렀다. 종민은 퀸을 밀어내려고 애를 쓰면서 칼을 뽑아 한 번 더 퀸의 배를 찔렀다.

둘은 뒤엉켜 바닥에 쓰러졌다. 퀸이 종민의 위에 올라탔다. 그녀의 머리카락이 종민의 얼굴을 덮었다. 그녀의 손에는 검게 보이는 피가 방울 지어 종민의 얼굴로 툭툭 떨어졌다. 배의 통증이 점점 심해졌다. 종민은 필사적으로 퀸을 밀어내려고 애쓰며 그녀의 옆구리를 한 번 찔렀다. 그러나 칼날이 퀸의 옆구리를 스치기만 하고 종민의 손에서 칼이 떨어져 나갔다.

퀸도 종민의 옆구리를 찔렀다. 고통과 두려움에 종민은 비명을 토했다. 한 번, 두 번, 세 번……, 찌를 때마다 퀸이 휘두르는 손을 따라 피가 튀었다. 무기를 잃은 종민은 퀸의 목을 졸랐다. 퀸은 그의 손을 치우려고 애썼지만 점점 힘이 빠져 곧 손에서 흉기를 떨어뜨렸다.

종민은 퀸을 세차게 밀어 거실 바닥에 쓰러뜨렸다. 종민은 옆으로 구르며 바닥을 손으로 짚었다. 방금 그가 떨어뜨린 과도가 보였다. 퀸이 찌른 자리에 손을 댔다가 들어 보니 검게 보이는 피가 흥건히 묻어 나왔다. 몇 번을 찔린 거야? 얼마나 깊게 찔린 거지? 이제 죽는 건가?

종민은 거칠게 숨을 토했다. 퀸도 콜록콜록 피를 토하며 바닥을 굴렀다. 종민은 벌떡 일어섰다. 아직 의식이 생생했다. 하지만 곧 고통이 찾아올 것이고 자신도 퀸처럼 쓰러질 것임을 알았다.

종민은 비틀거리며 뒤로 밀려 나가다 뭔가를 밟고 주저앉았다. 그가 밟은 것은 킹의 시체였다. 종민은 신음하며 옆으로 엉덩이를 끌었다.

'침착해. 출혈부터 막아야 해!'

종민은 필사적으로 상처를 찾아 배를 더듬었다. 칼에 찔려 죽는 건 대부분 과다 출혈에 따른 쇼크 때문이라는 말이 떠올랐다.

피를 흘리면 안 된다……. 그런데 칼자국이 없었다. 배에도, 옆구리에도 상처는 없었다. 피 묻은 손을 들어 보았다. 그럼 이 피는 뭐야? 2층 계단에서 비추는 형광등 빛 덕분에 그의 오른손에 난 상처가 보였다. 손바닥을 칼자국이 가로지르고 있었다. 피는 거기에서 흐르고 있었다. 미숙하게 칼을 찌르다가 그만 자신의 칼에 자기가 베인 것이었다.

왼쪽 손에도 오른손만큼은 아니지만 피가 묻어 있었다. 그것은 퀸의 피였다.

퀸은 배를 움켜쥐고 신음하고 있었다. 그녀는 바닥에 엎드린 채로 계속 콜록거리더니 힘없이 엎드렸다. 살짝 등이 위아래로 움직이긴 했지만 점차 약해졌다. 이내 그 작은 움직임도 멈췄다.

종민은 갑자기 혼란에 빠져 아무 생각도 할 수 없었다. 그는 칼을 들고 벽에 등을 기댄 자세로 일어났다. 과도에는 피가 묻어 있었다. 찌른 감촉이 아직도 손에 남아 있었다.

종민은 다시 자신의 허리와 배를 살폈다. 핏자국은 있었지만 찔린 자국은 없었다. 손대면 아찔할 정도의 통증은 있었지만 상처는 없었다. 분명 찔렸는데? 종민은 조심스럽게 퀸을 향해 다가갔다. 퀸이 갑자기 일어날 것을 대비해 칼은 놓지 않았다.

퀸은 움직이지 않았다. 숨 쉬는 소리도, 신음도 없었다. 퀸의 흉기는 보이지 않았다. 바닥을 짚고 있는 왼손에 아무것도 쥐어져 있지 않는 걸 보니, 엎드려 배 쪽에 대고 있는 오른손에 쥐어져 있는 모양이었다.

종민은 퀸의 머리를 살짝 발로 밀어 보았다. 흔들리긴 했지만 움직임은 없었다. 종민은 좀 더 용기를 내어 쭈그려 앉아 그녀의 목에 손을 댔다. 맥이 느껴지지 않았다. 하지만 그건 종민이 맥을 만지는 법을 잘 몰라서일 수도 있었다. 손이 닿은 자리는 아직 따뜻했다.

"퀸?"

종민은 살짝 그녀를 흔들어 보았다. 역시나 움직이지 않았다.

머릿속의 누군가가 종민에게 현명한 조언을 해 주었다. 달아나. 이제 죽은 척하던 살인마가 일어나서 널 죽일 거야. 공포 영화에서 백번도 넘게 본 광경이잖아. 달아나.

"이봐요."

달아나서 문을 걸어 잠가. 의자를 받쳐 두고 내일 아침 8시까지 잠이나 퍼 자!

"퀸?"

종민은 그녀의 몸을 힘껏 옆으로 굴렸다. 그런 다음 잽싸게 뒤로 물러났다. 아무 일도 벌어지지 않았다. 그저 퀸의 얼굴이 보이게 눕혀졌을 뿐이었다. 머리카락이 얼굴의 반을 가리고 있었고 그녀의 시선이 천장을 향하고 있었다. 입술이 살짝 움직였다. 아직 살아 있는 것처럼 보였다. 하지만 눈의 착각이었는지도 몰랐다. 그녀는 움직이지 않았다.

배에는 종민이 찌른 칼자국이 나 있었다. 어둠 속에서도 선명하게 구별되었고 아직도 피가 흘러나오고 있었다. 배를 움켜쥔 손에는 피 묻은 흉기가 힘없이 쥐어져 있었다. 흉기가 퀸의 손에서 미끄러져 바닥에 툭 떨어졌다.

그것은 숟가락이었다.

종민은 잘못 본 거라고 생각했다. 어둠 속이라 보이지 않는 것이다. 종민은 일어나 불안한 시선으로 주변을 살폈다. 벽난로 옆에 작은 인테리어 조명등이 두 개 있었다. 아까는 찾을 엄두도 나지 않던 조명등 스위치가 눈에 바로 들어왔다. 종민은 얼른 가서 그것부터 켰다. 네 개 중 두 개가 동시에 켜졌다. 형광등 불빛 정도는 아니지만 충분히 거실을 밝히는 정도는 되었다.

종민은 다시 퀸의 옆으로 돌아왔다. 역시 숟가락이 맞았다. 한순간 정신이 나갔던 걸까, 퀸이 부엌으로 가서 가져온 결전의 무기는 숟가락이었다.

많은 단어들이 떠올랐다. 운명 카드, 게임 규칙, 퀸, 에이스, 킹, 조커, 잭, 포커, 스페이드.

"아니야. 아니야. 아니야."

종민은 퀸의 뺨을 때렸다.

"죽으면 안 돼. 죽지 마!"

종민은 퀸의 어깨를 잡고 흔들어 댔다. 힘없는 머리가 덜렁거리며 뒤통수를 바닥에 부딪치기만 했다. 종민은 두 손을 퀸의 가슴에 대고 심폐소생술을 시도했다. 당연히 해 본 적이 없으니 뭘 어떻게 해야 할지 알 수 없었다.

"아직 안 죽었을 거야. 입술 움직인 거 봤어!"

종민은 두 손으로 가슴을 눌렀다. 심장 고동은 느껴지지 않았다. 귀를 가슴에 대도 마찬가지였다.

"죽지 마, 죽지 마, 죽지 마. 사람이 칼에 찔린다고 이렇게 빨리 죽지 않아. 죽으면 안 돼."

종민이 가슴을 누를 때마다 배에 난 상처에서 피가 왈칵 솟았고 제대로 찌르지 못했다고 생각했던 옆구리에서도 피가 줄줄 흐르고 있었다.

종민은 손을 멈췄다. 멍하니 있는 퀸의 표정에는 전혀 변화가 없었다. 눈동자 하나 움직이지 않았다.

퀸은 죽었다.

종민은 미련을 버리지 못하고 한동안 계속 퀸의 가슴을 눌렀다. 점차 손이 느려졌고 종민은 냉정을 찾기 시작했다. 죽은 사람을 살릴 수는 없었다. 그리고 죽인 건 자신이었다.

"정당방위였어."

종민은 침착하게 말했다.

"아무리 숟가락을 들고 있어도 정당방위였어. 날 덮쳤고 날 자극해서 공격했어. 그러니까 이건 정당방위야. 스페이드, 당신이 말했지? 정당방위는 괜찮은 거라고!"

송민은 퀸의 가슴에서 손을 뗐다. 그러자 퀸의 셔츠 앞주머니에 있는 카드가 밖으로 드러났다. 종민은 손을 멈췄다. 운명 카드의 뒷면 무늬가 보였다.

'상대방의 운명 카드를 볼 수 있는 건 오직 상대방이 기권을 하거나 스스로 내보이거나 아니면 여러 가지 상식적인 선 안에서 게임을 더 이상 이어 나갈 수 없게 되거나……'

퀸은 죽었다. 상식적인 선 안에서 더 이상 게임을 이어 나갈 수 없게 된 것이다. 이제 그녀의 카드를 봐도 된다.

생각은 그리했으나 망설일 수밖에 없었다. 이게 규칙 위반이 될 것인지 아닌지 마지막까지 점검하고 또 점검했다. 그런 다음 카드를 검지와 엄지만으로 잡아당겨 빼 들었다.

거기에는 퀸의 운명이 그려져 있었다. 지금까지와는 전혀 다른 밝고 화사한 분위기의 그림과 색감이었다. 한 남자가 당당히 깃발을 들고 높은 산의 정상을 정복한 모습이었다. 뒷모습이라 표정은 보이지 않았으나 멀리 지평선을 주시하는 그의 등은 당당했고 깃발을 지탱하는 그의 팔은 기운이 넘쳐 보였다. 그의 발 아래쪽에는 뒤늦게 절벽을 기어오르며 괴로워하는 사람의 얼굴이 작게 그려져 있었다. 지옥에서 기어 올라오는 모습인지, 아니면 지옥으로 끌려 들어가는 건지 구별할 수 없었다. 살려 달라고 외치는 모습 같기도 하고 산을 정복한 남자를 저주하는 모습 같기도 했다.

종민은 카드를 보자마자 그림이 아닌 글씨를 먼저 읽었다. 그러나 그 말의 뜻을 쉽게 이해하지 못해 그림을 본 것이었다. 그림을 보았어도 이해되지 않았다. 그러나 점점 의미가 이해되었고 충격은 천천히 찾아왔다.

카드에는 퀸의 운명, 따르지 말아야 할 운명이 다른 모든 사람의 운명 카드에 적힌 글씨체와 같은 글씨체로 적혀 있었다.
'살아남을 운명.'

종민은 뒤로 한참을 물러나 바닥에 털썩 주저앉았다. 아직도 쥐고 있었던 과일칼은 멀찌감치 던져 버렸다.
'침착하자. 게임은 아직 끝난 게 아니야.'
몸 상태는 그리 나쁘지 않았다. 숟가락에 찔린 자리가 욱신거리고 아팠지만 대수롭지 않았다. 호흡도 정상이고 눈도 잘 보였다. 손이 좀 떨리고 있지만 아까 포커 할 때를 생각하면 차라리 나았다. 손톱을 깨물면 좀 나을 것 같았다. 그래서 엄지손톱을 앞니로 깨물었다. 잘근잘근. 찝찔한 맛이 났지만 좀 나아졌다.

그러고 보니 어제 누구와 포커를 쳤는지 잘 기억이 나지 않았다. 다섯 명 모두와 포커를 친 게 까마득히 옛날 일 같았다. 그때 기억을 되살리면 좀 나을 것 같았다. 테이블에 앉으면 그때 기억이 나려나? 하지만 종민은 그렇게 하지 않았다. 왜냐하면 그는 지금 그 어느 때보다 침착하기 때문이었다. 사람이 죽었다고 이리저리 불안하게 돌아다니는 바보 같은 짓은 하지 않을 작정이었다. 대신 숟가락의 의문은 풀고 싶었다. 왜 이 멍청한 여자가 숟가락을 들었을까? 칼은 어디에 두고?

그 정도 의문은 풀 필요가 있었다. 그는 침착했다. 하지만 입에 넣은 엄지는 빼지 않았다. 침착함을 유지하기 위해서 약간의 안정적인 자세는 필요했다. 그게 입에 손가락 넣는 거라면 얼마든지 해도 좋을 것이다. 어차피 보는 사람도 없었다.

종민은 부엌으로 걸어갔다. 어두웠지만 아무렇지도 않았다. 이 집에는 이제 종민 혼자밖에 없었다. 시체가 넷 있었지만 움직이지 않는 시체는 바닥에 떨어져 있는 숟가락만큼이나 위험 요소가 없었다. 스스로도 놀랄 정도로 냉정했고 침착하게 주변도 잘 보였다. 시야도 넓었다. 종민은 점차 용기를 회복했다.

스위치를 찾아 부엌 불부터 밝혔다. 종민이 처음 가져왔고 퀸이 빼앗아 간 과도는 설거지통에 다소곳이 누워 있었다. 부지런한 하녀들이 다른 그릇은 다 설거지해 놓고 굳이 과도 하나만 남겨 두고 간 게 아니라면 이건 퀸이 놓아둔 것이었다. 그리고 수저통에 들어 있는 숟가락을 하나 집어 온 것이리라.

형광등 불빛 아래에서 보니 손이 피로 지저분했다. 엄지를 입에서 빼는 건 좀 불안했지만 씻기 위해서는 뺄 수밖에 없었다.

종민은 싱크대에서 손을 씻다가 문득 칼을 설거지해 두는 편이 좋겠다는 생각이 들었다. 그래서 했다. 손잡이는 각별히 여러 번 씻었다. 아까 던져 둔 칼도 떠올라 잠시 거실을 갔다 왔다. 그사이 잠깐 엄지를 입에 넣어 봤더니 훨씬 안정감이 느껴졌다. 그래도 설거지할 때는 빼놓을 수밖에 없었다.

과도 두 개를 모두 설거지해서 꽂아 두고 나니 마음이 조금은 홀가분했다. 거실도 치워 둘까? 아니, 괜한 짓이다. 그는 잘못한 게 없었다. 상대가 위협을 했고 종민은 정당방위를 했다.

종민은 운명 카드의 운명을 거슬렀다.

종민은 손톱을 깨물며 냉정하게 부엌을 서성거렸다. 그러다 칼도 설거지했는데 왜 숟가락은 설거지를 하면 안 되는가에 대해 잠시 고민해 보았다. 고민해 보니 안 될 이유가 전혀 없었다. 그래서 퀸의 시체 옆에 떨어진 숟가락을 집어 들었다. 피가 묻어 있었다. 모두 퀸의 피였다. 종민이 퀸에게 찔려 자신의 피가 튀고 있다고 생각했던 그것도 전부 퀸의 피였다.

숟가락을 들고 부엌으로 돌아오니 조금 우스웠다. 답이 쉽게 보였다. 미로의 길을 찾는 건 어렵지만 출구부터 거슬러 올라가면 쉽게 길이 보이는 것처럼.

퀸이 거실과 부엌의 불을 끈 건 종민에게 어떤 심리적인 공포를 안겨 주기 위해서가 아니었다. 그저 자기가 들고 있는 게 칼이 아니라는 걸 들키지 않기 위해서였다.

실제로 형광등 아래에서 보는 숟가락은 어린애 장난처럼 우스꽝스러웠다. 종민은 퀸의 피가 묻은 숟가락을 수세미로 닦으면서 웃었다. 이걸 보고 그렇게 놀랐던 거야? 이거에 찔려 그렇게 아팠던 거야? 칼에 찔렸다고 착각할 정도로?

뭐, 어때? 게임에서 승리했다. 이제 걱정할 일은 하나뿐이었다. 그 많은 현금을 어떻게 들고 가느냐? 문제없다. 멋진 아우디로 실어 날라 주겠지.

종민은 부엌 싱크대에 기대어 서서 다시 빌딩 망상에 빠져들었다. 빌딩 설계부터 인생 설계까지 끝마치고 났더니 혀에서 찝찔한 맛이 났다. 물고 있던 엄지를 빼 보니 손톱이 깨져서 피가 나고 있었다. 좀 세게 문 모양이었다. 하지만 숟가락에 찔린 만큼 아픈 건 아니었다.

　종민은 문득 위층이 조금 걱정되었다. 스페이드의 방. 마지막 순간 딱 한 번 확인해 보지 않았던 바로 그곳. 그리고 자신의 방 침대에 누워 있는 에이스의 시체도 걱정되었다. 종민은 어깨를 으쓱하더니 고개를 저었다. 당연히 스페이드의 방은 비어 있을 것이다. 그리고 에이스를 죽인 건 퀸이었다. 조커도, 킹도 마찬가지고.

　퀸이 죽였다. 다 그녀의 죄였다. 종민의 잘못이 아니었다.

　'정당방위였어. 그렇지? 나와 봐. 스페이드든 경찰이든 판사든 나와 보라고.'

　종민은 엄지를 씹으며 중얼거렸다. 거실에 시체가 둘이나 있었지만 그는 두려움도 없이, 한 치 망설임도 없이 부엌에서 거실로 나갔다. 그리고 밥도 먹고 포커도 치는 테이블에 앉았다. 누워 있는 퀸의 시체와 이불에 덮여 있다가 아까 밟는 바람에 얼굴을 드러내고 있는 킹의 시체가 눈에 들어왔다.

　무섭지는 않았지만 찝찝했다. 더럽다는 생각이 들었고 아침 식사에 지장을 줄 것 같았다. 그럼 안 되지. 이제 몇 시간만 있으면 스페이드가 찾아와 같이 식사를 하면서 돈을 받아 갈 얘기를 해야 되는데 조심할 필요가 있었다.

　종민은 자리를 옮겨 시체 두 개를 등지는 방향으로 앉았다. 돈을 어떻게 가져갈까? 지금은 그것만 생각했다.

　운전수가 걱정이었다. 그 엄청난 양의 현금을 차에 싣고 가면 중간에 무슨 나쁜 마음을 먹을지 모르는 일이었다. 그렇지. 아우디를 사 버리자. 구입 가격의 두 배를 주고 사는 것이다. 스페이드는 찝찝할 것이다. 자기가 내준 상금으로 자기 차를 빼앗기다니! 꼴좋다.

입에서 또 피 맛이 났다. 상처에는 침으로 살균하는 게 나을 테니 계속 입으로 물고 있었다. 손바닥에서 나는 피가 팔꿈치를 타고 흘러 테이블에 고였다. 별거 아니었다. 생명에는 지장 없다.

종민은 머리를 감싸 쥐었다.

"난 백억의 승자는 아니야. 하지만 50억은 내 거야. 맞지?"

퀸은 승리했다. 어떤 규칙도 어기지 않았고 운명에도 거슬렀다. 살아남지 못했으니까. 그러니 승자다.

손에서 흐르는 피가 머리를 타고 흐르며 뺨에 흘렀다. 종민은 그대로 가만히 있었다.

'이대로 가만히 있자. 이제부터는 그야말로 아무것도 할 게 없어.'

2층 복도에서 삐걱거리는 소리도 들리지 않았고 누군가 속삭이는 소리도 없었다. 방음 잘된 거실에서 들리는 소리는 시계 소리뿐이었다. 채각채각, 시계는 정지된 듯 아까 시간 그대로였지만 어째 바늘 돌아가는 소리는 계속 들렸다. 채각채각.

"넌 실패했어. 사람을 죽였잖아."

뒤에서 킹이 어깨에 손을 짚으며 말했다.

"정당방위는 괜찮다고 했어요."

이번에는 퀸이 어깨에 손을 짚었다.

"숟가락을 든 상대를 칼로 찌른 게 정당방위라고? 어느 나라 판사가 그렇대?"

"판정은 판사가 아니라 스페이드가 내려요. 스페이드는 공정할 테죠."

"스페이드가 공정해? 처음부터 그는 전부 다 떨어뜨리려고 그랬어."

채칵채칵.

"시끄러워요. 당신들은 죽은 사람들이니까 거기에 죽어 있어야 하는 게 규칙이에요."

"에이, 그런 규칙이 어디 있어? 잘 생각해 봐. 시체는 말해선 안 된다고 스페이드가 말한 적 있어? 그러니까 우린 말해도 돼."

채칵채칵.

종민은 자리에서 일어나 앉아 있던 의자를 들어 시계를 향해 던졌다. 시계는 와장창 깨졌고 안에 들어 있는 태엽이 풀려, 동물 내장처럼 튀어나왔다. 태엽이 늘어지는 소리가 끼익끼익 울리다가 조금씩 사라졌다. 하지만 채칵채칵 울리는 소리는 사라지지 않았다.

종민은 시계 소리가 없는 조용한 위층으로 올라갔다. 자살한 조커의 시체는 잘 있었다. 살해당한 킹의 방을 열어 보았다. 킹은 없었다. 어디 갔지? 아, 참. 거실에 있었지. 돈을 모두 잃은 에이스의 방도 비어 있었다. 맞아. 그래야지. 모든 게 정상이야. 다시 침착해지기 시작했어. 종민의 방에는 에이스가 아직 그대로 있었다. 종민은 그녀를 가리키며 소리 내어 웃었다.

"뭐, 쪼잔해? 백 원 빌리고 안 갚는 게 쪼잔한 거야, 갚으라고 말하는 게 쪼잔한 거야? 응? 말해 봐!"

속이 다 후련했다. 퀸의 방은 피 칠갑이 되어 있었다. 하지만 시체를 네 구나 봤더니 피쯤은 아무렇지도 않았다. 대신 내일 아침 식사를 근사하게 하기 위해 속을 좀 게워 냈다. 종민은 변기통을 붙잡고 한동안 계속 토했다. 토하고 나니 훨씬 속이 개운해졌다. 정신도 맑아졌다. 세수를 하면 더 나을 것 같았다. 물이 손에 닿자 쓰라렸다. 고통은 현실감을 안겨 주었다. 종민은 양치질까지 꼼꼼하게 한 다음 도로 복도로 나왔다.

문이 부서진 채로 살짝 열려 있는 스페이드의 방은 어둠 속에 잠겨 있었다. 그곳은 비어 있을 것이다. 당연하지 않은가? 그러니까 살펴볼 필요 없어! 종민은 그 방을 보지 않고 다시 1층으로 내려갔다.

두 구의 시체는 그대로 있었다. 요만큼도 움직이지 않았다. 확실히 해 둘 필요가 있었다. 아직 그에게 용기가 남아 있고 이성이 있는 동안 해야 할 일이었다. 종민은 킹에게 다가가 소리쳤다.

"너 나 알아? 난 너 몰라. 네가 날 안다고 해도 소용없어! 왜냐하면 난 전혀 기억 안 나니까! 그리고 그건 경찰이 물어본 대로 말했을 뿐이야. 난 그때 어렸고 그게 어떤 일로 커질지 전혀 몰랐어. 지금도 같아. 난 본 그대로 말할 거야."

하나 끝났다. 하나만 더 하면 된다.

종민은 퀸의 시체 앞에 서서 선언했다.

"이건 정당방위였어. 당신이 숟가락을 들었든 칼을 들었든 그런 상황에서는 누가 봐도 나한테 너무 위험한 상황이었다고. 어둠 속에서 괴성을 지르면서 달려드는데 가만히 있을 바보가 어디 있겠냐고? 과잉 방어? 웃기시네!"

이제 할 일이 끝났다. 추웠다. 체온을 유지할 필요가 있었다.

종민은 벽난로 옆으로 가서 쭈그리고 앉았다. 안정감을 위해 다시 손톱도 씹었다. 피 맛이 달짝지근하게 느껴졌다. 입에서 묘한 신음이 새고 있었다. 그는 울고 있었고 몸은 떨고 있었다.

이건 추워서야. 울음은 안도감 때문이고.

종민은 으으, 하는 신음을 계속 내뱉었다. 채칵채칵. 아직도 시계 소리는 울려 퍼졌다.

달칵.

부엌 쪽 문이 열렸다. 종민은 그쪽은 쳐다보지 않고 발소리만 들었다. 한 사람은 아니었다. 최소한 두 사람, 또는 세 사람 정도였다. 낯익은 남자의 목소리가 들렸다.

"어제 남은 수프를 끓이고 커피 좀 내와요."

집사였다. 두 여자가 동시에 대답했다.

"네."

하녀들이었다.

종민은 발소리를 기다렸다. 투벅투벅. 마루를 딛는 구두 소리가 크게 울렸다. 집사가 바로 옆까지 다가왔다. 종민은 자신을 내려다보는 그의 시선을 느꼈다. 그가 어깨에 손을 살짝 댔다.

"일어나시지요."

작은 손짓에 종민은 어깨를 흠칫 떨었다. 고개를 드니 집사는 언제나처럼 무표정한 얼굴로 내려다보고 있었다.

"도와드릴까요?"

종민은 피 묻은 손을 내밀었다. 집사는 조금도 꺼려 하지 않고 손을 잡아 일으켜 주었다. 무릎과 허리가 아팠다. 힘을 줄 수가 없었다. 종민은 거의 집사의 힘으로만 일어났고 그의 부축을 받아 자리에 앉았다.

하녀 두 명이 다가와 테이블을 깨끗이 닦더니 어느새 맛있는 수프 한 그릇과 커피가 종민의 앞에 놓였다. 하얀 냅킨, 깨끗한 스푼, 설탕, 데운 우유가 금방 그의 앞에 진열되었다. 막 구운 빵이 담긴 그릇과 잼과 버터도 그 옆에 놓였다.

"밥이 낫겠습니까?"

집사가 물었다.

종민은 고개를 저었다. 그리고 수프를 한 입 떴다. 혀끝이 찌릿했다. 그 부드러운 액체를 삼키기가 쉽지 않았다. 종민은 억지로 두 입을 먹고 나서 숟가락을 살폈다. 이 숟가락은 어제 그가 설거지했던 그 숟가락인지도 몰랐다. 갑자기 식욕이 사라져 그는 숟가락을 내려놓았다. 대신 커피를 들었다. 잔을 쥔 엄지손가락이 엉망이었다. 손톱은 깨지고 깨진 틈으로 피가 엉겨

붙어 있었다. 손바닥은 더 엉망일 테지만 보지 않았다.

하녀는 커피를 한 잔 더 들고 와 종민의 맞은편 자리에 내려놓았다. 거기에 집사가 앉았다. 종민의 기억이 맞다면 집사가 의자에 앉는 모습을 보인 것은 처음이었다. 집사는 종민의 앞에 놓인 우유를 가져다 자기 커피에 섞더니 말했다.

"우유를 타 먹으면 좀 나을 텐데요."

종민은 대답하지 않았다. 집사는 어깨를 으쓱하더니 우유 포트를 내려놓고 설탕을 반 스푼 정도 넣고 휘저었다.

"시계가 부서졌군요."

집사는 사무적으로 말하더니 대신 자기 손목시계를 살폈다.

"8시 1분. 예정대로 게임은 끝났습니다."

집사는 커피를 후루룩 한 입 마신 다음 말을 이었다.

"승자는 한 명입니다. 그리고 그건 당신이 아닙니다."

9

종민은 커피를 떨어뜨렸다. 한 입도 마시지 않은 커피가 테이블에 쏟아졌고 뜨거운 커피가 그의 허벅지를 적셨다. 종민은 뜨거워서 움찔했지만 일어나지는 않았다. 하녀가 당장 달려와 테이블 위를 잽싸게 닦은 다음 마른 수건을 그의 허벅지 위에 올려 주었다. 집사는 하녀에게 손짓했고 그녀는 조용히 물러났다.

종민은 집사를 멍청히 바라보았다. 집사는 역시나 사무적인 말투로 말을 이었다.

"끝까지 들으십시오. 아마 이해할 것입니다."

듣고 싶지 않았다. 이해도 못 할 것이다. 종민은 과일칼을 설거지해서 꽂아 둔 게 아쉬웠다. 지금 쥐고 있었다면 입을 찢어 저딴 소리 못 하게 할 텐데.

"계속 얘기해도 되겠습니까?"

집사가 물었다. 종민은 자기 숨소리가 너무 커서 집사의 목소리가 거의 들리지도 않는다는 걸 깨달았다. 종민은 고개를 끄덕거렸다.

"얘기를 어디서부터 시작해야 할지 잘 모르겠군요. 보통 남아 있는 사람이 게임의 승자인 경우가 많기 때문에 여유 있게 승자가 된 이유를 설명하는 시간을 갖지요. 이번처럼 패자에게 왜 패자인지 설명하는 시간은 좀처럼 없습니다. 그리고 보통 패자는 얘기를 듣기도 전에 뛰쳐나가거나 아예 게임이 끝나기도 전에 가 버리는 일이 많았지요. 이번 에이스처럼 게임에 탈락됐는데도 남아 있는 경우는 극히 예외입니다. 그 사람 때문에 당신이 고생한 건 잘 봤습니다."

집사는 커피를 한 모금 마셨다. 종민은 뒤에 놓인 시체 둘을 살피던 시선을 집사에게 돌렸다.

"잘 봤다고요?"

"드디어 입을 여셨군요."

표정은 그대로지만 집사는 약간 기뻐하는 어투로 말을 이었다.

"네, 봤습니다. 짐작하셨겠지만 이 집에는 아주 많은 카메라와 마이크가 설치되어 있습니다."

그런 의미로 한 말이 아니었지만 집사는 열심히 설명했다.

"말 나온 김에 에이스 얘기부터 하는 게 좋겠군요. 최초의 탈락자이기도 하니까요."

종민은 듣고 싶지 않았다. 하지만 묘하게 힘이 빠져서 그의 말을 막지도, 반박하지도 못했다. 내가 탈락자라고? 아니야. 그건 정당방위였어. 규칙도 하나도 어기지 않았어. 내가 승자야.

"에이스가 가장 먼저 탈락할 건 처음부터 알고 있었습니다. 그리 많지도 않은 사례를 가지고 확률이라고 말하기에는 조금 그렇지만, 지금까지 돈을 잃는 운명 카드를 쥐고 끝까지 버틴 사람은 한 명도 없었습니다. 이상할 정도로 그렇게 되더군요. 일주일 내내 판돈 만 원씩만 걸면 3천 번을 걸 수 있고 그 정도면 버틸 법도 하지요. 사실 쉽죠. 어차피 20억이 걸려 있는데, 3천만 원쯤 무슨 상관이겠습니까. 하지만 여기 불려 온 사람들은 모두 조금 특별한 사연이 있는 사람들이고 그런 사람들은 돈을 잃는 운명 카드를 받으면 묘하게 이성을 잃더군요."

바깥으로 통하는 현관문이 열렸다. 일주일 만에 처음 열린 것이었다. 검은 양복을 입은 남자들이 들어왔다. 종민은 눈으로 그들을 좇았다. 집사는 등 뒤에서 들리는 소리에 전혀 개의치 않고 말했다.

"포커란 게 그렇죠. 냉정을 잃으면 돈도 잃기 마련이고 20억이 걸리는 순간 그런 운명이 되어 버리는 겁니다. 그런 면에서 보자면 당신의 포커는 훌륭했습니다. 단숨에 에이스의 냉정을 앗아 가 버렸으니까요. 그건 의도한 겁니까?"

종민은 집사의 등 뒤로 움직이는 검은 양복을 입은 남자들을 보느라 대꾸하지 않았다. 그들 중 두 명이 이불 덮인 킹의 시신을 하얀 장갑 낀 손으로 들것에 옮겨 담았다. 다른 두 명은 퀸의 시신을 들것에 실었다. 들어온 건 다섯 명이었는데 남은 한 명은 아무것도 하지 않고 문가에 서 있기만 했다. 그는 부드러운 미소로 종민을 바라보고 있었다. 어디서 많이 본 얼굴이었다.

"뭐, 대답하지 않으셔도 됩니다. 그냥 칭찬 드리는 겁니다. 그게 상대의 운명 카드를 보고 한 행동이었든 안 보고 한 행동이었든."

"안 봤어요!"

종민은 당장 검은 양복 입은 남자에게서 집사에게로 시선을 돌리며 말했다.

"네, 압니다. 봤어도 상관없습니다. 제 시선과 카메라의 시선 어디에서도 당신이 에이스의 운명 카드를 봤다는 증거는 없습니다. 그거면 됩니다. 만약 그걸 피해서 봤다면 오히려 잘한 것이죠. 이 게임의 핵심이기도 하고요."

"핵심?"

"네. 게임에서 혼자 승리하기 위해 다른 네 명을 탈락시키는 것이죠."

"전 다른 사람을 탈락시킬 생각 없었어요."

"그런 것 같더군요. 하지만 결과적으로는 그렇게 하셨죠."

두 명씩 짝지은 양복 입은 남자들이 시신 두 구를 들것에 싣고 집 밖으로 나갔다.

"말씀드렸다시피 에이스가 탈락 후 돌아가지 않은 건 저도 예상 못 한 것이었습니다. 결과적으로는 꽤 흥미로운 현상들이 벌어졌죠."

지금도 손톱으로 문을 긁는 소리가 들리는 것 같았다. 너 때문이야, 이 쪼잔한 새끼야.

"전 규칙대로 에이스가 탈락했다는 걸 포커 게임이 끝난 시점에 발표했죠. 하도 닦달해서 좀 일찍 말해 주긴 했지만 공표 시점은 분명 포커 후입니다. 그 미묘한 부분을 가장 먼저 퀸이 알아냈고 이 게임의 진짜 승부 요령을 깨달은 겁니다. 누구보다 먼저 탈락할 것 같던 사람이 해낸 거죠."

종민은 집사가 쓰는 단어가 무척 거슬렸다. 흥미롭다느니, 해냈다느니. 그리고 네 명의 남자가 나간 후 여전히 문가에 남아 있는 양복 입은 남자도 신경 쓰였다. 그는 처음 빵집에서 설득해 전철역에서 종민을 아우디에 싣고 여기로 온 운전수였다. 하얀 장갑을 낀 두 손을 맞잡고 서 있는 모습이 아버지 돌아가실 때 장의사 측에서 대절한 리무진 버스 운전수 같았다.

"퀸은 처음부터 다른 사람이 모두 탈락할 경우 백억을 혼자 탈 수 있는지를 알고 싶어 했습니다. 전 퀸의 심정을 이해합니다. 다른 네 명에 비해 빚이 압도적으로 많았거든요. 제가 계산한 바에 따르면 약 40억 정도였습니다. 회사를 한 번 말아먹었고 투자자들의 빚을 갚지 못해 힘들어 하던 중에, 남편이 교통사고로 죽고 그 두 가지 사건에 허우적대느라 정신이 잠깐 나가 있던 통에 아빠 찾으러 간다고 밖으로 나간 다섯 살짜리 아들이 집 앞 골목에서 교통사고로 죽었죠. 예, 누구에게나 있을 수 있는 일이죠. 단지 세 가지가 동시에 벌어졌다는 게 컸습니다. 실제로 제가 운전수를 보낼 무렵에 자살까지 생각하고 있었죠. 자살을 하지 못한 건 순전히 가족 때문입니다. 부모님, 그리고 시부모님까지. 그럴 수밖에요. 사업을 한다고 양가 부모의 돈 전부를 끌어모았거든요. 법적인 빚은 40억이었지만 두 노부부의 노후 자금까지 날린 걸 생각하면 60억가량이고, 심리적인 퀸의 빚은 백억 이상입니다."

종민은 빚의 액수에도 놀랐지만 퀸이 유부녀였다는 사실에 더 놀랐다. 일주일 동안 전혀 그런 기미를 느끼지 못했다. 하지만 아무럼 어떤가. 종민은 따지듯 말했다.

"말도 안 돼요. 한 개인이 40억의 빚을 가질 수는 없어요……."

"아, 그런가요?"

집사가 되물었다. 그 한마디에 종민은 말문이 막혔다. 집사는 종민에게 금융 지식을 과시할 기회를 주는 듯 한참을 기다렸다가, 종민이 말이 없자 심드렁하니 말을 이었다.

"당연히 처음에는 20억도 감지덕지라고 생각했겠지만 에이스가 탈락하는 순간 이 게임의 요령을 깨닫고, 퀸은 그 이상을 벌 수 있겠다는 생각을 한 겁니다. 어쩌면 게임 참가자들 중에서 유일하게 스페이드를 믿고 이 게임의 룰을 믿은 사람일 겁니다. 그녀는 자기가 죽더라도 돈이 지급된다고 믿어 주고 있었거든요."

정문으로 다시 네 명의 검은 양복 입은 남자들이 들어왔다. 그들은 모두 2층으로 올라갔다. 물론 아우디 운전수는 그대로 있었다.

"퀸은 처음부터 상금의 3분의 1은 빚 청산에, 3분의 1은 자기 부모에게, 3분의 1은 시부모에게 보내 달라고 요청했습니다. 법적인 유산 절차와 빚 청산 절차를 깔끔하게 처리해 줄 수 있냐고 몇 번이나 확인을 하면서요. 그럴 수밖에요. 퀸이 이 게임에서 승리하려면 죽어야 하니까요. 그리고 그녀는 20억이면 충분히 죽을 가치가 있다고 생각했습니다."

종민은 만약 살아남는 운명 카드를 받았다면 자기도 그렇게 생각할 수 있었을지 자신할 수 없었다.

위층에서 네 사람이 걷는 소리가 삐걱삐걱 들렸다.

"사실 퀸이 자세히 모르고 있는 부분이 하나 있습니다. 그녀가 죽는 순간 40억의 빚 중 30억은 법적으로 갚을 필요가 없는 빚이 됩니다. 그러나 그녀는 법적으로든 도의적으로든 갚아야 한다고 생각했어요. 남편과 자식을 잃는 순간 포기했던 문제들을 다시 떠올리게 된 셈이죠."

종민은 문득 집사가 스페이드라는 존재를 이 게임과 분리해서 말하고 있다는 사실을 깨달았다. 게임을 주최한 사람은 회장일 텐데 자꾸 자기가 이랬다, 자기가 저랬다 말하더니 퀸과 약속한 사람은 스페이드라는 식으로 정확히 구분 지었다.

"퀸은 아마도 살아남는 운명 카드를 받자마자 자살부터 생각했을 겁니다. 여기 오기 전부터 어차피 삶의 무게와 죄책감을 못 견디고 죽을 생각이었는데 20억이 생기는 자살이라면 환영할 만하죠. 그런데 한 가지 문제가 있었습니다. 바로 매일 밤 참가해야 하는 포커 판입니다. 자살해 버리면 거기에 참가

할 수 없으니 규칙 위반으로 탈락하게 되죠. 때문에 그녀는 게임 참가자들 중 누구보다 돌발 상황을 무서워했고 언제나 포커 판이 끝나면 자기 방으로 달려 올라가 문을 잠갔죠. 그러다 에이스가 탈락하고 상금이 올라가는 순간 퀸은 깨달은 겁니다. 다른 사람을 포커 판에 참가하지 못하게 만들면 탈락시킬 수 있다는 사실을!"

퀸은 종민보다 그 사실을 훨씬 더 빨리 알아챘고, 생각에만 그친 게 아니라 실행에 옮긴 것이다.

"그래서 조커를…… 죽였단 말입니까? 자기 카드가 살해할 운명이 아니라고 사람을 죽일 생각을 했단 말인가요?"

"그렇습니다. 좀 놀랍긴 했습니다. 저도 퀸이 그렇게 갑자기, 그리고 과감하게 살인을 저지를 거라고는 기대하지 못했거든요."

"기, 기대……? 방금 기대라고 하셨어요?"

종민이 인상을 있는 대로 구기며 물었다. 집사는 설명만 계속 이어 갔다.

"퀸은 그날 밤 당당하게 조커의 방을 찾아갔습니다. 노크도 않고 몰래 접근한 것도 아니었습니다. 그냥 잠겨 있지 않은 문을 덜컥 열고 들어간 거죠. 만약 그때 조커가 잠들어 있는 게 아니었다면 퀸은 어쩔 생각이었을까요? 여자라는 걸 무기로 삼았을까요? 하지만 다행히 조커는 침대에 엎드려 자고 있었고 퀸은 조커의 목뒤를 얼음송곳으로 찔렀습니다. 피가 튀지 않도록 수건으로 꾹 누르고요. 어차피 죽이기로 마음먹었다면 피가 튀게 두는 것도 눈에 보이는 효과에서는 훌륭했을 텐데, 그녀는 마지막까지 자기가 살인자라는 걸 감추고 싶었나 봐요. 굉장한 인내심이었습니다. 퀸은 조커의 뒤통수를 찌른 채로 한 시간이나 출혈을 막고 있었습니다. 제가 조사한 이력에 따르면 퀸은 강력 범죄를 한 번도 저지른 적이 없는 사람이었습니다. 농가 출신이라 돼지 잡는 것 정도는 보았을지도 모르지만……, 어쩌면 잡아 보았을지도 모르죠. 놀랍죠? 대단한 여자입니다. 하긴 그 정도는 되어야 그 나이에 사업도 할 수 있고……."

"돼지 잡는 일을 해 봤다고 사람을 죽일 수는 없어요!"

종민은 따져 말했다. 그래 봐야 무슨 상관이냐고 속으로 비명을 지르면서도 저절로 튀어나온 말이었다.

"그러게 말입니다. 그래서 그런 건지, 아니면 이번 상황이 아주 특별해서 자기도 모르게 숨은 재능을 발휘한 건지는 잘 모르겠습니다. 이다음이 중요합니다."

집사는 약간 흥분했는지 어깨를 살짝 들썩이며 말했다.

"퀸은 조커를 죽인 다음 운명 카드를 확인합니다. 죽었으니 그 사람의 운명 카드를 보는 건 규칙 위반이 아니죠. 당신도 퀸을 죽인 다음 퀸의 운명 카드를 봤지만 그건 규칙 위반이 아니었습니다."

종민은 턱에 힘을 잔뜩 주었다. 그럼에도 작게 새는 신음을 막을 수가 없었다.

"아시다시피 조커는 자살하는 운명이었지요. 퀸은 적잖이 당황했을 겁니다. 조커가 운명 게임에서 승리하게 도운 꼴이라고 생각해서일까요? 퀸은 울더군요. 아, 지금 생각해 보니 그건 사람을 죽였다는 죄책감 때문인지도 모르겠군요. 어쨌든 그다음 퀸은 작은 조작을 하기 시작했습니다."

"자살처럼 보이게 만드는 거였군요."

"네. 조커를 천장에 매달고 수건으로 피를 닦아 내고……. 거의 세 시간이나 걸리는 긴 작업이었지만 그녀는 침착하게 그 모든 작업을 하고 자기 방으로 돌아갔지요. 그다음 날 퀸이 굉장히 피곤한 모습이었다는 건 봐서 알고 계실 겁니다. 물론 조커는 그 시점에서 아직 탈락은 아니었습니다. 조커의 정확한 탈락 시점은 그날 밤, 포커에 참가하지 않았을 때였습니다. 저도 그때까지는 조커를 죽인 범인이 퀸이라는 걸 모르고 있었습니다."

불쑥 조커의 운명 카드를 정확하게 확인하지 않던 퀸의 얼굴이 떠올랐다.

"의도했든 안 했든, 퀸이 해 놓은 조작은 매우 효과적이었지요. 그 덕분에 남은 분들이 겁에 질리고 운명 게임에 집중하게 만들었죠. 특히 킹을 혼란스럽게 만든 게 아주 컸습니다. 조커의 죽음이 살해당할 운명인 그에게 엄청난 공포를 안겨 준 것입니다. 그때 퀸은 킹 앞에 대담하게 찾아갔지요. 조커 때와는 달리 킹은 잠들지 않았는데 퀸은 전혀 당황하지 않고 그의 옆에 앉아 아주 작은 유혹의 목소리를 냈습니다. 자기도 무섭다고요. 그리고 그와 와인을 몇 잔 마십니다. 둘은 거의 대화를 하지도 않았고 별다른 신체 접촉도 없었습니다. 이미 충분히 취해 있던 킹은 퀸이 따라 준 와인 석 잔에 완벽하게 취해 쓰러졌고 불행히도 자기를 죽이러 온 사람 앞에 치명적인 빈틈을 드러냈죠."

"조커는 죽인 다음에 알았다 치더라도 킹이 살해당하는 카드라는 걸 퀸이 어떻게 알고 죽인 거죠?"

"몰랐습니다. 오히려 당신의 운명 카드가 뭔지를 먼저 알았죠."

"어떻게요?"

"에이스. 셔츠 앞주머니에서 카드를 빼 간 순간 기억나시죠?"

집사는 고개를 설레설레 저었다.

"정말이지 보는 제가 다 심장이 철렁했습니다. 잘 진행되어 가는 게임을 망치는 순간이었으니까요."

삐걱삐걱. 다시 2층 복도가 울렸다. 청각이 소리에 예민하게 반응했다.

"다행히 잭 당신이 카드를 빨리 빼앗았고 에이스는 당신의 운명 카드를 말하지 않았습니다. 그걸로 협박이라도 하려고 했던 걸까요? 모르겠습니다. 그러다 에이스는 재미있는 행동을 하더군요. 어떤 추리 과정을 거쳤는지, 아니면 순전히 우연이었는지 모르겠지만 에이스는 퀸을 범인으로 지목했습니다."

"네?"

"잭의 방에서는 안 들리셨나요? 퀸의 방 앞에 가서 네가 범인이지, 하고 협박했는데요."

종민은 혼란스러웠다. 에이스가 그런 말을 했을 때 종민은 그게 자기에게 하는 말이라고 생각하고 있었다. 네가 죽였지? 깨어 있는 거 다 알아!

"퀸은 굉장한 공포를 가졌습니다. 퀸은 에이스 때문에 판을 망칠 게 걱정되었을 것이었고 최악의 경우 에이스가 자기를 죽일 것도 두려워했습니다. 물론 제3자의 눈으로 볼 때, 그러니까 제 입장에서 봤을 때 에이스는 아무런 위협도 되지 않았습니다. 힘으로라면 네 명들 중 누구라도 제압할 수 있을 정도로요."

계단을 통해 네 사람이 내려왔다. 둘씩 짝을 지어 들것으로 두 개의 시신을 옮겼다. 하얀 천이 덮여 있어 어느 쪽이 에이스고 어느 쪽이 조커인지 구별되지 않았다.

"에이스는 퀸의 방 앞에서 잠들어 버렸습니다. 거의 이틀 동안 잠을 못 잤으니까요. 퀸은 그녀를 조심스럽게 방으로 유인했습니다. 같은 여자끼리니까 같이 있자고, 저 두 남자 중 한 명이 조커를 살해한 것 같다고 말하면서요. 퀸은 그 말에 에이스가 겁을 먹고 집 밖으로 달아나 주길 원한 걸까요? 아니면 잠을 재운 다음 살해할 생각이었을까요? 그런데 뜻밖에도 에이스가 제안을 하나 하더군요. 자기에게 10억을 주면 잭의 운명 카드가 뭔지 말해 주겠다고요. 처음부터 그럴 생각으로 퀸에게 접근한 걸 테지만 에이스는 그다지 달변가는 못 됐고 상대도 잘못 골랐죠. 퀸은 가차 없이 에이스의 입을 막고 목을 찔렀습니다. 어차피 모두를 탈락시킬 생각을 하고 있는데 규칙 위반이 될 게 뻔한 에이스의 제안을 수락할 리가 없죠. 에이스는 너무 당황해서 목을 찔린 채로 잭의 운명을 말해 버리고 살려 달라고 빌더군요. 저도 사람이 얼음송곳에 찔린 채로 그렇게 오래 살아 있을 거라고는 생각 못 했습니다. 물론 송곳을 뽑자 엄청난 장면이 연출되긴 하더군요."

종민은 듣고 싶지 않은 묘사를 듣게 될까 봐 서둘러 말했다.

"그럼 에이스가 먼저였고 그다음이 킹이었던 거군요."

그다음 자연스럽게 종민의 머릿속에서 떠오르는 의문이 있었다. 왜 내가 마지막이었지? 뭔가 떠오르는 듯하더니 문고리 소리만 환청처럼 들렸다. 덜컹덜컹.

"그렇습니다."

집사는 커피를 모두 비우고 말했다.

"한 시간도 채 안 되는 시간 동안에 연속 두 번의 살인, 강력 범죄 한 번 저질러 본 적이 없는 사람이 그런 게 가능할까요? 여기에는 두 가지 추측이 가능합니다. 뭐든 한 번 해내면 그다음은 쉬워진다는 것 때문에 돌발적인 살인을 저지른다, 와 잭의 카드가 살해하는 쪽이라면 킹은 살해당하는 운명이었음을 추측해 내고 적극적이고 계획적으로 일을 처리했다……. 후자인 편이 논리적으로 맞아떨어지겠지만 제 생각에는 왠지 전자 같습니다."

종민은 손을 내저어 그의 말을 잠시 막았다.

"말도 안 돼요. 빚을 지는 게 민폐라고 생각한 사람이 다른 사람을 죽여요? 그것도 남편과 아이를 잃은 여자가?"

"일리 있습니다만 이 경우에는 거꾸로 생각하셔야죠. 그렇기 때문에 죽일 수 있는 겁니다. 게다가 퀸은 게임에 완전히 몰입했죠. 보셔서 아시겠지만 퀸은 게임을 하는 일주일 동안 점차 변해 갔고 마지막 순간에는 깜짝 놀랄 정도로 강해졌습니다. 진정 운명을 거스르는 자세가 된 거죠. 저는 칭찬하고 싶은데요."

자세? 칭찬? 종민은 그가 쓰는 단어들에 점점 화가 치밀었다.

"그다음은 잭이 알고 있는 그대로입니다. 퀸은 당신이 자기를 살해하도록 유도했죠. 당신을 탈락시키고 혼자서 백억을 타내기 위한 연극을 한 겁니다."

지난 이틀 동안 퀸이 자기에게 했던 말들이 주마등처럼 머릿속을 스쳐 지나갔다. 그게 다 거짓말이었다고? 연기였다고? 방을 보여 주지 않은 건 당연했다. 에이스의 시체를 숨기고 핏자국을 가려야 했으니까. 그러나 칼을 빼앗고 밥을 먹자마자 달아나고 울면서 소리를 지르고 하는 건 누가 봐도 죽음을 두려워하는 사람의 행동이었다. 죽기로 작정한 사람의 연기가 아니었다.

"그럼 왜 그냥 절 죽이지 않았죠?"

종민이 말했다.

집사는 재미있다는 듯 종민을 바라보았다. 그 재수 없는 미소가 마음에 들지 않았다. 죽여 버리고 싶을 정도로. 그의 말대로 한 번 했는데 두 번을 왜 못 하겠어? 집사가 웃으며 말했다.

"실은 퀸이 제일 처음에 살해하려고 방을 찾아간 사람은 조커가 아니었습니다. 바로 당신이었죠."

덜컹, 덜컹. 또 한 번 문고리를 당기는 소리가 들리는 것 같았다. 조커가 죽기 전날 잠결에 들렸던 그 소리.

"나……였다고요?"

"그렇습니다. 당신이 조커보다는 만만하게 보였던 모양입니다. 처음에는 누가 봐도 그게 당연했지요. 하지만 잭의 방문이 잠겨 있는 바람에 하는 수 없이 퀸은 다음 방을 찾아갑니다. 바로 방문을 잠그지 않고 지낸 조커였죠."

덜컹. 덜컹. 삐그덕.

"그 이후로도 퀸은 계속 당신을 죽일 기회를 갖지 못했어요. 당신은 언제나 방문을 꼭 잠그고 있었고 낮에는 당신을 죽일 기회가 없었죠. 여자가 일대일로 남자와 싸워서 이길 수도 없을뿐더러……, 제3자의 시선으로 본 잭의 모습이 어땠는지 알아요? 눈을 부라리며 집을 여기저기 들쑤시고 부엌에서 칼을 가져오질 않나, 시체를 뒤지질 않나……. 어지간히 담이 큰 남자라도 당신을 죽일 생각은 하지 못했을걸요. 처음의 주눅 든 모습은 모두 사라져 버렸지요. 누구보다 다른 사람에게 죽는 걸 두려워하고 있는 퀸의 입장에서 당신은 너무도 무서운 존재였어요."

"죽으려고 작정한 사람이 죽는 게 뭐가 무서워요?"

"죽으면 포커 판에 참가할 수 없었으니까요."

종민은 헛웃음을 치며 말했다.

"좋아요. 아주 간단했네요. 그럼 첫날 다른 참가자들을 모두 죽여 버리면 게임에서 승리할 수 있었던 거였네요. 살해

할 운명이었던 저만 빼고 다른 사람들도 다 그럴 수 있었던 거면…….'

'처음부터 살인마나 불러서 노시죠', 라고 비꼬는 소리를 덧붙이려 했으나 집사가 낚아채 말했다.

"나는 살인을 아무렇지도 않게 여기는 사이코패스를 모아서 게임을 한 게 아니에요. 잭이라면 같은 카드를 들고 그런 생각을 해서 같은 행동을 했을까요? 여기서 중요한 건 퀸이 했다는 거지, 다른 사람도 할 수 있었다는 가정이 아닙니다."

종민은 갑자기 숨을 쉬기가 힘들었다.

"마저 설명하죠. 퀸은 어제 마지막 포커 판이 끝나자마자 지금까지 준비했던 것들을 차례로 실행에 옮겼어요. 당신을 겁주어 자기를 찌르게 만드는 거죠. 사실 마지막 베팅에서 50억을 건 것도 제가 보기에는 일종의 자극이었어요. 그녀는 잭이 베팅을 하지 않을 것을 확신하고 있었어요. 만약 거기에서 잭이 50억 베팅을 받아 주었다 해도 상관없었어요. 어차피 둘 모두에게 존재하지도 않는 돈을 건 셈이니 받아 낼 근거도 희박하죠. 만약, 정말 만의 하나라도 인정이 된다 해도 퀸은 플러시였어요. 이길 거라고 본 거죠. 어느 쪽이든 상관 없었을 겁니다. 지면 지는 대로 퀸은 잭을 자극할 수 있다고 봤겠죠. 그런데 정말 말도 안 되게도 그때 당신에게 포카드가 나와 버리더군요."

퀸의 얼굴이 떠올랐다. 마치 운명대로 될 예정이었다며 뭔가를 포기하는 모습. 정말 죽어야 하나, 백억이라는 게 과연 자신의 생명을 내걸 가치가 있는 건가, 그녀는 50억을 베팅하면서 어쩌면 그 돈과 자신의 마지막 운을 점쳐 본 게 아니었을까? 마치 횡단보도 하얀 선만 밟고 건너면 오늘은 행운이 올 거야, 하고 혼자 점 쳐 보는 것처럼.

그런데 날아든 건 포카드. 그녀는 웃었다.

'그래, 그런 거였어. 그렇게 될 예정이었던 거야.'

종민이 주먹을 몇 번이나 쥐었다 펴면서 냉정을 찾으려고 애쓰는 것도 모르고 집사는 약간 흥분해서 말했다.

"그게 잭을 제대로 자극했는지는 잭만 알겠죠. 어땠습니까? 불을 모두 끈 상태로 숟가락을 들고 달려들었을 때 어떤 기분이었죠?"

종민은 테이블을 두 주먹으로 내리치며 자리에서 일어났다. 뒤에서 기다리고 있던 아우디 운전수가 즉시 몇 걸음 앞으로 다가왔다. 집사는 손을 내밀어 저지시켰다. 운전수는 도로 원래 자리로 돌아갔다.

"그건 정당방위였어요."

종민이 말했다.

"아니요. 과잉 방어였습니다. 상대는 숟가락밖에 들지 않았어요."

"어둠 속이라 안 보였어요."

"그 순간 두 사람의 대화를 다시 들려드릴까요?"

어디에 있는지도 모르는 스피커에서 종민의 목소리가 들렸다. 원래 자기 목소리를 녹음해서 들으면 다른 사람 목소리 같긴 하지만 이건 유난히 다른 사람 같았다.

……내가 여자 하나 못 이길 것 같아? ……뭘 무서워하는 거야, 잭? 난 그냥 널 안고 싶을 뿐이야. 좀 춥지 않아? ……부엌에서 뭘 가지고 왔지? ……춥지 않냐고? 네가 내 몸을 데워줄 수 있을 것 같은데 어때?

"그만해요. 이 대화만으로 알 수 있는 상황이 아니었어요!"

종민이 소리쳤다. 집사는 입술에 검지를 댔다. 무표정이지만 이 상황을 즐기고 있는 것이 노골적으로 보였다. 퀸의 목소리가 계속 들렸다.

……응? 난 준비됐어. 날 안아 줘. ……뭘 가지고 온 거냐고! ……마지막으로 한 번만 안아 달라니까 뭐라는 거야?

그다음은 툭탁거리는 소리였다. 그리고 곧 종민의 함성이 들렸다. 종민은 그때 공포에 질려 비명을 지르고 있다고 생각했으나 아니었다. 그것은 광기 어린 살인마의 환호성처럼 들렸다. 반면 고함을 지르고 있다고 생각했던 퀸의 목소리는 너무도 연약한 여자의 비명이었다. 소름이 끼쳤다.

"그만해요!"

집사가 손을 들었고 소리는 사라졌다.

"원한다면 영상을 보여 드릴 수도 있습니다.

"필요 없어요."

"자기변호를 안 하시겠다는 건가요?"

"처음부터 이렇게 될 거 아니었나요? 다 거짓말이고 전부 다 의도된 거였죠? 운명 카드도 랜덤이 아니라 다 가야 할 사람에게 간 거였죠?"

 "아, 그건 대충 맞습니다. 그냥 평범하게 카드놀이 할 때는 자기가 섞는다고 더 좋은 카드가 나올 리 없다는 걸 알면서도 괜히 한 번 뒤섞기 마련이지만, 그런 특수한 상황에서 카드를 고르라고 하면 본능적으로 자기 앞에 있는 카드를 집기 마련입니다. 전 제가 원하는 사람 앞에 제가 원하는 카드를 놓는데 이번에는 다들 그렇게 되었습니다. 가장 사람을 안 죽일 것 같은 사람에게는 살해하는 카드를, 가장 돈을 많이 딸 것 같은 사람에게는 돈을 잃는 카드를, 죽고 싶어 하는 사람에게 죽기만 하면 상금을 받아 낼 수 있는 살아남는 카드를……. 하지만 그게 뒤바뀌더라도 상관없습니다. 때론 그게 더 재미있을 때도 있지요."

 "재미?"

 "실은 킹이 골랐으면 하는 카드는 둘 중 하나였어요. 돈을 모두 다 따는 운명 카드였습니다. 쉽죠? 첫날 돈을 일부러 잃어버리고 빈손으로 포커 판에 앉아 있기만 하면 거스를 수 있는 운명이에요. 물론 킹은 그 운명 카드를 집었어도 탈락되었을 겁니다. 잭이 탈락시켰죠."

 "어째서요?"

 "퀸은 킹의 운명 카드가 뭔지 모른 상태로 살해했고 킹은 살해당한 채로 테이블에 계속 남아 있었죠. 죽었으니 포커를 못 하긴 했지만 이미 킹은 돈을 다 잃은 상태로 그냥 자리만 지키고 있었어도 되는 거였어요. 즉, 그 시점에서 킹은 탈락이 아니게 됩니다. 그런데 잭이 시체를 치워 버렸잖아요."

집사의 입술이 스마일 마크처럼 곡선을 그렸다.

"어때요? 재미있죠?"

종민은 더 이상 참기 힘들어 으르렁거렸다.

"재미있다고? 이게 다 재미있다고?"

"맞아요. 재미로 한 거죠."

집사는 무덤덤하게 말했다.

"그래서 날 아는 사람들을 배치한 겁니까?"

종민이 물었다. 집사는 어처구니없어 하며 웃었다.

"무슨 말씀입니까? 여기 모인 사람 어느 누구도 당신과 인생에서 접촉한 적이 없습니다. 다른 사람들끼리도 마찬가지입니다. 그런 배치를 제가 좋아하기도 하고요."

"그럼 어째서 킹이 날 알고 있죠?"

"글쎄요, 저도 킹이 잭에게 '너였지' 하고 말하는 걸 보고 의아해 했는데 이력을 보니 알겠더군요. 킹은 스무 살 때 부산에서 인천으로 오가며 일본에서 중국 쪽으로 마약을 실어 나르는 짓으로 돈을 벌고 있었는데 동료의 신고로 잡혀간 적이 있습니다. 그리고 꽤 오래 복역을 했죠. 본인에게는 그게 가장 큰일이었을 텐데 그때 사건을 잭의 짓이라고 생각한 게 아니었을까요?"

"단순히 착각이었다고요?"

"길거리에서 우연히 마주친 사이가 아니었다면 적어도 제 조사에서는 그렇습니다. 잭과 킹은 사는 장소도, 학교도, 군대도, 회사도 겹친 적 없는 사입니다. 순전히 킹의 착각입니다. 잭 당신도 퀸에게 그렇게 말했잖아요. 술 취해서 헛소리한 거라고."

집사는 무표정한 얼굴로 말을 하다가 갑자기 웃음을 터트렸다. 옛날에 들은 웃긴 얘기가 갑자기 떠올라 웃음을 참다가 터트린 것처럼 폭발했다. 그는 흐느끼듯 테이블에 엎드려 웃다가 고개를 들었다. 그리고 또 웃었다. 종민은 바보가 된 심정이었다.

"아아, 죄송합니다. 잭, 당신이 퀸을 죽인 다음 혼자 돌아다니면서 했던 말이 그거였군요. 경찰이 물어본 대로 말했다······. 그것만큼은 제가 조사를 못 했는데요, 정말 몰라서 묻는 건데 그게 무슨 의미입니까?"

"다 봤다고? 내가······, 혼자서······, 돌아다니는 것도······ 다?"

집사는 종민의 테이블에 놓인 숟가락을 가리키며 말했다.

"이미 말했듯이요. 그것도 퀸이 당신을 찌른 숟가락을 일부러 꺼내 놓은 겁니다. 잭이 직접 설거지한 거니 깨끗해요."

종민은 숨을 거칠게 내뱉고 세게 들이마시기만 했다. 집사가 재촉했다.

"무슨 의미죠?"

"과거는 말하지 않겠어요."

"이제는 말해도 돼요."

"규칙 얘기가 아닙니다. 그냥 말하고 싶지 않아요."

"좀 말해 주시면 안 될까요?"

집사는 웃음을 참느라 얼굴 근육이 꿈틀댔다. 종민은 노려보기만 했다. 집사가 다시 말했다.

"그럼 이건요. 다른 건 묻지 않을 테니 부디 이거 하나만 대답해 주세요. 정말 순전히 궁금해서 묻는 겁니다."

종민은 입술을 떨었다. 집사는 웃음을 꾹 참고서 억지로 진지한 표정이 되려고 애쓰며 물었다.

"에이스한테 백 원 빌려 준 적 있어요?"

그런 다음 결국 집사는 웃음을 터트렸다.

"이제 가도 됩니까?"

종민이 물었다. 자신이 극도로 화가 났다는 사실을 보여 주고 싶었다. 이 한마디로 집사가 겁에 질릴 정도의 분노를 보여 주고 싶었다. 그러나 패배자의 초라한 목소리만 나왔다. 백억을 앞에 두고도 정당방위에 대한 변론을 하고 싶지 않았다. 그냥 집에 가고 싶었다. 이 자리를 벗어나고 싶었다.

"아직 아닙니다."

"또 뭐가 남았나요?"

"당신의 인생이 남았죠."

"그게 무슨 뜻이죠?"

"솔직히 말해 당신의 행동 모두가 제겐 무척 인상적이었습니다. 이 게임을 주최하는 보람을 느낀달까?"

"당신 누구예요?"

"이 집의 집사이자 이 게임의 디자이너입니다."

"스페이드는요?"

"제가 고용한 연기자죠."

"회장님이란 건?"

"거짓말이었습니다. 굳이 말하자면 회장은 저죠. 원래는 설명을 제가 했지만 게임 참가자들이 별로 안 믿더군요. 백억이라는 숫자를 믿게 하려면 수염 기른 근사한 할아버지가 해야 한다는 사실을 배웠습니다."

"이런 걸 해서 재밌나요? 백억이나 쓰면서?"

"네."

"거짓말이에요. 당신은 퀸의 가족들에게 백억을 주지 않을 테니까."

"왜 그럴 거라고 생각하죠?"

"어떤 미친놈이 이런 살인 게임에 백억이나 쓰죠? 10억이면 사람 백 명도 죽일 수 있어요. 아니, 1억으로도 충분해요."

집사는 빙그레 웃으며 말했다.

"잭은 백억이란 돈을 가져 본 적이 없을 테지요? 천억은요? 1조는요? 이렇게 말해 볼까요? 어렸을 때 백 원짜리 동전 넣고 하는 게임이 재미있었나요, 커서 50만 원짜리 비디오 게임기 사서 하는 게임이 재미있나요? 같은 소주를 천 원에 마시나 만 원에 마시나 맛은 같습니다. 만 원에 마시면 속았다고 욕하겠죠. 하지만 그 소주를 천만 원에 마시면 어떻게 될까요? 이게 천만 원짜리라고 말하고 눈을 가리고 마시면 마시는 사람이 어떤 심정으로 소주잔에 입술을 댈까요? 10점쯤 앞선 어느 시범

경기의 9회말에 작년 리그 홈런 타자가 타석에 서는 것과 한국 시리즈 7차전 9회말 투아웃 3점 차로 뒤진 만루 상황에서 성공률 1할짜리 대타가 타석에 서는 것 중 어느 게 더 재미있고 어느 게 더 기대가 될까요?"

집사는 테스트를 하듯 질문을 이어 나갔다.

"상금으로 천만 원이 걸려 있다면 당신이 조커의 시체를 끌어내렸을까요? 1억이 걸렸다면 숟가락으로 찔린 것도 모르고 같이 과일칼로 상대의 옆구리를 찔렀을까요? 제가 아우디가 아니라 운전면허 시험 볼 때 쓰는 1톤 트럭을 보냈다면 당신이 거기 탔을까요?"

"사람이 죽었어요. 네. 제가 죽였죠. 전 살인자입니다. 자수할 거예요. 퀸은 세 명이나 죽였으니 그것도 신고할 거예요. 당연히 당신도 고발할 거예요. 그러니 그걸 막고 싶으면 날 죽여야 할걸요."

"아니요. 난 당신을 털끝 하나 건드리지 않을 겁니다. 약속대로 당신이 탔던 그 자리에 조용히 내려놓을 거예요."

"고맙군요. 이왕이면 그 옆에 있는 파출소에 내려 주시면 좋겠어요."

"그건 운전수에게 말씀하세요. 그 근방이면 어느 정도 맞춰줄 수 있을 거예요. 서울 지리를 잘 아는 사람이니까. 양천구에 법원도 있지 않았나요?"

뒤에 선 운전수가 동의하듯 고개를 살짝 까닥였다.

"그리고 하나 더. 말씀드렸다시피 난 당신의 게임 진행에 무척 감명을 받았습니다. 그리고 마지막 순간 퀸을 찌른 건 정당 방위였다고 끝까지 우길 수도 있는 얘기였지요. 만약 우겼다면, 우기면서 여기서 난동을 부렸다면 전 강제로 당신을 보냈을 겁니다. 전 그런 걸 아주 싫어하거든요."

"지금이라도 난동을 부리고 싶군요. 당신이 싫어하는 모습을 보고 싶으니까요."

"하지 마십시오. 전 그 대가를 드리려는 겁니다."

"무슨 대가요?"

"게임에서 패배한 당신에게는 50억도, 20억도 드릴 수 없습니다. 규칙은 규칙. 그러나 모호한 판정에는 언제나 보상 판정이 따르기 마련이죠. 퀸도 훌륭한 게임을 수행했으나 백억을 모두 받을 정도로 당신을 완벽하게 탈락시킨 건 아니었습니다. 그래서 이렇게 하려고 합니다. 퀸이 받을 백억의 상금 중 일부를 당신의 빚을 없애는 데 쓰겠습니다. 어차피 백억이면 퀸이 해결해야 할 금액을 깨끗하게 청산할 수 있고 퀸이 지정한 가족들의 인생을 보상하기에 충분하고도 남죠. 퀸의 성격이라면 지금 당신에게 고마워하고 있을 것이고 빚을 졌다고 생각할 것이며 그 빚을 갚고 싶어 할 겁니다."

"그건 당신 혼자 생각이겠죠."

"전 어느 정도 제 생각대로 할 권리가 있습니다. 그런 것도 없으면 이 게임을 운영하는 즐거움도 없게요."

집사는 자리에서 일어났다.

"이제 돌아가십시오. 당신은 더 이상 빚 독촉 받을 초인종 소리를 들을 필요도 없고, 카드사나 은행 전화를 받을 일도 없을 겁니다. 당신 여동생은 학비 걱정 없이 대학을 졸업할 것이고 어머니는 집을 돌려받게 됩니다. 이 게임에서 살아남은 대가로 충분할 것입니다. 그다음은 당신 인생입니다. 거기서부터가 진짜 운명 게임이 되겠지요."

"그딴 재수 없는 설교 따위 집어치우시죠."

"꽤 근사한 말이라고 생각했는데 아니었나 보죠?"

집사는 악수를 청했다. 그러나 종민은 악수를 거절하고 나왔다. 기다리고 있던 운전수는 즉시 주차장으로 그를 안내했다. 말끔하게 세차된 아우디가 기다리고 있었다. 다른 네 대의 차에는 일주일치 먼지가 올라와 있었다.

처음 올 때처럼 운전수는 눈가리개를 내주었다. 종민은 도전적으로 눈가리개를 받아 들었다. 저택의 앞에 집사가 서 있는 것이 보였다. 그러나 종민은 그냥 눈을 가려 버렸다.

집에 가는 길은 올 때보다 짧게 느껴졌다. 차가 멈췄을 때 종민은 벌써라는 생각을 했다.

"눈가리개를 벗어도 됩니다."

지하철 5호선 신정역 앞이었다. 집까지 걸어서 5분이면 돌아갈 수 있는 자리였다. 운전수는 그에게 핸드폰과 지갑이 든 지퍼 백을 내밀었다. 종민이 그걸 받아 들자 뒤이어 손가방을 하나 더 내밀었다. 종민은 힘없이 손을 내밀었다가 폭탄 가방이라도 받을 뻔했다는 듯 황급히 접었다.

"그건 제 물건이 아닌데요?"

"당신 물건입니다."

"그런 거 갖고 온 적 없어요."

"가져온 적은 없지만 가져가셔야 합니다."

"게임은 끝났어요. 규칙 따위 없잖아요."

운전수는 어깨를 으쓱하며 농담처럼 말했다.

"위험한 물건이 들어 있는 건 아닙니다."

종민은 인상을 구겼다.

"그걸 받은 다음에는 가도 됩니까?"

"물론이지요."

"받자마자 버리면?"

"맘대로 하십시오."

"이걸 들고 경찰서로 간다면요?"

"제가 관여할 문제는 아닙니다."

"전 당신의 얼굴도, 집사의 얼굴도 다 봐 버렸는데요."

운전수는 난처한 미소를 지었다. 그게 어쨌냐는 표정 같았다. 종민은 마침내 손가방을 받았다. 꽤 묵직했다.

"수고하셨습니다."

운전수가 웃으며 말했다.

종민은 차에서 내렸다. 번쩍이는 외제 차는 멀리 사라졌다. 종민은 터덜터덜 집으로 걸어왔다. 10년 만에 돌아온 기분이었다. 집은 일주일 전 출근할 때 모습 그대로였다.

종민은 손가방을 방구석에 던졌다. 안에 든 뭔가가 구르는 소리가 났다. 폭탄이라면 지금 터져 버려라!

종민은 곰팡내 나는 매트리스에 엎어졌고 기절한 듯이 잠들었다.

종민은 눈을 떴다. 그곳은 종민의 반지하 월세집이 아니었다. 다시 운명 게임을 하는 저택이었다.

"어?"

종민은 그 순간 깨달았다. 집사와 만나 얘기했던 것은 모두 꿈이었다. 사건에 대한 그의 설명, 시체를 치우는 네 명의 운전수, 다시 아우디를 타고 서울로 돌아가는 길 모두가! 퀸을 죽이고 칼을 설거지한 다음 테이블에 앉는 그 순간 깜빡 잠든 것이다.

종민은 눈을 깜박였다. 벽난로의 빛만 밝혀져 있는 1층 거실이었다. 눈앞에 살해당한 킹과 살아남아야 할 퀸의 시체가 놓여 있었다. 부서진 시계는 아직도 채각채각 울리고 있었다. 손바닥에서는 피가 뚝뚝 흐르고 있었다. 채각채각. 시간은 새벽 4시. 아직 8시가 되려면 멀었다. 채각채각.

"말도 안 돼!"

종민은 중얼거렸다. 그리고 벌떡 일어나 주변을 살폈다.

2층 복도에서 쿵쿵쿵쿵 누군가 달리는 발소리가 들렸다. 이건 꿈이야. 말도 안 돼. 난 집으로 돌아갔어. 이게 꿈이고 그게 현실이야!

종민은 소리를 지르고 싶었지만 입을 다물었다. 잠시 후 다시 복도를 걷는 소리가 들렸다. 끼익 쾅! 문이 닫혔다.

종민은 다시 부엌으로 달려갔다. 그리고 식칼을 집었다가 생각을 바꿔 얼음송곳을 들었다.

계단을 올라가 보니 2층 복도의 불이 모두 꺼져 있었다. 분명 방 형광등을 켜 두고 내려왔는데 그사이 누군가 끈 것이다.

종민은 천천히 복도를 걸었다. 끼익 끼익. 유난히 발소리가 크게 들렸다. 다시 조커의 방을 열고 스위치를 올렸다. 아무도 없었다. 킹의 방을 열고 불을 켰다. 빈방이었다. 에이스의 방도 마찬가지였다. 퀸의 방은 여전히 피투성이였으나 역시 아무도 없었다.

종민은 자신의 방을 열고 불을 켰다. 그대로였다. 그러나 침대에 누워 있어야 할 에이스의 시체가 없었다!

종민은 마지막으로 스페이드의 방 쪽으로 걸어갔다. 빌어먹을, 살펴봤어야 했는데. 꼭 하나 점검하지 않으면 거기서 일이 터지지.

문은 종민이 발로 걷어차 부순 그대로였다. 너무도 강렬한 현실감. 종민은 미쳐 버릴 지경이었다.

종민은 반쯤 열려 있는 문을 활짝 열고 불을 켰다. 창가에 여자가 서 있었다. 뒷모습만 봐도 알 수 있었다. 에이스였다.

"아니야. 당신은 죽었잖아."

종민이 말했다. 에이스는 뒤돌아섰다. 얼굴에 살짝 피가 묻어 있는 것 말고는 아무 이상이 없었다. 눈에는 핏발이 서 있었고 눈 화장이 눈 주위를 검게 물들이고 있었다. 붉은 입술은 유난히 더 붉어 보였다.

"확인해 봤어? 내가 죽었나, 안 죽었나?"

에이스가 비웃으며 말했다. 종민은 좀 전에 퀸의 죽음을 확인할 때처럼 확실하게 에이스의 죽음을 체크했는지 기억하지 못했다. 몇 달쯤 전, 아니, 몇 년 전 일처럼 모호했다. 오히려 중학교 때 경찰 앞에서 용의자의 이름을 말한 게 더 최근 일 같았다.

"처음부터 퀸과 내가 짠 거야. 그리고 내가 할 일은 널 죽이는 거였지. 그렇게 하면 퀸이 혼자 돈을 먹게 되고 넌 패자가 되는 거야. 왜냐면 넌 운명 카드의 운명대로 했으니까!"

에이스가 어디서 났는지 돼지 목이라도 자를 것 같은 커다란 식칼을 들었다. 칼을 쥔 손에 자란 손톱은 거의 손가락 한 마디 길이로 자라 있었고 붉은 매니큐어가 잉크처럼 줄줄 흘러 칼 손잡이를 타고 흘렀다.

"아니야. 난 정당방위였어."

종민이 말하며 얼음송곳을 들었다. 에이스가 든 칼에 비하면 초라하기 짝이 없었다.

"여기서 널 죽여 버리면 넌 변호할 기회도 못 가져. 그냥 네가 퀸을 죽이고 내가 널 죽인 걸로 상황이 끝날걸."

"카메라로 다 찍히고 있었어! 몰랐어? 지금 상황도 집사가 다 보고 있을 거라고."

"멍청한 놈, 이 집에 들어와서 카메라 렌즈 한 번이라도 본 적 있어, 잭? 카메라라는 게 그렇게 쉽게 숨길 수 있는 물건인 줄 알아?"

에이스는 큰 소리로 웃으며 말을 이었다.

"아니, 사실 네가 정당방위든 아니든 난 상관없어. 퀸과 네가 50억씩 나눠 먹어도 돼."

딩동! 딩동! 어디선가 초인종 소리가 울렸다. 에이스는 식칼을 휘휘 저으며 말했다.

"넌 상금의 반을 직접 가져간다고 말했어. 그리고 네가 죽으면 25억은 네 시체 옆에 놓이겠지. 내가 할 일은 그걸 집어 들고 내가 타고 왔던 페라리에 오르는 것뿐이야."

종민은 얼음송곳을 휘저었다.

"그렇게 둘 줄 알아? 당신쯤은 내가 이길 수 있어."

딩동! 딩동!

"그럼 어디 이겨 봐, 이 쪼잔한 새끼야! 네가 칩만 조금 빌려줬으면 이런 일은 벌어지지도 않았어, 이 씨발놈아! 다들 20억씩 사이좋게 나눠 갖고 끝날 일을 네가 망친 거야. 다 네놈 잘못이야. 어쭈, 어딜 들이대? 해 봐! 해 봐, 이 개새끼야!"

종민은 뛰어들어 얼음송곳으로 에이스의 배를 찔렀다. 찌를 때마다 초인종 소리가 울렸다.

종민은 에이스를 쓰러뜨린 다음 얼굴을 찌르고 목을 찌르고 심장을 찔렀다. 완벽하게 죽인 다음 종민은 일어나서 송곳을 던져 버렸다. 돌아서니 뒤에 집사가 서 있었다. 그는 안타까운

듯 고개를 젓고 있었다.

종민은 얼굴에 묻은 피를 닦으며 말했다.

"정당방위였어요. 식칼을 들고 있었다고요."

집사가 가리켰다. 에이스를 보니 식칼이 아니라 숟가락을 들고 있었다. 집사는 고개를 저으며 말했다.

"당신은 운명에 따랐으므로 탈락입니다."

딩동! 딩동!

초인종 소리에 종민은 잠에서 깼다. 누군가 초인종을 울리다 못해 문을 두들겼다. 그곳은 그의 반지하 월세방이었다. 6시였다. 창문은 약간 어두컴컴했다. 어느 쪽 6시인지 알 수 없었다.

"신종민 선배님, 계십니까?"

밖에서 들리는 목소리였다.

"네?"

종민은 얼결에 대답하고 말았다. 모른 척했어야 했는데…….

종민은 문을 살짝 열어 보았다. 군복을 입은 젊은 남자가 서 있었다. 그는 약간 짜증 섞인 눈을 하고 있다가 얼굴을 내민 종민을 보고 깜짝 놀랐다.

"어어, 시, 신종민 선배님 되십니까?"

"네, 그런데요."

"여기……."

군인은 작은 엽서를 하나 내밀었다. 익숙한 엽서였다.

"예비군 통지서입니다. 전화해도 계속 안 받으셔서 직접 전달하러 왔습니다. 이번 주 목요일에 향방 작계 기본 교육 여섯 시간짜리 있는데, 이번에 안 오시면 고발 조치됩니다."

"아……, 네."

종민이 말했다. 군복 입은 남자는 돌아서서 가다가 한 번 더 힐끔 돌아보더니 대문 너머로 사라졌다. 종민은 오래도록 문을 연 채로 서 있다가 방으로 들어갔다. 예비군 통지서를 내려다 보던 종민은 전화벨 소리에 다시 놀랐다. 거의 반년 만에 울리는 집 전화였다. 요새는 거의 모든 통화를 핸드폰으로 하다 보니 집 전화는 잘 안 쓰게 되었다. 기본요금 내기도 아까운데 귀찮아서 해지도 안 하고 있었다.

"여보세요."

— 오빠?

여동생의 목소리를 듣자 울컥 눈물이 나오려고 했다.

"아, 세영이니?"

— 어, 난데……. 무슨 일 있었어? 왜 전화를 안 받아? 걱정돼서 집으로 찾아가 볼까 하다가 마지막으로 전화해 본 거야.

"아무 일 없었어. 핸드폰 잃어버렸거든."

— 어머, 어디서?

"그냥 술집에서. 아까 찾았어."

종민은 지퍼 백에 들어 있는 핸드폰을 꺼내 전원을 켰다. 배터리가 다 방전된 탓에 겨우 전원만 들어오는가 싶더니 도로 꺼져 버렸다.

— 어쩐지……. 놀랐잖아.

"미안해."

— 근데 오빠, 아까 인터넷뱅킹 하다가 봤는데…….

종민은 심장이 철렁 내려앉았다.

— 내가 학자금 대출받은 거 다 갚은 걸로 뜨던데, 혹시 오빠가 갚았어?

"응? 내가?"

— 오빠 이름으로 되어 있던데. 시간이, 어디 보자…….

마우스 휠을 굴리는 소리가 들렸다.

— 오늘 12시에.

"아아, 그거……. 그냥 그럴 일이 있어."

여동생은 전혀 기뻐하지 않았다.

— 혹시 수상한 돈 아니야?

"안 수상해."

— 정말?

"나중에 자세히 설명해 줄게."

종민은 지키지도 못할 약속을 했다. 여동생은 여전히 못 믿겠다는 투로 말했다.

— 알았어. 그보다 엄마한테 전화 좀 해. 만날 오빠 걱정밖에 안 하잖아.

"그래. 지금 할게."

— 말만 하지 말고.

"알았어."

― ……진짜 내가 안 가 봐도 돼?

"안 와도 돼. 그리고 나 저녁에 약속 있어."

― 그런 거라면……. 그럼 저녁 꼭 챙겨 먹고.

"그래."

종민은 전화를 끊고 즉시 어머니 집 전화번호를 눌렀다가 도로 끊었다. 지금 전화하면 도저히 목소리가 나올 것 같지 않았다. 울음부터 터질지도 몰랐다.

차근차근 전화해야 할 곳이 떠올랐다. 빚이 모두 사라졌는지 정확히 알고 싶었다. 그러나 다 쓸데없는 짓이었다. 마치 조커의 시신을 확인해서 자살인지 타살인지 확인하는 것만큼이나 무의미했다.

종민은 떨리는 손을 쥐고 단 한 곳, 전화해야 할 곳을 떠올렸다. 경찰서. 그는 사람을 죽였고 그곳에 죽은 사람이 넷이나 있었다. 수억의 빚이 사라진다 해도 그 사실만큼은 사라질 수가 없었다. 종민은 다시 전화기를 들었다.

1, 1, 2. 그러나 종민은 다시 수화기를 내렸다. 전화기 옆에는 자기 전에 던져둔 손가방이 아직도 그 자리에 놓여 있었다. 흔들어 보니 책끼리 부딪치는 것 같은 소리만 났다. 금속이 부딪치는 소리나 타이머가 돌아가는 소리는 없었다. 종민은 천천히 가방 지퍼를 열었다.

손가방 안에 들어 있는 건 5만 원권 지폐 뭉치였다. 백 장씩 스물일곱 개. 그 쉬운 곱하기가 갑자기 되지 않았다. 5백만 원이 스무 개랑 일곱 개. 오 이 십, 오 칠 삼십오.

1억 3천5백만 원. 그렇게 하고도 백 장짜리가 아닌 얇은 뭉치가 하나 더. 종민은 이 난데없는 돈다발을 보고 숨을 멈췄다. 스페이드가 가장 처음 3천만 원어치의 칩을 나눠 주며 했던 말이 떠올랐다.

　……내가 보낸 운전수를 믿고 여길 와 줬고 이건 그 대가예요.

　……그것도 지금 테이블 위에 놓여 있는 칩을 그대로 현금으로 바꿔 갈 수 있지요. 물론 게임이 끝난 다음에도 마찬가지고.

　자살한 조커를 뺀 모두의 포커 칩을 딴 사람은 종민이었다. 그게 환전되어 있는 것이었다. 포커로 딴 돈은 게임의 승패 여부와는 상관없으니까.

　천천히 돈의 무게가 어깨를 눌렀다. 1억이라는 돈이 얼마나 큰지, 빚이 사라졌다는 게 얼마나 커다란 일인지 깨달았다.

　종민은 돈 앞에 무릎 꿇고 울었다. 집사의 말대로였다. 이제 남은 건 자신의 인생뿐이었다. 앞으로 몇 번이나 같은 악몽을 꾸게 될지, 꿈속에서 몇 번이나 더 퀸과 에이스의 얼굴을 보게 될지 모를 일이었다. 수십 번, 수백 번 식은땀 흘리며 깨어나는 아침을 맞이할 것이다.

　종민은 돈 앞에 엎드려 지금부터 찾아올 죄책감과 공포에 맞서 울었다. 지쳐서 다시 한 번 같은 악몽을 꾸게 할 잠에 빠질 때까지 울었다.

『살해하는 운명 카드』 끝